나, 참 쓸모 있는 인간.

일러두기

이 책에 인용된 박경리의 『토지』 원문은 마로니에북스 판본(20권)에서 부분적 발췌하였다. 사투리 등의 본문 특색을 그대로 인용했으며, 본문 인용 후 그 권수와 쪽수를 밝혔다. 인용문 안에서 저자가 부연 설명을 단 경우에는 대괄호(〔 〕)에 넣었다.

나, 참 쓸모 있는 인간.

김연숙 지음

오늘도 살아가는 당신에게—
『토지』가 건네는 말.

천년의상상

『토지』 안팎의 사람들에게

나는 꽤나 소심한 사람입니다.

내가 왜 책을 쓴다고 나선 것일까, 지금도 걱정이 밀려듭니다. 한숨도 나옵니다. 하지만 아무리 생각해보아도 나 스스로 글쓰기를 결심했다거나, 그럴 만큼의 대단한 열정과 마주친 적도 없습니다. 그저 『토지』 안팎의 사람들을 우연히 만났고, 그들을 따라가다 보니 여기에 이르렀습니다.

내가 만난 『토지』 안의 사람들, 그들은 내게 든든한 울타리이자 시퍼렇게 날선 도끼였습니다. 그들의 말과 삶은 매순간 나를 새롭게 만들어주었습니다. 『토지』 바깥의 사람들도 그러했습니다. 마을에서 만난 친구, 강의실에서 만난 학생, 도서관에서 만난 어르신…… 수많은 사람이 나와 함께 『토지』를 읽으며, 제각기 새로운 기운을 전해주었습니다.

단언컨대 지금까지 『토지』 안팎의 사람들이 나와 같이 있었으며, 그들의 말과 생각이 나를 거쳐 여기에 나타난 것이 분명합니다. 나는 더욱 소심해질밖에 없습니다. 이런 내게 『토지』 안팎의 사람들은 소심함의 쓸모도 알려주었습니다. 권력에 대해 눈치 보고 이해득실을 따지는 일로부터의 소심함이 아니라, 인간의 부끄러움에서 비롯되는 소심함의 쓸모 말입니다.

고대 그리스 신화에 이런 이야기가 나옵니다. 인간 세상에 혼돈과 탐욕이 들끓자 제우스는 인간을 구하기 위해 두 여신을 내려보냅니다. 하나는 정의의 신 디케(Dike)이고 또 다른 하나는 부끄러움의 신 아이도스(Aidos)입니다. 정의와 부끄러움이야말로 인간이 인간다울 수 있는 근본이라는 겁니다. 그런데 그리스어 아이도스에는 부끄러움·염치라는 뜻과 함께 자존감의 의미도 들어 있습니다. 내가 마땅히 그러해야 하는 데에 이르지 못한 그것, 인간답지 못한 그것이 부끄러움이라는 것입니다. 그래서 자존감이 없는 사람은 부끄러움을 모른다고 합니다. 아이도스는 인간에게 자기 잘못을 부끄러워 해야 함은 물론, 나답게 인간답게 살지 못할 때 진정으로 부끄러움을 느껴야 한다고 가르쳐주는 것입니다. 그렇다면 나, 계속 소심하게 살아도 괜찮다 싶습니다. 아니, 더욱더 부끄러움에 깊이 가닿아야겠습니다.

그리고 나를 둘러싸고 있는 분들도 꼭 기억해야겠습니다. 자식이 글을 쓴다 하니, 그날부터 『토지』를 펴들고 읽어나간 아버지, 자식이 공부한다 하니 당신 전부를 내주다시피 한 어머니, 이분들의 사랑이야말로 탯줄로부터 지금껏 이어지는 생명줄입니다. 나와 같이 세상을 보고 나와 같이 세상을 걸어가는 가족, 이들은 나의 든든한 지지줄입니다. 『토지』의 길잡이가 되어준 여러 선생님과 선후배·동료들, '고전읽기-『토지』읽기'를 강의로 열어준 경희대학교, 그리고 이 글이 세상으로 나오게 해준 '천년의상상'과의 소중한 인연줄도 있습니다. 이 모든 사람들이 없었다면 아마도 이 책은 단 한 장도 쓰이지 못했을 겁니다.

　『토지』 안팎의 모든 사람들에게 무한한 감사함과 부끄러움을 느낄 따름입니다. 앞으로 쓸모 있는 삶, 인간다운 삶을 바라보며 살아가겠다는 다짐으로 감사의 마음을 조금이나마 대신하고자 합니다.

2018년 여름
김연숙

1

인간

산다는 거는……
참 숨이 막히제?

『토지』, 600명의
인간백화점

사람들은 수월하게 행과 불행을 얘기한다. (……) 그렇게 분류되는 불행, 그렇게 가치 지어지는 행복이라면 실상 그 어느 것과도 나와는 별 인연이 있을 성싶지 않았다.

1973년 6월 3일 밤에 쓰인 글입니다. 박경리 작가가 『토지』 1부를 쓰던 삼 년 동안의 심경(心境)이라고 합니다. 글을 쓰며 걸어온 자신의 길을 더듬어보면서 책상 앞에 앉아 있던 마흔 일곱의 작가. 문득 책상 위 달력을 보았습니다. 그로부터 수십 년이 지난 오늘 밤, 저는 왜 『토지』를 마주한 것일까요. 작가의 글을 조금 더 읽어보기로 합니다.

앞으로 나는 내 자신에게 무엇을 언약할 것인가. 포기함으로써 좌절할 것인가, 저항함으로써 방어할 것인가, 도전함으로써 비약할 것인가. 다만 확실한 것은 보다 험난한 길이 남아 있으리라는 예감이다. 이 밤에 나는 예감을 응시하며 빗소리를 듣는다.

벌떡 일어나 창문을 열었습니다. 이곳에도 비가 내리고 있었습니다. 그러나 제게는 응시할 예감 따위는 없었습니다. 괜히 검은 어둠 속을 노려보고 말았습니다.

──『토지』라는 독한 소설

『토지』를 처음으로 읽은 때, 저는 스물다섯 살이었습니다. 국문학과 대학원 입학시험을 치르고 난 직후였지요. 이십 대의 제가 『토지』에서 가장 좋아한 인물은 '서희'였습니다. 요즘으로 치자면 '금수저'로 태어난 대지주 양반집의 무남독녀. 하지만 부모는 물론이거니와 가문의 어른이었던 할머니까지 여의고 모든 권력과 재산을 송두리째 잃어버린 소녀. 또 하지만 '서희'는 시종일관 고슴도치마냥 온몸에 가시를 곤두세우며 복수를 다짐하고 실행해나갔습니다. 책장을 넘길 때마다 서희의 호된 소리가 솟아오르는 듯 했습니다. 그녀의 눈에서 레이저광선이라도 뿜어져 나오는 듯했습니다. 멋지고도 통쾌했습니다. 그런데 막상 『토지』를 다 읽고 나서 저는 멍해지고 말았습니다. 어찌할 바를 몰랐지요. 명색이 국문학과 대학원생인데, 도대체 이걸 텍스트로, 연구 대상으로 삼는다면 어디서부터 어떻게 시작해야 하나 싶어서 말입니다.

600여 명에 달하는 등장인물과 원고지 4만여 장이 넘는 분량에 기가 질렸고, 결단코 '서희'의 복수극으로 수렴되지 않는 수많은 이야기에 휘둘려 도저히 감당할 수가 없었습니다. 급기야 이건 내가 할 수 있는 일이 아니다 싶어 포기해버렸고, 그 순간 오만방자하게도 『토지』는 '순수문학'이라기엔 잡스럽다고 결론짓고 말았습니다. 도대체 그때의 저는 무엇이 순수문학이며 무엇이 잡스러운 것이라고 생각했던 걸까요. 돌이켜보면 얼굴이 화끈거리는 '흑역사'입니다만, 하여튼 『토지』와의 첫 만남은 그렇게 끝나버렸습니다.

그 후 20년도 더 훌쩍 지난 뒤 저는 다소 기이한 경로로 『토지』를 다시 만났습니다. 대학에서 고전읽기 강의를 시작하면서였지요. 소설을 다시 읽었을 때 제가 놀랐던 것은 무엇보다도 『토지』가 만들어진 과정이었습니다. 박경리 작가는 1969년 9월 『현대문학』 177호에 소설을 연재하기 시작해 1994년 8월 30일 『문화일보』에서 연재를 끝냈습니다. 기존 연구에 따르면, 연재되는 동안 여덟 군데의 매체를 옮겨 다녔고 원고지 4만 장 분량을 채웠습니다. 25년의 기나긴, 그야말로 대장정이었습니다. 물론 그 긴 시간이 송두리째 『토지』 쓰기에 바쳐진 것은 아닐 테지요. 『토지』가 연재된 흔적을 더듬어보면 짧게는 한 달, 길게는 이삼 년씩 비워진 시간들도 있으니까요. 그럼에도 불구하고, 그야말로 그럼에도 불구하고, 한 인간이 어떤 하나의 일을, 그것이 소설 쓰기든 뭐든 간에 26년 동안 계속할 수 있다는 거, 이건 도대체 무엇일까요. 26년 동안 쓴 소설이라, 독하지 않습니까. 인간이 정말 독하다는 생각만 들었습니다.

『토지』1권에 실린 작가 서문을 보면 더 놀라운 이야기가 나옵니다.

　글을 쓰지 않는 내 삶의 터전은 아무 곳에도 없었다. 목숨이 있는 이상 나는 또 글을 쓰지 않을 수 없었고, 보름 만에 퇴원한 그날부터 가슴에 붕대를 감은 채 『토지』의 원고를 썼던 것이다. 백 매를 쓰고 나서 악착스러운 내 자신에 나는 무서움을 느꼈다. 어찌하여 빙벽(氷壁)에 걸린 자일처럼 내 삶은 이토록 팽팽해야만 하는가? 가중되는 망상(妄想)의 무게 때문에 내 등은 이토록 휘어들어야 하는가? 나는 주술(呪術)에 걸린 죄인인가? 〔중략〕 정녕 이 육신적 고통에서 도망칠 수는 없을까? 〔중략〕 도망칠 수는 없다. 사슬을 물어 끊을 수도 없다. 용기가 없는 때문인지 모른다. 운명에의 저항인지도 모른다. 마지막 시각까지 내 스스로는 포기하지 않으리. 그것이 죽음보다 더한 가시덤불의 길일지라도.

　글을 쓰지 않을 수 없었다, 가슴에 붕대를 감은 채 원고를 썼다……, 악마에 사로잡힌 것 같다는 느낌, 나도 나를 어쩔 수 없다는 그 느낌, 그건 도대체 무엇일까요. 내 삶에서 소설이든 뭐든 좋다, 소설도 좋고, 사랑도 좋고, 일도 좋고, 취미도 좋고, 뭐든 좋은데 내 인생에서 진짜 소중해서 난 이걸 안 하고는 살 수 없어! 이렇게 외칠 정도로 그 어쩔 수 없다는 느낌은 무엇일까요.
　솔직히 저는 그런 느낌이 있는지 없는지조차 모르겠습니다. 다만 저는 제 자신이 무엇을, 어떤 일을 좋아하는지 정도는 겨우 압니다. 그중 하나가 '강의'입니다. 강의실에서 저는 스스로가 점점 또렷해지고 생생해지는 느낌이 듭니다. 그런데 우스꽝스럽게도 강의를 시작하는 그 직전 순간까지는 무척 힘이 듭니다. 학교에 가려고 가방을 챙기면서, 옷을 갈아입으면서 오늘은 학교 가기 싫다고 중얼거립니다. 매일매일 주문이라도 외는 양 "오늘은 가기 싫어"라고 중얼거립니다. 학교에 도착해서도 '오늘은' 강의를 조금 일찍 끝낼 수 없을까…… 뭉그적거리기 일쑤입니다. 그런데 일단 강의실에 들어가면, 묘하게도 서서히 기운이 차오릅니다. 학생들과 눈빛을 주고받으면서 점점 신이 나고 강의가 끝나는 순간에 이르러서는 아, 내가 직업은 잘 선택했나 보다, 하며 슬며시 미소를 짓기도 합니다. 그러나 부끄럽게도 박경리 작가처럼 내가 이거 안 하면 죽을 거 같다, 그런 지경에는 이르러보지 못했습니다. 더더욱 부끄럽게도, 방학이 너무 좋습니다. 심지어 달력을 보면서 왜 이번 학기에는 '빨간 날'도 이렇게 드문 것이냐고 투덜거리기도 합니다.

그런데 26년이라니, 26년 동안 한 가지 일에 매달리다니! 그렇다면 나는 삶을 송두리째 걸 만한 것이 무엇일까, 아니 그게 무엇인지 진심으로 찾아 나서본 적이라도 있었나. 선뜻 대답을 할 수 없습니다. 더구나 '내 삶에서 이거 하나'라는 말 자체가 그저 무겁게만 느껴질 따름이었습니다. 어쩌면 『토지』를 통해 그 질문의 답을 찾을 수 있으리라는 기대를 가져본 것 같기도 합니다. 아니, 더 솔직히 말하자면 은밀한 지름길이나 숨겨진 비법을 찾고 싶었던 것도 같습니다. 이런 제 욕심의 끝이 어떤 결말을 맞이했는지

인간

는 지금부터 차차 풀어나가려 합니다.

—— 누구의 이야기인가?

누가 제게 『토지』가 어떤 책이냐고 묻는다면 아마도 이렇게 말할 거 같습니다.

"겁나……."

『토지』는 겁나 많은 사람이 나와서, 겁나 많이 지지고 볶고 물고 뜯고 죽고…… 그 와중에 또 겁나 많이 사랑하고 헤어지고 슬퍼하고 기뻐하고…… 그런 이야기라는 거지요. 만약 질문한 이가 내게 '장난하지 말라'라고 눈을 흘기면, 정색을 하고 다시 말할 터입니다.

경남 하동 평사리의 지주집 최참판댁이 몰락하고 나서, 무남독녀 서희가 갖은 고생을 겪으며 집안을 일으켜 세운 이야기라고. 으음, 복수극? 그런 셈이지. 근데 뭐가 그렇게 길고 긴 이야기라 자그만치 20권이나 되느냐고 다시 묻는다면, 서희가 다섯 살 때인 1897년에 이야기를 시작해서, 서희가 결혼하고 두 아들을 낳고, 그 아들이 다시 아들을 낳고 키우는 1945년까지의 이야기여서 그렇다고 말할 겁니다. 그러나 나는 금세 다시 이렇게 말할 게 분명합니다. 그건 줄거리가 아니야. 이야기는 '겁나' 많아.

『토지』를 처음 읽는 사람은 아마도 '서희'라는 강렬한 캐릭터에 눈길을 빼앗길 겁니다. 예전에 TV 드라마로 만들어졌을 때도 "찢어 죽일 테야, 말려 죽일 테야"라며 눈에서 레이저광선을 내뿜는 듯한 서희의 모습이 모든 이에게 오랫동안 생생하게 각인되었더랬습니다. 그리고 『토지』가 서희의 복수극이라는 것도 '틀린' 말은 아닙니다. 그럼에도 불구하고 『토지』는 서희의 이야기가 아닙니다. 서희는 『토지』를 가능하게 하는 배경일 뿐입니다. 최참판댁과 평사리 사람들, 최참판댁이 망하고 나서 쫓기다시피 간도로 떠난 평사리 사람들, 간도에 사는 조선사람들, 그리고 간도에서 다시 평사리로 돌아온 사람들, 그 모든 장면 아래에 놓인 배경일 뿐입니다. 『토지』에서는 그 '서희'를 바탕 삼아 600명이 넘는 사람들이 등장합니다. 착한 사람, 나쁜 사람, 욕심 많은 사람, 이렇게 사는 사람, 저렇게 사는 사람 등등 그야말로 별의별 사람들이 다 나와서, 어떨 때 보면 이 사람이 나 같고, 또 다른 때는 저 사람과 내가 닮은 것 같고, 어떤 때는 이 사람이 괜찮고, 그러다가 저 사람이 맘에 들고, 1권과 2권을 읽을 때는, 뭐 이딴 사람이 다 있어? 하며 진저리를 치다가도, 3권쯤에 이르러서는 그럴 수도 있겠다며 고개를 끄덕이게 되기도 합니다. 『토지』는 수많은 사람의 수많은 삶의 굴곡을 마주 볼 수 있는 '인간백화점'인 셈이지요.

그렇다면 『토지』를 통해서 인간을 이해하고 그 관계를 바라본다는 건 무슨 뜻일까요. 실생활에서 우리는 '소통'이라는 이야기를 많이 합니다. 심지어는 그 말을 아예 무시하기 일쑤인 정치인조차 '소통'이 중요하다고들 말은 합니다. 아마도 그들에게 '소통'이란 자신의 견해를 국민에게 일방적으로 전달하는 일일지도 모르지만요. 어쨌든 그 중요하다는 '소통'은 도대체 어떻게 일어나는 것일까요. 그것이 일방향의 의견 전달은 당연히 아니지만, 그렇다고 상대방과 의견 교환이 일어나는 쌍방향이 확인되면 서로 소통이 되는 것일까요.

남자 대학생들은 가끔 이런 하소연을 합니다. 도대체 여자들의 마음을 이해할 수가 없다고. 그럴 때마다 저는 그들에게 "인간이 이해할 수 있는 게 있긴 있어?"라고 농담 반 진담 반의 말을 건네기도 하지만, 곤혹스러워하는 그들을 위해 다시 이런 이야기를 들려줍니다.

어느 '여친'이 '남친'에게 "나 요즘 왠지 살찐 거 같지 않아? 뚱뚱해 보이지 않아?"라고 물어. 이때 어떻게 대답해야 할까. 첫 번째, "어. 좀 그런 거 같은데. 살찐 거 같아." 만약 이렇게 대답하면 백발백중 여자는 "그래, 나 뚱뚱해. 우리, 다음에 봐!" 하고는 확 신경질을 내며 돌아설 거야. 두 번째, "아니. 전혀 그렇게 보이지 않는데? 예전과 똑같아." 이 말을 들은 여자도 화를 내지. "오빠는 나한테 아무 관심도 없어!" 남자는 이러지도 저러지도 못해. '멘붕'에 빠져버리지. 이 난감함을 벗어날 수 있는 길은 이런 거야. 여친에게 "혹시 어젯밤에 라면 먹었어? 살찐 것 같지는 않은데, 오늘 얼굴이 좀 부어 보이기는 하네"라고 말하는 거지.

여기까지 이르면 남학생들의 표정이 오묘해집니다. 골치 아프다, 허무하다, 그렇구나, 어렵다, 피곤하다…… 아주아주 복잡한 표정들을 짓곤 합니다.

이 이야기를 다시 한 번 풀어봅시다. 이미 살이 쪘다는 것은 여자도 알고 있는 '사실'입니다. 거울과 체중계가 곧이곧대로 밝혀주었을 테니까요. 하지만 여자는 그걸 인정하기 싫습니다. 자신에게 화가 나기도 하고 짜증스럽기만 합니다. 요즘 말로 하자면 '팩트 폭력'이라고 하나요? 살이 쪘다는 명확한 그 '사실'이 마치 자신을 폭력적으로 공격하는 느낌, 사실을 인정할 수밖에 없지만 그 때문에 화가 나고 속상한 느낌이 듭니다. 그래서 누군가의 위로가 필요합니다. 이때 OX 문제를 풀듯 답을 들이미는 눈치 없는 남자라면, 여자는 이제 내 몸의 군살 때문이 아니라, 내 감정을 읽을 줄 모르는 남자친구 때문에 화가 납니다. 아마도 이 '슬픈' 이야기는 두 사람의 결별로 끝날지도 모르겠습니다.

어떤 질문에 '답'한다는 것은 무엇일까요. 질문에 대한 내 생각을 이야기하는 것일까요. 내 생각이 잘 전달되면 그때 우리는 소통이 잘되었다고 말할 수 있을까요. 그건 아닙니다. 그렇다면 이미 정답은 있고 우리는 그저 그 정답을 찾아가야 하는 것일까요. 그 또한 아닙니다. 정말로 소통을 하려면 전달보다는 배려의 능력이 먼저입니다. 질문의 답을 찾기에 앞서, 왜 저 사람이 이런 걸 묻는지 생각해보는 것. 소위 출제자의 의도라고 할 만한, 상대방의 입장을 헤아려보는 일이 필요합니다. 그래서 서로의 입장이 되어보는 '공감'이 이루어졌을 때 비로소 '소통'이 가능합니다.

──『토지』를 읽는다는 것

『토지』에는 수많은 사람의 수많은 사연이 나옵니다. 그런데 작가는 그 누구도 선과 악이라는 잣대로 판단하지 않고, 굳이 그 많은 사연의 이유를 찾아 설명해주려 하지도 않습니다. 찬찬히 읽다 보면 누구나 그럴 수 있을 것 같기도 하고, 그래도 그럴 수는

인간

없지 싶기도 합니다. 저와 함께 『토지』를 읽었던 학생들은 박경리 작가의 인물 묘사, 특히 내면심리 묘사는, 그 학생들 표현을 그대로 쓰자면, "진짜 쩐다"라면서 혀를 내두르더군요. 나아가 학생들은 『토지』를 읽으며 인간관계를 배웠다고 고백하기도 하고, 삶을 찬찬히 들여다보게 되었다고 말하기도 했습니다.

　　『토지』를 읽다 보니 이제는 내가 아는 주위 사람들의 삶을 지켜보는, 마치 이웃 사람들을 보는 듯한 느낌이다. 그것이 나에게는 굉장히 소중한 경험이 되었다. 『토지』를 읽기 전보다 지금의 내가 사람을 덜 겁내게 되었기 때문이다. 좀 신기하고 생뚱맞지만, 나는 『토지』를 읽으면서 인간관계를 배웠다. 나는 남자중학교, 남자고등학교를 나왔고, 고등학생 때에는 오로지 대학을 가기 위해서 수능시험만을 바라보는 전형적인 스파르타식 학교생활을 했다. 그래서인지 인간관계가 부담스러웠고 스스로도 그런 능력이 좀 떨어진다고 생각해왔다. 대학 신입생 때는 인간관계 때문에 굉장히 고생했는데, 지금은 사람에 대해서 겁을 덜 내게 되었다. **기계공학과 2학년생**

　　『토지』는 소설을 읽는 느낌이 아니다. 책을 읽으면 읽을수록 소설 속 인물들이 내가 실제로 알고 있는 사람들 같다. 그만큼 현실적이다. 사람의 일이라는 게 드라마나 소설처럼 완벽하게 해결되는 것이 아니다. 20년밖에 안 산 나도 해결한 일보다 해결하지 못한 채 남겨뒀던 일들이 훨씬 많다. 특히 인간관계가 그런 것 같다. 그래서 『토지』가 답답하면서도 재미있다. 책을 읽으면 읽을수록 점점 결말에 대한 기대는 사라지고 그냥 인물들의 삶이 어떻게 전개될지가 더 궁금하고 기대된다. 지금 나는, 그냥 『토지』 속 인물들이 살아가는 과정이 궁금할 뿐이다. <u>한의예과 1학년생</u>

『토지』를 읽으면서 느꼈던 것은 『토지』에 나오는 이 수많은 인물이 절대로 한 가지 잣대에 의해 평가될 수 없다는 사실이었다. 『토지』는 중심적으로 다뤄지는 인물도 있고 아닌 인물도 있지만, 사소한 인물 하나하나까지 그 삶에 명과 암이 있다. 그 삶들을 어떻게 쉽게 판단을 내릴 수 있겠는가. 그렇다면 『토지』를 넘어서서 진짜 사람들의 삶은, 나의 삶은 어떠한가.

나는 적어도 20권의 책보다는 더 깊은 삶을 살 텐데 나의 삶을 감히 누가, 심지어 나 자신이라도 쉽게 속단하고 판단할 수 있을까. 그렇게 생각하니 미래에 대해 불안을 느끼던 것이 한시름 놓이는 기분이었던 것이다. 물론 취업은 중요하다. 하지만 거기에서 잘 안 된다고 해도 그것은 실패한 삶이 아닐 것이다. 취업뿐만이 아니다. 내가 어떤 인간관계에서 실패한다든지, 다른 잘못된 선택을 한다든지 해도 그것들은 각각 하나의 잣대일 뿐이지, 나를 판단하는 단 하나의 기준이 될 수는 없다. 내가 어떤 선택을 하고 어떤 세계를 어떤 방향으로 뚫고 나가든 간에, 혹은 아예 현재 세계를 뚫고 나가지 못하건 간에 그것은 혹여나 생각한 대로 풀리지 않더라도 완전무결한 실패가 되지는 않기 때문이다. 그리고 혹여나, 혹여나 실패했다는 생각이 들고 좌절감이 들 때, 나에게 다가와 그것은 실패가 아니라고, 여전히 너의 삶에는 다양한 측면이 있다고 나를 위로해줄 『토지』의 수많

인간

은 인물들이 있지 않은가. **언론정보학과 4학년생**

이 정도면 꽤 유용한 책이지 않습니까. 『토지』는 내게 필요한 능력들을 키워주는, 그야말로 실용서임에 분명합니다. 게다가 그것은 한두 가지가 아니라 600여 명의 인간들로부터 수만 가지의 사건으로부터 전해지는, 세상 온갖 것들을 다 수집해놓은 백과사전이자 삶의 무공초식(武功招式)을 기록한 비급(秘笈)입니다.

인간의 땅,
인간의 삶

'토지'와 비슷한 말로 '땅(흙)', '대지'가 있는데 공교롭게도 각각의 단어에 해당하는 소설 제목이 이미 있고, 또 그 제목의 의미와 내용이 깊이 관련되어 있습니다. 우선 이광수의 『흙』이 있습니다. 이때 '흙'은 문자 그대로 자연적인 상태, 인공적인 것이 가미되지 않은 순수한 상태를 강조합니다. 『흙』은 주인공 '허숭'의 순수한 마음으로 세계의 부정성을 이겨낸다는 일종의 계몽소설입니다. 또 펄벅의 『대지』가 있지요. '대지'의 사전적 의미가 대자연의 넓고 커다란 땅을 가리키는 것처럼, 소설 『대지』는 광활한 인간의 삶, 인간 본성 등에 주목합니다.

이들과 달리 작가 박경리의 『토지』는 흙도 아니고 대지도 아닌, 토지입니다. 이 의미는 순수한 자연환경으로서의 흙이나 인간 존재의 보편적 상황으로서의 대지와 다릅니다. 그 사전적 뜻도 '경지나 주거지 따위의 사람의 생활과 활동에 이용하는 땅'이며, 법률적으로는 아예 '사람에 의한 이용이나 소유의 대상으로서 받아들여지는 경우의 땅'을 가리키는 말로 사용됩니다. 그래서 실생활에서는 토지등기부, 토지공시지가, 토지세, 토지 실거래가, 토지주택공사, 토지이용계획 등의 말이 있습니다.

따라서 '토지'라는 말을 쓴다는 것은 인간의 '소유' 즉 인간이 지닌 욕망, 감정, 관계, 판단, 선택 등등에 얽힌 인간 삶에 주목한다는 의미입니다. 자연과 같은 순수한 마음이나 인간 존재의 본성보다는 욕망이 들끓고 있다든가 그것 때문에 서로 경쟁하고 싸우고 죽인다든가 하는 세상만사를 통해 인간의 삶을 이야기해줄 수 있다는 것, 그것이 『토지』라는 제목에 담긴 뜻입니다. 실제로 작가는 이를 염두에 두고, 아니 이에 대한 깊은 생각 끝에 '토지'를 제목으로 삼았다고 밝히고 있습니다.

'토지'라고 정한 것은 대지도 아니고 땅도 아닌 것, 즉 땅이라고 하면 순수하게 흙냄새를 연상하게 되고 대지(大地)라고 하면 그냥 광활하다는 느낌만 들어 그 밖의 것을 찾다가 나온 것입니다. 이것은 제 느낌입니다만 토지라고 하면 반드시 땅문서를 연상하게 되고 '소유'의 관념을 포함하고 있습니다. 그런데 이 소유라는 것은 바로 인간의 역사와 관련되는 것이라고 생각합니다. 박경리, 『신동아』와의 대담에서, 1981년 5월호

문서라는 것은 소유의 출발입니다. 소유의 출발에서 인간의 비극이 시작된다고 볼 수도 있지요. 인간의 비극뿐만 아니라 개인의 비극, 민족과 민족 간의 비극, 국가와 국가의 비극, 전쟁, 모든 것이 소

유 개념에서 오는 것이거든요. 그러니까 인간에게 '토지'라는 문서에서 비롯된 소유 개념, 이것이 오늘에 이르러서는 자본주의라는 형태로써 지구를 파괴에까지 이르게 하고 있거든요. **박경리·송호근 대담, 2004년 마산 MBC 특집 프로그램**

── '사후 서술', 『토지』가 이야기를 풀어나가는 방식

제목의 특이함처럼 『토지』가 이야기를 풀어내는 방식도 아주 독특합니다. 일반적으로 소설에서는 이야기(story), 즉 사건이 아주 중요한데, 『토지』에서는 뭔가 뒷북치는 느낌이라고나 할까, 어떤 사건이 일어난 후 그 일이 누군가의 입을 통해 전해집니다. 사건의 내용이나 중요성 등과 상관없이 이미 지나간 일로써 무심하게 알려지는 셈이지요.

예를 들어 '윤보'라는 인물의 죽음을 다룬 경우를 봅시다. 의협심이 강하고, 정 많은 곰보 목수인 윤보는 비록 『토지』 전체에서 등장 분량이 많지는 않지만, 평사리 마을의 정의파 행동대장이라 할 만큼 비중 있는 인물입니다. 그가 죽는 사건도 최참판댁을 차지한 조준구 일당을 습격했다가 실패하자 쫓기듯 산으로 들어가서 벌어진 일이었습니다. 이처럼 중요한 인물임에도 불구하고 윤보의 죽음은 깃털처럼 가볍게 언급되고 맙니다. 그의 죽음은 함께 산으로 도망갔던 용이가 월선이를 찾아와서, 그간의 소식을 전하는 와중에 곁다리로 알려질 뿐이었습니다.

"풍지박산이 났지. 윤보형님이 죽고부터는. 그리고 지금 형세가 나라 안에서는 꼼짝 못하게시리 돼부렀고, 모두 뿔뿔이 흩어졌구마.

4권 404쪽

책을 읽던 독자들은 어? 이게 뭐야? 언제 윤보가 죽었나, 혹시 내가 지나쳐버렸나 싶어 앞부분을 뒤적여보지만 그 어디에서도 그의 죽음이 언급되진 않습니다. 그의 죽음은 용이의 입을 통해, 그것도 다른 소식을 전하는 말미에 덧붙여진 한마디로 등장할 따름입니다.

또 다른 경우. 조병수의 결혼은 아예 뒷북치기 그 자체라 할 수 있습니다. 그의 결혼은 『토지』에서 꽤 주목할 만한 사건입니다. 원래 그의 부모인 조준구와 홍씨 부인은 최참판댁 재산을 뺏기 위해 서희와 병수를 정략결혼 시키려 했습니다. 그에 맞서 병수는 절대 그런 일을 하지 않으리라, 부모의 욕심을 바로잡을 수 없다면, 차라리 내가 죽어버리는 한이 있더라도 서희와의 결혼은 하지 않겠다고 다짐합니다. 사악한 부모와는 대조적으로 착한 아들, '꼽추'로 태어난 가련한 아이, 그래서 그의 행보가 몹시 궁금해집니다. 병수는 어떤 여자와 결혼했을까, 부모의 명령(서희와 정략결혼)을 거역했는데 별 탈은 없었을까 등등 여러 가지 의문이 생겨납니다. 그러나 『토지』는 아무것도 말해주지 않은 채, 주막의 안주인인 영산댁이 풍문으로 들은 이야기를 전하는 것으로 조병수의 결혼을 알려줍니다. 그것도 단지 "곱새아들"이 결혼했다는 사실 하나, 그게 전부입니다.

"그 집구석[최참판댁] 이야그라면 말도 마시시오. 서울로 거산해 가다시피 허고. 곱새 아들 하나가 남아서 하인 놈 침모 그리고 맹추라는 덩신 겉은 종년 하날 데리고 거궁한 집을 지키는디 여름이면 풀이 우묵장성이라 구랭이가 우굴부굴허고 대숲에서는 귀신이 난다는 말도 있는디 흥. 얼마 전에 곱새아들 혼사가 있었지라우." **7권 35-36쪽**

이보다 더 놀라운 것은 서희의 결혼입니다. 서희와 길상이가 결혼하는 것은 그야말로 남녀 주인공의 결합이자 주인댁 아씨와 하인의 벽을 뛰어넘은,『토지』의 제일 중요한 사건 중 하나로 손꼽을 만합니다. 그런데『토지』전 20권 어디에서도 그들의 결혼 장면은 등장하지 않습니다. 심지어 결혼에 대한 직접적 서술도 없습니다. 다만 두어 군데에서 서희의 결혼이 언급되는데, 그 하나는 하인인 응칠이의 입을 통해서입니다.

어느 날 응칠이가 길을 걸어가다가 "상전 혼인날 나는 뭘 했었지"라고 중얼거립니다. 이 장면에서 저는 깜짝 놀라서 '응칠이 상전이 누구였지? 어느 집 종이었지?' 하고 찾아보았습니다. 어어, 응칠이의 주인은 서희, 그럼 최서희가 결혼했단 말이야? 언제? 하고 다시 놀랄 수밖에 없었습니다. 그러나 다른 사건들과 마찬가지로『토지』그 어디에서도 서희의 결혼에 대한 서술은 없었습니다.

서희의 결혼에 대한 두 번째 언급은 최서희가 또아리를 튼 것처럼 꼿꼿이 앉아서 혼자 독백하는 중에 나옵니다. "내가 하인(길상)하고 결혼했다고 해서 최서희가 아닌 것은 아닌 게야. 나는 최서희다." 거의 "내가 조선의 국모다"라는 식의 비장한 말투입니다. 이 부분에 이르러서 저는 비로소, 아, 서희가 결혼했구나, 제대로 실감했더랬습니다.

아무리 『토지』에 수많은 인물이 나온다지만, 그럼에도 불구하고 누가 보아도 중심인물임이 분명한 서희와 길상이의 결혼입니다. 그 중심을 대수롭잖게, 아니 없는 것처럼 취급해버리는 태도, 사건이 일어난 후 다른 누군가의 입을 빌려 그것을 전하는 태도, 이것이 『토지』가 이야기를 풀어나가는 놀라운 방식입니다. 놀랍다 못해 이상스럽기조차 합니다.

이와 같은 독특한 서술 태도는 조선 말부터 일본 식민지 시기에 이르는 파란만장한 역사를 다루면서 개별 사건과 인물의 경중을 분별하지 않기 때문에 가능했다고 생각할 수 있습니다. 하지만 어떻게 그럴 수 있을까요. 모든 것이 별 볼일 없고 시시하다는 식의 냉소주의나 허무주의도 아니고, 온갖 얽히고설킨 사람들의 관계를 이야기하면서 도대체 어떻게 중요한 것과 하찮은 것의 분별을 내려놔버릴 수 있을까요.

의아해하는 우리들에게 『토지』는 도리어 이렇게 되묻습니다. 이 땅에 살아가는 사람들 그 누구라도 길상이처럼 서희처럼 우연히 그때 그곳에 태어나, 그렇게 살아가는 거 아니냐고. 길상이는 우연히 절에 업둥이로 들이밀어졌고, 우연히 최참판댁에 맡겨져 하인처럼 살아가지 않았느냐고. 또 길상이의 사랑도 그런 우연이 아니냐고. 얼마쯤 좋아하기는 했지만, 그건 짝사랑에 가까웠고 결국은 상대의 결정에 따라 사랑이 이루어져 결혼하게 된 거 아니냐고. 만약 네가 그렇다면 어떻게 살아갈래? 혹은 태어났을 때부터 최서희처럼 돈도 많고 권력도 많고 미모도 출중한 사람이 있었어. 아무 부족함 없이 아니, 너무나도 많은 걸 타고났어. 그런데 그것들이 한순간에 다 없어져버린다면? 그때 당사자가 너라면 넌 어떻게 살아갈래?

굳이 최서희가 아니어도 김길상이 아니어도 됩니다. 누구라는 것은 중요하지 않습니다. 우리가 흔히 이야기하는 인간 그 자체, 그 인간의 삶이 중요할 뿐입니다. '땅'이 인간들과의 온갖 관계 속에서 '토지'라는 의미를 가지게 되는 것처럼, 보통의 인간들이 살아가면서 겪는 수많은 모습을 보여주는 것이 『토지』의 중심일 뿐입니다. 어떤 인물이 어떤 사건을 일으켰고 이후 어떻게 되었고 하는 것은 전통적인 소설의 서술방식이기도 합니다. 소설 구성에서 제일 중요한 요소는 인물과 사건과 배경이기 때문입니다. 이런 것들을 깡그리 무시하고, 모든 것을 날것 그 자체로 보여주기, 소위 사후(事後) 서술 방식을 취하는 것은 『토지』가 인간 삶에 그만큼 집중하고 있다는 반증이기도 합니다.

또 사후 서술이란, 사건 그 자체가 아니라 그 일로부터 일어난 효과와 달라진 상황을 문제 삼는 방식이기도 합니다. 어쩌면 그것은 우리 삶 자체가 그러하기 때문인지도 모르겠습니다. 세상에서 중요함의 여부를 판단하는 기준은 무엇일까요. 타인들에게 미치는 영향력? 내 삶에서 변곡점이 되는 것? 내게 이익이 되는 것? 내가 관심 있는 것? 무엇을 우리는 중요하다고 생각하는 것일까요. 절대적 기준 따위는 없습니다. 삶이라는 관점에서 돌이

인간

켜 보면, 그래, 그때 그런 일이 있었지, 라는 것뿐입니다. 오히려 중요한 것은 그때 그 이후 내가 어떻게 살고 있느냐 하는 사실일 겁니다. 그래서 『토지』에서는 중요 인물과 중요 사건을 분별하지 않습니다. 『토지』는 그저 관계 속에서 어떤 흐름이 이어지는지를 보여줄 뿐입니다.

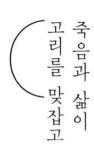

죽음과 삶이
고리를 맞잡고

『토지』는 전체 5부로 구성되어 있습니다. 1부는 구한말인 1897
년에서 1908년까지를, 2부는 1910년대, 3부는 1920년대, 4부는
1930년대, 5부는 1940년대에서 1945년 식민지로부터 해방되는
그때까지를 배경으로 하고 있습니다. 그런데 이들 1부에서 5부의
이야기가 시작되는 각각의 첫머리는 『토지』 전체의 세계관을 드
러내 보여줍니다.

── 삶과 죽음이 맞닿아 있는 세계

1부는 1897년의 한가위 풍경으로 시작합니다. 가을걷이를 마
친 축제 날, 수확의 결실로 너나없이 풍성한 날, 하지만 『토지』
1부는 기묘하게도 그 한가위에서 어둠과 죽음, 비애와 쓸쓸함을
읽어냅니다.

인간

팔월 한가위는 투명하고 삽삽한 한산 세모시 같은 비애는 아닐는지. 태곳적부터 이미 죽음의 그림자요, 어둠의 강을 건너는 달에 연유된 축제가 과연 풍요의 상징이라 할 수 있을는지. 서늘한 달이 산마루에 걸리면 자잔한 나뭇가지들이 얼기설기한 그림자를 드리우고 소복단장한 청상의 과부는 밤길을 홀로 가는데—팔월 한가위는 한산 세모시 같은 처량한 삶의 막바지, 체념을 묵시(黙示)하는 축제나 아닐는지. **1권 27-28쪽**

가장 왕성한 생명력 속에서 죽음을 바라보는 모습은 동양철학의 음양오행 원리에 닿아 있습니다. 이런 관점에서 상생과 상극은 적대적 대립의 개념이 아니라 반대되는 상대가 존재해야 비로소 자신도 존재하는 대대(待對) 관계를 구성하고 있습니다. 그래서 그 둘은 함께 존재하는 것처럼 보이기까지 합니다. "음과 양은 서로 맞서지만 서로를 안에 품고 있다. 음 안에 양이 있고, 양 속에 음이 있다. 또 음이 극한 상태에 이르면 양이 되고 그 반대도 마찬가지다. 상생인가 싶으면 상극이고, 상극이 있어야 상생이 가능하다"(고미숙, 『나의 운명 사용설명서』, 북드라망, 2012, 45쪽)라는 것처럼 말이지요.

예를 들어볼까요. 오행의 기운에서 화(火)는 토(土)와 상생의 관계이고, 수(水)와는 상극입니다. 물과 불이 상극이라는 건, 어쩌면 당연한 상식이기도 합니다. 하지만 거대한 산불을 떠올리면 그 상식은 뒤집어집니다. 거대한 산불에 물을 뿌리면 불길이 더욱 거세게 타오를 터이고, 그러므로 그때는 흙으로 불을 뒤덮어 공기를 차단해야 합니다. 상생관계의 화-토가 상극이 되는 겁니다. 나무(木)와 물(水), 그 둘의 관계도 마찬가지입니다. 물은 나무가 자라는 데 없어서는 안 될 든든한 조력자입니다. 하지만 지나치게 물이 많으면 나무는 뿌리도 내리지 못한 채 둥둥 떠다니고 말 뿐입니다.

추석을 가장 풍요로운 때로 자리매김할 수 있는 것은 그 이후의 겨울이 예비되어 있기 때문입니다. 마찬가지로 겨울의 혹독함은 생명력이 싹트는 봄을 전제해서 이해해야 합니다. 이렇게 보자면 상생과 상극은 어느 한 지점이 아니라 그 기운이 움직이는 모습을 가리키는 것입니다. 그래서 죽음을 전제로 삶이 있으며 삶을 예비하는 것으로서 죽음이 있고, 결국 좋음과 나쁨은 공존한다고 말할 수 있습니다.

이런 생각은 작가가 『토지』를 시작하게 만든 원동력이기도 했습니다. 생전에 박경리 선생은 종종 어린 시절 외할머니가 들려준 마을 풍경을 이야기하곤 했답니다(『작가세계』, 1994년 가을호, 대담: 2004년 9월 3일 마산 MBC 『토지』 완간 10주년 특별 대담). 어느 해, 거제도 외갓집 동네에 호열자(콜레라)가 창궐했다는군요. 끝도 없는 넓은 땅에 누렇게 익은 벼가 그냥 땅으로 떨어져 내릴 때까지 거둘 사람을 기다렸는데, 이미 많은 사람은 죽고 병들어 추수하지 못했답니다. 시간이 지나자 추수하지 못한 벼들은 잿빛으로 부서져 시체처럼 논바닥에 스러져 썩어갔다는……. 이 이야기는 젊은 시절 내내 선생에게 선명한 빛깔로 새겨졌다고 합니다. 삶과 생명을 나타내는 벼의 황금색과 호열자가 번져오는 새까만 죽음의

인간

색으로. 바로 그 빛깔이 『토지』의 첫 장면에 드러난 것입니다. 나아가 선생은 삶과 죽음이 맞닿아 있다는 상생-상극의 원리에 대해 이렇게 설명하기도 했습니다.

우리가 죽지 않는다면 절대로 살아 있는 것을 인식 못해요. 죽기 때문에 우리가 살아 있다는 인식을 하거든요. 영원히 사는 것 같으면 시간도 인식 안 하고 우리가 살아 있다는 생각도 못할 거예요. 우리가 죽기 때문에 살아 있다는 인식을 하거든요. 또 죽기 때문에 새로운 탄생을 인식하고. 우리에게 형벌을 신이 주었다고 임의적으로 생각할 수도 있지만 어떤 면에서는 그것이 축복이기도 한 거죠. (중략)

내가 이런 얘기를 했어요. 이 세상에 제일 무서운 것은 안 죽는 것이다. 아무리 지독한 박테리아도 그게 생명일 때는 그것을 죽이는 약이 있다. 죽음이 있기 때문에 해결책이 있다. 그러나 안 죽는 것은─영원히 사는 건데─영원히 산다는 것은 정지다. 정지는 없는 거나 마찬가지다. 끝이다. 우리가 비닐이 무섭다는 것은, 안 죽거든요. 쇠뭉치고 핵이고 뭐고 다 죽지 않거든요. 영혼이 없단 말이에요. 영혼이 없다는 것, 능동성이 없다는…… 그게 제일 무서운 거다. (중략) 능동성이 없다는 것은 생명이 없다는 거고. 그게 얼마나 황량하고 무서운 거예요. 그 자체가 영원한 죽음이죠. 동시에 영원한 존재이지요. 죽어 있는 것이 영원히 존재한다는 것……. 『작가세계』, 1994년 가을호, 대담

── 갈피마다 인생의 주름이

『토지』를 이끄는 각 부의 첫머리들은 이런 역동적 흐름을 선명

하게 보여주고 있습니다. 2부는 1911년 5월 용정촌의 대화재로 부터 시작합니다. 북녘 땅인 만주는 조선과 달리 일러야 사월 하순, 대개 오월이 되어야 씨앗을 뿌리고 농사를 준비합니다. 그런데 생명이 움트고 자라나는 그때에 큰불이 일어나 사방이 화염의 바다로 변하고, 시가(市街)의 건물 절반 이상이 잿더미가 되어버립니다. 생명력이 가장 왕성한 계절의 '기운'과 모든 것을 사라지게 만드는 '불'이 함께 등장한 것이지요.

3, 4, 5부도 마찬가지입니다. 3부는 기미년 3·1만세운동이 펼쳐질 즈음을 배경으로 독립을 향한 새로운 기운이 솟구쳤지만 결국 스러지고 더욱 암흑 같은 시대의 무게가 짓누르는 모습을 보여줍니다. 4부는 식민지 근대화가 진행된 도시를 등장시켜 편리한 신문물, 위생과 청결을 내세운 모습과는 대조적으로 더욱 피폐해진 조선인들의 생활을 드러냅니다. 5부는 홍이(이용의 아들)가 만주 신경(新京)에서 발행하는 신문 『낙토일보(樂土日報)』 1940년 8월 1일자를 펴 드는 모습으로 시작합니다. 이는 활기찬 여름의 기운, 제국일본이 대륙으로 뻗어나가는 기운과 제2차 세계대전이라는 죽음의 기운을 교차시키는 것으로 읽힙니다. 대륙 침략을 위해 일본이 만들어낸, 새로운(新) 서울(京)에서 '낙토(樂土)'는 도대체 누구의 것일까요. 군국주의의 강력한 힘은 천지사방으로 번져가지만, 자기네 땅을 고스란히 빼앗긴 중국인이나, 고향으로부터 만주까지 내몰린 조선인들에게 그것들은 죽음의 힘일 따름입니다. 그 기묘한 불일치가 빚어내는 불길함과 기괴함이 문장 갈피갈피에서 고스란히 전해집니다.

인간

신경 전체가 떠오르고 있었다. 떠올라서 기구(氣球)처럼 하늘을 떠돌며 흐르는 것이었다. 신경의 인구(人口)는 그 기구 속에 갇혀 있으며 자신[홍이]과 아내와 아이들도 그 속에 갇혀서 어디로 가고 있는지 알지 못하고 지상을 떠나가고 있다. 가고 있다, 하고 생각을 되풀이하는 것이었다. <u>16권 13쪽</u>

도시 전체가 하늘로 날아오른 느낌이라지만, 바람을 탄 연이나 새나 나비의 날갯짓 따위의 움직임은 전혀 찾아볼 수 없습니다. 움직임 없이 멈춰버린 채 아니 풍선 속에 갇힌 채 지상의 삶으로부터 멀어져가야 하는 불안과 공포만이 가득할 뿐입니다.

이처럼 상생과 상극이 얽힌, 기묘한 장면 묘사는 『토지』의 시각을 짐작게 해줍니다. 시대의 풍경과 그 속에서 살아가는 사람들의 삶 또한 그런 관점에서 바라보고 있는 것이지요. 좋고 나쁨, 선과 악, 삶과 죽음, 긍정과 부정, 길흉화복이라고 말하는 인간사가 애초부터 공존하고 있다고 말하는 것입니다. 어쩌면 『토지』는 겹겹의 주름이 가득한 할머니 얼굴 같아 보입니다. 웃는 것도 찡그린 것도 아닌 얼굴로 때로는 그럭저럭 살 만하다고 고개를 끄덕이다가, 또 때로는 사는 게 참으로 힘들다고 한숨을 내쉬는 할머니 말입니다. 아마도 그 갈피갈피의 주름을 하나하나 들춰보는 일이 『토지』를 읽어내는 일일 겁니다.

2

계급

서러운 놈들이 마음을
굽히지 않고 산다는 것.

하늘 같은 양반과 버러지 같은 상놈

『토지』 2권에 이런 장면이 나옵니다. 가난한 소작농 집안의 엄마가 어린 아들 용이에게, 최참판댁 도련님인 치수가 때리면 너는 맞아줘야 한다, 절대 때리면 안 된다고 신신당부합니다. 용이가 왜 내가 맞아야 되느냐고 물으니, 엄마는 네가 더 힘이 세고 형이니까 맞아줘야지, 져줘야지 하며 타이릅니다. 그 말을 들은 용이가 다시 묻습니다. 그럼 다른 아이와 싸울 때도, 만약 그 아이가 나보다 힘이 센 아이라면 걔는 내게 맞아주는가? 당황한 엄마는 그 아이가 어질다면 혹시…… 하고 말꼬리를 흐립니다. 그러면 엄마, 나는 힘이 세도 맞고, 힘이 없어도 맞고, 맞고만 살라고……? 용이가 투덜댑니다. 말문이 막힌 엄마는 하염없이 먼 산만 바라봅니다. 차마 어린 아들에게 '하늘 같은 양반과 버러지 같은 상놈'의 격차를 사실대로 이야기해줄 수 없었습니다. 엄마는 "상놈이 우찌 양반을 때릴 것고"라는 말을 그저 입안에서 우물거릴 따름이었습니다.

용이 같은 상놈에게 양반이란 도대체 무엇일까요. 어쩌면 '양반'이란 신분 차이 이상을 의미하는 것처럼 보입니다. 내가 어떻게 할 수 없는 것, 그야말로 선험적 영역의 존재를 가리키는 것처럼 보입니다. 신의 영역에 속하는 초월성이나 전지전능까지는 아니라 할지라도 눈에 보이지 않는 삶의 문턱, 내 힘으로는 도저히 넘을 수 없지만, 시시때때로 나를 가로막는 것 말입니다. 그런데 그런 것들이 사회적으로 공인된 기준이라면 어떨까요. 애초부터 누구는 양반이고 누구는 상놈이고 누구는 개돼지 같은 하인이라고 사회적으로 확고하게 규정되어 있다면 어떨까요.

서희의 아버지 최치수 살인 사건 이후에 범인을 밝혀내는 과정에서는 그야말로 벌레보다 못한 하인의 처지가 여실히 드러납니다. 물론 윤씨부인의 입장에서 아들 최치수를 죽게 만든 하녀 귀녀는 철천지원수입니다. 하지만 살인죄를 자백받는 과정을 보면 취조라기보다 아예 보복을 작심한 듯 가혹하기 짝이 없습니다. 귀녀를 광에 가두고 사흘 낮 사흘 밤 동안 먹을 것은 물론 물 한 모금 주지 않습니다. 심지어 그녀가 임신 중이라는 걸 알고 있었음에도 말입니다. 결국 까무러친 귀녀. 물을 끼얹자 겨우 정신을 차린 귀녀가 얼굴을 타고 흐르는 물을 미친 듯이 핥아 먹습니다. 그야말로 죽기 일보 직전이지만, 윤씨부인이나 다른 하인들은 그런 귀녀를 예사롭게 쳐다볼 뿐입니다. 죄를 지었기 때문에 그렇게 취급받을 수밖에 없다는 논리는 지엽적인 것에 지나지 않습니다. 오히려 이유 여하를 막론하고 아니, 아무 이유가 없다 할지라도 윤씨부인은 양반이기 때문에 그 어떤 짓도 할 수 있고, 귀녀는 그 무슨 짓도 다 당해야 하는 하인이라는 사실이 훨씬 더 강력하게 작동하고 있을 따름입니다.

—— 죽는 순간까지 이어지는 '양반 타령'

그야말로 하늘 같은 양반, 이런 양반들이 『토지』에서는 생생하게 그려집니다. 우선 멍청한 악당 같기도 하고 팔난봉 같기도 한 양반 김평산이란 인물이 우리 눈길을 사로잡습니다. 김평산에게 양반이란 삶에서 가장 중요한 기준이자 유일한 무기입니다. 그는 몰락한 양반 가문의 후손으로 늘 제 욕심만 차리는 사람입니다. 그가 세상만사에 방패막이처럼 내세우는 것이 바로 '내가 양반인데'라는 말입니다. 그와는 달리 어질기만 한 부인 함안댁에게도 남편이 양반이라는 사실은 절대적 기준입니다. 중인 출신인 그녀는 몰락한 양반 김평산에게 시집온 후, 혼자 힘으로 살림을 꾸려가는 억척 어멈이자 헌신적인 어머니, 경우 바르고 올곧은 이웃으로 칭송받는 사람입니다. 그런 그녀가 김평산의 학대나 다름없는 폭언과 폭력을 묵묵히 참을뿐더러, 노름과 자잘한 도둑질 등 각종 행패를 부리는 개망나니 같은 남편을 상전처럼 떠받들며 살아가는 힘은 바로 '양반'에서 나옵니다.

'씨가 있는데 장사를 하시겠나 들일을 하시겠나. 이 난세에 벼슬인들 수울할까. 하기는 요즘 세상에는 벼슬도 수만금을 주고 사서 한다는데.'

고달픈 마음에서 자기 위안을 위해 하는 말은 아니었다. 그는 진정 이야기책에서 읽은 현부인을 본받으려 했고 부덕(婦德)을 닦는 자신에게 자랑스러움을 느끼었고 세상이 어지러우면 똑똑한 사람도 제남편같이 허랑방탕하게 살 수밖에 없다고 믿는 것이었다.

'용이 구름을 못 만나면 등천을 못하는 법이지. 그분도 한이 왜 없겠나. 그러니 노상 울분에 차서 술을 마시고 손장난도 하시고, 왕손도 세상을 잘못 만나면 나무꾼이 된다는데.' **2권 40~41쪽**

물론 함안댁이 남편을 사랑하고 이해해서 진심으로 이렇게 생각하는 것인지, 아니면 자기 위안이나 자기 최면에 지나지 않는 것인지는 좀 더 생각해봐야 할 문제이지만 하여튼 그녀는 그렇습니다. 김평산은 양반이기 때문에 모든 것이 다 용서되고, 자신은 양반의 부인이기 때문에 어떤 어려움도 견딘다는 겁니다. 결국 최치수 살인 사건의 범인으로 김평산이 사형당하자 함안댁은 목을 매어 자살하고 맙니다. 가난하고 힘겨워도 '내 남편은 양반이고 우리는 양반 집안'이라는 사실이 그녀 삶의 명분이자 원동력이었습니다. 그 남편이 살인자로 판명나자 그녀에게는 이제 아무것도 내세울 만한 가치가 없습니다. 살아갈 의미가 없어진 것이지요. 그래서 그녀 또한 스스로 삶을 마감해버리고 맙니다.

이를 두고, 보다 적극적으로 해석해서 희생이나 책임감 때문이라고 할 수 있을지도 모르겠습니다. 죽음으로써 남편 대신 속죄하는 방식이라고 말입니다. 그와 반대로 부정적으로 해석하자면, 함안댁의 자살은 자기만족이 사라져버린 것에 대한 절망 때문에,

즉 자기의 삶만을 생각하는 이기적 태도라고 할 수도 있습니다. 살인자의 아내라는 것도 만만찮은 무게이겠지만, 이후 살인자인 아비와 자살한 어미의 자식으로서 살아가야 하는 어린 아이들(거복이와 한복이)의 삶의 무게는 그와 비교가 불가능할 만큼 어마어마하리라는 건 누구라도 쉽게 상상 가능한 일이니까 말입니다. 실제로『토지』는 함안댁의 자살 이후, 처참한 지경에 놓인 아이들의 모습을 자세히 보여줍니다. 자살의 이유로 딱 하나를 지목할 수는 없지만, 어쨌든 함안댁은 목을 매달고 죽습니다. '양반'이 무너졌기 때문에…….

다시 김평산에게 돌아오자면, 이 사람에게 '양반'이란 도대체 어떤 의미였을까요. 그는 최치수 살인죄로 관가에 끌려간 그때 가장 김평산다운 절정의 장면을 보여줍니다. 관가에서 살인 사실과 칠성이와의 공모 여부 등을 밝히고자 하는데, 김평산은 매 한 대만 맞으면 정신을 못 차립니다.

"사또오 억울하오! 이 몸은 청백하오!"
한 대를 맞고 나면,
"사또오! 소인이 역적질을 하였단 말씀이오! 무슨 죄명이오!"
했으나 다섯을 넘기기 전에
"소인이 했소이다! 최치수는 소인이 사, 삼끈으로 모, 목을."
그러다 다시 풀려 수령 앞에 이르면
"반가에 태어나서, 어엿한 의관의 집 자손으로, 비록 가세는 기울어 곤궁하오나."

시작하는 것이다. 그것은 가히 일장의 소극(笑劇)이었다.

"얼빠진 놈."

수령은 웃음을 깨물고 관속들도 복어같이 팅팅하게 살진 평산을 재미스럽게 구경한다. <u>3권 9쪽</u>

돌림노래처럼 끝없이 이어지는 양반 타령에 관청에 있던 모든 사람이, 심지어 곤장을 내려치는 형리들조차 웃음을 참지 못합니다. 웃느라 제대로 문초를 못할 지경입니다. 김평산은 그렇게 죽을 때까지 모든 사람의 비웃음을 삽니다. 그러나 그는 너무나도 진지하게 마지막 죽는 순간까지 "내 비록 가난하지만…… 원래는 양반"이라며 주절주절합니다. 이 사람이 가진 '양반'이라는 무게감은 어느 정도였던 것일까요. 도대체 양반이 뭐길래 그런 무게감을 줄 수 있었던 걸까요.

—— 자명한 기준인가, 섬뜩한 폭력인가

마지막으로, 김훈장이라는 인물에게 나타나는 '양반'을 살펴봅시다. 다소 완고한 성품이긴 하지만 김훈장은 평사리에서나 간도에서나 그다지 흠잡을 데 없는, 덕망 있는 어른이었습니다. 그는 양반이라는 권위에 매이지 않고 옳은 일이라면 스스로 앞장서 행동합니다. 그래서 목수인 윤보나 하인 처지에 있는 길상이에게도 스스럼없이 대합니다. 김훈장이 보기에, 그들이 비록 양반은 아니지만 의롭고 올바른 인간으로서 존중해줄 만했기 때문입니다. 또 서희를 따라 간도로 온 것도 독립운동을 선택한, 적극적 실천에서 비롯된 것이었습니다.

이런 김훈장이, 어느 날 서희와 길상이의 혼담을 듣자마자 해괴망측하다면서 격노합니다. "야합이 아닌 다음에야 그런 일은 있을 수 없지요"라며 소리소리 지릅니다. 이때 바로 옆에 당사자인 길상이가 있었는데도 그랬습니다. 길상이는 김훈장이 벽력같이 내지르는 소리를 들으면서 얼어붙은 듯 서 있었습니다. 『토지』의 묘사를 그대로 옮기자면, 수치심과 모멸감을 느낀 길상이가 자기 손등을 저도 모르게 물어뜯어 피를 철철 흘립니다. 아마도 길상이의 마음은 그보다 더하게 생살이 파헤쳐지는 상처를 입었을 것 같습니다. 박경리 작가는 이렇게 말합니다. 김훈장에게 악의는 없었다고. 그러나 바로 그 때문에 길상이는 상처받을 수밖에 없었습니다.

김훈장의 사람됨이 잔인해서도 아니다. 고의로 한 말도 아니다. 사람됨이 잔인했거나 고의로 한 짓이라면 미워해버리면 그만이다. 등을 돌려버리면 그만이다. 김훈장은 오히려 착한 편이다. 정직한 사람이기도 하다. 사리사욕도 별반 없는 사람이다. 고지식하다. 그의 입에서 나온 말들은 그로서는 당연하다. 팔이 어깻죽지에 붙어 있듯이, 다리가 엉덩이 쪽에 붙어 있듯이 추호도 이상할 것이 없는 그의 말이다. 다만 김훈장은 길상을 한 그루 나무로 본 것이다. 한 덩이 길가에 굴러 있는 돌로 본 것이다. 그럴 때는 그 자신도 나무였다. 돌이었다. 결코 반대 그 자체가 부당했다는 것은 아니다. 부당했던들 어떠랴. 아픔이 있고 미움이 있고 실낱같은 괴로움이라도 있었더라면.

계급

몇 백 년의 세월이, 몇 백 년의 제도가 빚어낸 메울 수 없는 심연, 이 켠과 저 켠이 결코 합칠 수 없는 단층, 왜 그것을 여지껏 못 깨달았는 가. <u>6권 82쪽</u>

차라리 김훈장이 나쁜 사람이었다면 길상이가 이렇게까지 모욕감을 느끼지는 않았을 겁니다. 저런 나쁜 놈이 하는 소리를 뭘 귀담아들어, 하고 넘겨버릴 수 있으니까요. 그러나 김훈장은 좋은 사람일 뿐만 아니라 평소 존경하던 어른이었습니다. 그런 사람이 서희와 길상이의 혼인을 두고는 말도 안 된다고, 아무리 나라가 무너졌고 아무리 힘들게 산다 할지라도 그런 일은 있을 수도 없다, 타고난 종은 아니지만 하인으로 부렸던 사람이라며, 신분의 격차가 엄연히 있다고 합니다. 이때 신분의 격차라는 말을 따져보면, 하인은 인간이 아니라는 뜻이나 다름없습니다. 따라서 인간과 인간 아닌 존재가 결혼하는 일은 상상도 할 수 없다는 겁니다. 평소 김훈장은 길상이의 됨됨이를 칭찬했지만, 그런 길상이도 '인간' 범주에 속하지 않는 겁니다. 마치 온순하게 일 잘하는 소를 대접해주고 주인 말귀를 잘 알아듣는 영특한 강아지를 칭찬할지라도 그들이 사람은 아닌 것처럼 말입니다. 그래서 김훈장은 뻔히 길상이가 있는 그 자리에서 '해괴망측하다', '야합이다' 라며 노여워할 수 있었던 것입니다.

지금의 우리 입장에서 보자면, 이는 옳고 그름을 떠나 인간이 인간에게 할 짓이 아닙니다. 인간에 대한 예의가 아닌 것이지요. 하지만 하늘 같은 양반과 버러지 같은 상놈이 자명한 기준이던 세계에서 그것은 자연의 순리만큼이나 당연한 일이었습니다. 그 당연함은 누군가에게는 해와 달의 존재처럼 자연스럽고 일상적이었지만, 또 누군가에게는 자기 존재 자체가 부정당해야 하는 섬뜩한 폭력이었습니다. 그래서 저 장면은 김훈장의 예사로운 모습 때문에 더 무섭습니다. 그런데 더더욱 무서운 것은, 그 자명한 기준이 지나간 과거에만 있었던 것이라고 단언하지 못한다는 사실입니다. 어쩌면 양반/상놈이라는 거죽의 이름만 바뀐 그 무엇들이 여전히 우리 옆에서 작동하고 있지 않나 싶습니다.

　『토지』에서는 양반이라는 절대적 기준점으로부터 모든 사람이 위치 지워졌습니다. 그래서 누군가는 양반 때문에 죽음조차 불사하고, 누군가의 삶은 양반이라는 이름으로 질질 끌려 다녔고, 또 누군가는 양반이 아니어서 인간의 범주 밖으로 내동댕이쳐졌습니다. 마찬가지로, 지금 우리에게 우리 삶을 장악하는 절대적 기준은 무엇이며, 그것이 어떻게 작동하고 있는지 생각해보고 싶습니다. 기준의 크기나 영향력보다 그것이 생겨난 근원이 궁금합니다. 내 삶의 기준이 나의 판단과 선택으로 만들어졌는지 아니면 타인의 기준이나 사회의 기준을 그대로 옮겨다가 중심으로 삼은 것인지 말입니다. 그리고 나는 어떻게 삶을 움직여나가고 있는지 혹은 끌려가고 있는지, 짓눌려 있는지…… 곰곰 돌이켜볼 일입니다.

운명의 사전적 정의는 "인간을 포함한 모든 것을 지배하는 초인간적인 힘, 또는 그것에 의하여 이미 정하여져 있는 목숨이나 처지"입니다. 그것은 나의 행동이나 의지와 상관없이, 아니 내 존재에 앞서서 결정되어 있는 것입니다. 그래서 "팔자 도망은 못한다", "제 팔자 개 못 준다"라는 말도 흔하게 들을 수 있습니다. 인생이 내 힘으로는 안 된다는 것이지요. 고로 포기. 그런데 말입니다. 단념해야 할 이유가 선험적이면서도 사회 기준으로 공인되어 내 삶을 좌우하는 것으로 여겨진다면 더더욱 힘듭니다. 앞서 말했던 양반 같은 신분 질서가 전근대 세계에서 그러한 사회 기준이었겠지요.

요즘을 생각해보면 너는 여자/남자니까, 너는 한국인이니까, 너는 어디 출신이니까, 너는 기혼/비혼이니까, 너는 학생/교사니까, 너는 어리니까, 너는 늙었으니까 이거는 안 돼, 저거는 안 돼,

이렇게 해야 해, 저렇게 해야 해 등등 한계가 설정되어버리는 경우가 종종 있습니다. 이때 한계선을 구획하는 성별이나 인종, 나이, 출신은 애초 내가 선택한 것이 아닙니다. 그냥 타고난 것일 따름이지요. 또 그 범주는 개별 차이보다는 동일한 집단으로서 갖는 특성을 두드러지게 내세웁니다. 이 때문에 그에 소속되었다는 사실 자체가 벗어날 수 없는 속박처럼 여겨지기도 합니다. 나는 여자이지만 이러한데, 나는 노인이지만 저러한데 등등의 생각은 금지되는 것이지요.

이쯤에서 이렇게 되물을 수도 있겠습니다. 양반-하인 같은 신분 제도가 공고했던 과거와 달리 지금은 자유로운 개인의 시대가 아니냐고. 맞습니다. 대한민국은 민주공화국이라고 헌법 1조는 규정하고 있습니다. 지금의 우리는 자기 삶을 스스로 좌우할 여지가 『토지』의 배경이 되었던 시대보다는 훨씬 큰 것도 사실입니다. 그럼에도 불구하고 요즘 사람들 역시 타고난 환경과 조건을 두고 '금수저', '흙수저'라며 숙명론처럼 비관하기도 합니다. 또한 출생 신분이 아니더라도, 여전히 내 힘으로 넘을 수 없다고 생각되는 문턱과 자주 마주치게 되곤 하지요.

『토지』에서는 이처럼 내가 어찌할 수 없는 것, 운명으로 주어진 것 앞에서 우리가 어떻게 살아야 하는지를 생각해보게끔 합니다. 『토지』에서는 묻습니다. 천민으로 태어났다면, 대역 죄인인 부모에게서 태어났다면 너는 어떻게 할래? 체념? 순응? 극복? 나아가 극복하겠다면 도대체 어떻게 하는 게 극복이냐고 묻습니다. 앞서 「하늘 같은 양반, 버러지 같은 상놈」에서는 양반과 엄격하게 구분되는 상놈(평민)의 처지를 말했습니다만, 차별이 가장 공공연하게 일어나는 대상은 천민이었습니다. 조선 시대에는 법적으로 양민(良民)과 천민(賤民)을 나누는 양천제가 실시되었습니다. 그런데 실제로는 양반과 중인, 평민과 천민 네 개의 계급이 존재했고, 천민은 노비를 비롯해 기생, 백정, 광대, 무당, 승려 등이 있었습니다. 그중 노비보다 더 격렬한 천시와 학대를 받는 천민이 있었으니 바로 백정이었습니다. 아예 인간 이하의 취급을 받던 존재들이죠.

—— '백정의 사위', 그 피눈물 나는 운명

『토지』의 시작은, 그런 신분제를 폐지하는 개혁 조치(갑오경장, 1894)가 시행된 지 3년 정도가 지난 때입니다. 그러나 변화는 제도상의 변화일 뿐 사회 분위기나 일상생활에서는 갖가지 신분 차별의 습속이 여전했습니다. 최참판댁 하인들은 노비 문서가 없어졌다는 것은 알았지만 대부분 그저 살아오던 대로 여전히 하인 노릇을 합니다. 마찬가지로 노비보다 더 천시받던 백정에 대한 차별도 개인적 인간관계는 물론 사회적으로도 계속 용인되었습니다. 백정의 아들딸은 등교를 거부당했고 백정과 그 가족은 문둥이나 송충이 취급을 받았습니다. 그래서 1923년부터는 역사적으로 널리 알려진 형평사운동(衡平社運動)이 일어나기도 합니다. 하위 신분층의 처우를 실질적으로 개선하고 사회적으로 평등하게 대우해달라며 당시 백정들을 중심으로 경남 진주에서 시작된 운동이지요. 이처럼 '신분 제도 폐지 → 여전히 잔재하는 신분

차별 → 사회 평등 호소' 등의 맥락이 펼쳐진 것은 보편적인 역사 전개처럼 보이기도 합니다. 하지만 그 맥락 속에서 살아가야 했던 인간의 삶은 온갖 굴곡과 옹이가 들이박힌 피눈물의 역사를 남겼습니다.

『토지』 중반쯤에 이런 장면이 나옵니다. 평민 출신으로 백정 딸과 결혼한 송관수가 주막에 들어오자 사람들은 노골적으로 적대감을 드러냅니다. 어디 감히 백정 사위가 우리와 한 공간에 자리하느냐고 말이지요. 사위야 남의 식구인데 관수가 무슨 백정이냐, 더구나 관수는 옳은 일(의병활동, 항일운동) 하는 사람이라는 말도 있다면서 몇몇 사람이 두둔하기도 하지만, 뭘 하든 백정은 인간이 아니라는 거센 목소리에 이내 파묻히고 맙니다. 그러고는 '백정 놈들 숨구멍 트인 세상'이라며 말세라고 한탄하기 시작합니다. 한 시절 전만 해도 '언감생심' 백정이 이런 술집에 들어온다는 것은 생각도 하지 못했다는 것이지요. 그들이 떠올리는 한 시절 전은 이러했습니다.

"내 소싯적에 한 분 본 것은, 그러니께 그기 무슨 놀이던지 잘 생각이 안 나는데 단오놀이던지, 아무튼 구경꾼 속에서 백정이 딸을 하나를 잡아낸 기라요. 한사결단 달아날라는 거를, 아 그러씨 장정 몇이 덤비드는 데야. 치마가 찢기 달아나고 속곳이 벗겨지고, 지금도 생각이 나는데 고놈의 가시나 몸매도 좋고 얼굴도 이삐게 잘생깄더마."

"볼 만했것구마."

"그 이뿐 가시나를 엎어뜨려놓고 장정들이 번갈아서 올라타고 이
랴! 이놈의 소가 와 안 가노! 함시로 엉덩이를 철벅철벅 때리는 기라
요. 뿐이겠소? 목에다 새끼줄을 걸고 네 발로 기게 하고 구경꾼 앞을
돌아댕기는데. 그 에미가 소개기를 가져와서 게우 풀렸났지마는 좀
안된 생각도 들고."

"안되기는 머가 안됐단 말이요? 백정은 사람 아닌께. 그놈들을 오
냐오냐 하고 내버려두었다가는 칼 들고 소만 잡겠소? 사람도 잡을라
들 긴데? 옴짝달싹 못하게 콱 기를 직이놔야지." <u>9권 207~208쪽</u>

백정이라면, 백정의 가족이라면 그들에게 어떤 짓을 해도 괜찮
다는 것. 그들은 사람이 아니기 때문에. 그래서 백주 대낮 길에서
처녀의 옷을 찢어 벗기고, 장정들이 올라타서 짐승처럼 몰아대지
만 '놀이'일 따름이라는 인식. 실로 잔인하기 짝이 없습니다. 더
놀라운 점은 그 '놀이'를 반성하는 목소리는 미미하고 결국 백정
은 사람이 아니니 괜찮다로 귀결되고 만다는 것입니다.

—— 다 같은 설움, 동지적 우애
송관수는 백정의 사위가 된 이래로 '백정각시놀이'처럼 예사로
가해지는 혐오와 천대를 감내해야만 했습니다. 아내는 물론 그의
아들딸까지 말입니다. 그러나 관수의 대응 방식은 남달랐습니다.
그는 적당히 참고 적당히 무시하며 견디어나가는 것에서 한발 더
나아가, 세상을 향해 고통의 의미를 확장해나갑니다. 그는 백정
의 사위이기 때문에 받는 서러움을 통해 우리 가족의 고통, 나아

가 모든 억눌린 자의 고통을 상상해보기 시작한 것입니다.

그때에 이르러 자신이 평민이었을 때는 생각지도 못했던 억압의 존재를 깨닫고, 그런 고통을 겪는 수많은 사람들과 삶을 같이하는 공통 감각을 확보하게 됩니다. 이렇게 나를 넘어서서 우리 모두의 공동체 차원으로 의미가 확장되었을 때 비로소 관수는 마음을 굽히지 않고 살아갈 힘을 찾아냅니다. 그가 항일운동에 나설 수 있었던 것도, 정의/불의를 구별하기 이전에 우리 모두라는 공동체의 범주를 인정했기 때문입니다. 일제의 억압이 나와 상관없는 일은 아니지만, '우리' 민족·'우리' 땅이라고 확신할 수 없다면 하나뿐인 내 목숨이 위태로울 일을 감행할 용기는 생겨날 수 없습니다. 그렇다면 '우리 민족·우리 땅'이라는, 관수의 이런 확신은 도대체 어디서 어떻게 만들어진 걸까요.

조선과 대한제국은 명백히 전제군주(專制君主), 왕이 다스리는 나라였습니다. 왕을 필두로 한 엄격한 신분제 사회이기도 합니다. 관수는 원래 평민이었다고 했습니다. 그가 철들 무렵 조선말-대한제국-식민지로 이어지는 격랑에 휩싸였고, 이후 백정의 사위가 되어 천민 취급을 받으며 일제강점기를 살아갔습니다. 야멸차게 말하자면 조선이든 대한제국이든 왕과 양반을 비롯한 그들의 나라이지 '우리'의 나라는 아닙니다. 망국의 비탄이나 국권회복은 양반의 몫이지, 평민인 내게, 노비와 백정을 포함한 '우리' 모두에게 해당하는 일은 아닙니다. 실제로 상해 임시정부 시절, 사람들은 일본 제국주의로부터 독립한 이후 어떤 나라를 세울 것인가에 대해 설왕설래했다고 합니다. 조선왕조를 복원해야

계급

하는가, 공화제에 기반한 새로운 국가를 설립해야 하는가 하고 말이지요.

이 지점에서 근대 민족 국가에 대해 '상상의 공동체(Imagined Communities, 베네딕트 앤더슨)'라 지칭한 것을 떠올려봅시다. 이때 '상상'이란 누군가가 제 맘대로 머릿속에서 꾸며낸 것이라고, 혹은 진짜가 아닌 가짜라고 말하는 게 아닙니다. 그것은 내가 단 한 번도 만나보지 못한 사람을, 이야기도 들어보지 못한 사람을, 어쩌면 앞으로도 절대 마주치지 않을 그런 사람을, 그 모든 사람을 '우리'라고 상상해내는 놀라운 능력을 가리킵니다. 앤더슨은 심지어 그 '우리'라는 '공동체'가 실질적 불평등과 수탈에도 불구하고 언제나 심오한 수평적 동료의식으로 상상된다고까지 말합니다(베네딕트 앤더슨, 『상상의 공동체』, 윤형숙 역, 나남, 2004, 27쪽).

바로 이런 상상력을 관수가 작동시키고 있는 게 아닐까요. 관수는 이렇게 말합니다. '동지적 우애'와 '다 같은 설움'이 굳게 맺어져, 캄캄한 어둠의 운명을 비추어줄 가느다란 빛을 발하고 있다고요. 그리고 그 빛이 내 가슴뿐 아니라 가족을 넘어, 온 세상에서 깜박인다고 말입니다.

"세상에는 하고많은 일이 있고 어리석은 놈 등쳐서 깝데기 벳기묵을 재간도 있는데 와 하필이믄 이 짓을 하고 있제? 하는 생각이 들 때가 없는 것도 아니지마는 그러나 석아, 우리같이 설운 놈들이 마음을 굽히지 않고 산다는 것이 얼매나 좋노. 굽히도 굽히는 기이 아니요 기어도 기는 기이 아니라. 안 그렇나? 니는 내가 오늘 당했으니께

울적해서 말이 많다 생각할지 모르겄다마는 땅바닥에 꿇어앉아 술을
마시도 좋고 일만 잘 되믄 못할 짓이 머 있겄노. 도리어 보람이 있제.
내가 살아 있는 것 같아서 말이다. 저기 저 하늘에 별이 깜박깜박한
께 내 가심도 깜박깜박하는 것 겉고, 내 새끼 내 계집 그라고 온 세상
사람들 가슴도 그러리라 생각하믄은, 그렇지 내가 하는 일도 과히 헛
된 일은 아닐 기라." ^{9권 214~215쪽}

이 놀라운 상상력, '우리'가 "함께 가리라는 생각"의 근원은 어
느 하늘에서 뚝 떨어진 것이 아닙니다. 그렇다고 관수가 일구월
심 바라고 노력해서 성취한 결과도 아닙니다. 그저 스스로가 그
것이 옳다고 판단하고, 그 판단에 대해 믿고 따를 것을 결단하고,
그 결단을 스스로에게 명령하는 삶의 실천을 행한 것일 따름입니
다. 자기 판단과 선택, 그리고 결정과 실천이 어우러지는 그야말
로 내 삶을 내가 살아가는 모습입니다. 그래서 관수는 그 어떤 어
둠 속에서도 내 발밑을 비춰주는 등불 하나, 내 머리 위에 빛나는
별 하나를 보며 발걸음을 옮겨 디딜 수 있었던 것입니다.

계급

3

가족

그러나 너는
너 자신을 살아라—

두 개의 혹덩어리를
짊어지고서

조병수. 그는 서희 집안의 재산을 가로채는 아버지 조준구와 그에 못지않게 탐욕스러운 어머니 홍씨부인의 외아들이자, "꼽추도령"(척추장애인)입니다. 그의 첫 번째 장애는 선천적으로 등이 굽은 신체장애입니다. 그래서 병수는 늘 사람들을 멀찌감치 피해 다닙니다. 게다가 그의 부모는 자식의 장애를 남보다 앞서 부끄러워합니다. 아버지는 물론이거니와 어머니도 자식을 큰 수치로 여겨 사람들이 못 보게 가둬놓다시피 합니다. 그래서 병수는 어릴 때부터 어머니라면 그저 두렵고 싫었습니다. 혐오감을 느낄 정도였습니다. 그렇게 열두 살까지 어둠침침한 골방에서 갇혀 있다시피 했던 병수는 부모를 따라 평사리 서희네로 옵니다. 태어나서 처음으로 세상에 나온 셈이었습니다.

병수는 지극히 선한 인물입니다. 만약 그에게 신체장애가 없었다면 『토지』의 이야기는 확 달라졌을지도 모르겠습니다. 부모에게 적극적으로 맞서 서희를 구원하는 백마 탄 왕자님이나 든든한 조력자 역할을 했을지도 모르겠습니다. 하지만 병수는 자신이 '꼽추'이기 때문에 감히 선녀 같은 서희에게 다가갈 수 없었고, 부모에게 대항할 만한 힘도 없다고 여겨 스스로 괴로워할 뿐입니다. '꼽추'라는 장애가 병수가 짊어지고 태어난 첫 번째 혹이라면, 병수의 두 번째 혹덩어리는 부모입니다. 극악한 부모의 행태를 보며 병수는 인간이 아니라 할 자들의 피를 받아 자신이 태어났다고 생각합니다. 하지만 그들이 부모입니다. 인정하지 않을 수 없습니다. 그러나 또한 병수는 몸서리나게 싫습니다. 그들이 부모라는 걸 부정하고 싶습니다.

부모를 부정한다는 것은 어떤 의미에서는 자기 존재를 부정하는 일이기도 합니다. 어쩌면 이야말로 인간의 가장 근원적 비극이 아닐까요. 물론 경우에 따라서는 과감히 용기를 내고 그 부모와 달라질 수도 있습니다. 몸은 부모로부터 비롯된 게 맞다, 그러나 지금부터 나는 다르게 살겠다, 부모와 연을 끊겠다, 내 힘으로 살겠다, 하는 식으로 말입니다. 그러나 병수는 아직 어리고, 더구나 척추장애인이기에 혼자 힘으로 살 만한 생활력이 없습니다. 그가 할 수 있고 또 실제로 행하는 것은, 아무것도 하지 못하는 스스로를 자책하는 일뿐입니다.

"내, 내가 못난 놈이오!"

"워쩔 수 없제요. 잘났어도 별수 없을 것이요. 몸이 성하다면 모리까 뭣을 워찌 할 것이요? 아무도 이 동네에선 서방님 나가라 헐 사람은 없일 거고 서방님 나쁘다고 욕하는 사람도 없단께로. 부모 잘못만난 죄밖에 더 있어라?"

흐느껴 운다. 병수는 어린것처럼 흐느껴 운다.

"무서워서 죽을 수 없었소. 백번 천번 죽으려 했었지만 그래도 죽어지질 않더군요."

(중략)

"주, 죽을 수가 없어서…… 여까지 왜 왔는지 모르겠어! 와서 생각하니…… 강물에 빠졌는데 이 못난 놈이 기어 나오질 않았겠소? 으흐흣……."

흐느껴 울더니 종내는 통곡이다. 여느 사람의 반밖에 안 되는 몸뚱이, 그나마 가죽과 뼈만 붙은 듯 여윈 몸뚱이는 멍들고 껍데기가 벗겨지고, 죽으려고 얼마나 처절하게 싸웠을까. 명이란 질기고도 긴 것. 영산댁은 행주치마를 걷어 콧물을 닦는다. ^{9권 123~124쪽}

주막 노파 영산댁의 말처럼, 조준구 내외와는 다르게 착하디착한 병수를 욕하는 사람은 없습니다. 그러나 '부모 잘못 만난 죄'가 부모의 나쁜 짓에 얹혀사는 삶을 가리키는 것이라면 그 어찌 괜찮다고 할 수 있겠습니까. 이 때문에 병수는 부끄러웠던 것입니다. "부모의 악업으로 얻은 재물로 자신이 연명되고 있다는 그 뼈를 깎는 고통, 더러운 곡식을 아니 먹으려고 수없이 기도했던 자살, 그러나 생명에의 집착 때문에 스스로 죽음을 포기하였고 더러운 물 더러운 곡기를 미친 듯 빨아 당기"는 자신의 모습 앞에서 "병수는 죽지 못하는 치욕 때문에 미쳐"버릴 지경으로 괴로울 수밖에 없습니다.

—— 마음의 허기를 넘어, 자신의 삶을 창조하기

이후 병수는 뜻하지 않게 부모와 결별하는 새로운 계기를 맞이합니다. 서희네 재산을 가로챈 부모가 '꼽추' 아들을 버리다시피 하고 떠나버렸기 때문입니다. 자발적 결단으로부터 시작된 결별은 아니었지만 이제 병수는 스스로 살아갈 방도를 찾아 나섭니다. 그는 옛날 글선생 이초시의 주선으로 소목방(목공소) 일자리를 얻고 통영에 정착합니다. 목수라는 일자리는 생계 방편이기도 했지만, 병수의 삶 자체를 변혁시키는 그야말로 혁명적 시발점이 되어줍니다.

평사리로 내려와 서희네의 객식구 노릇을 하고 있던 부모, 그런 부모에게 얹혀살던 병수는 그 어떤 자발성도 없었습니다. 조준구 부부는 서희네 재산을 가로채려는 부정적 의지라도 휘두르고 있었지만, 병수의 삶은 그저 목숨을 이어나가는 것일 뿐이었다고 해도 틀린 말은 아닙니다. 그렇게 살아가던 병수에게 목수 '일'이란 그야말로 자기 구원의 길이었습니다. 그것은 소박하게는 제 손으로 제 입에 들어갈 밥을 마련하는 일이었고, 제 힘으로 가족(아내와 아들)까지 보살핀다는 자긍심을 마련해주었습니다. 나아가 나무를 다듬는 목수 일을 통해 스스로 '물(物)과의 인연'을

맺음을 느끼며, 그 과정에서 '마음의 허기'를 채우고 자기 의미를
생산해내는 예술의 경지에 이르게 됩니다.

　"그래. 그래서 조형은 그놈의 물(物)과 인연을 맺으면서 소망을 이
루었소?"

　역시 우문이었다.

　"아니지요. 애당초 이루기 위해서라기보다, 뭐랄까요? 소망을 위
탁했다, 하하핫핫…… 뭐 그런 것 아닐까요?"

　〔중략〕

　"불구자가 아니었다면 나는 꽃을 찾아 날아다니는 나비같이 살았
을 겁니다. 화려한 날개를 뽐내고 꿀의 단맛에 취했을 것이며 세속적
인 거짓과 허무를 모르고 살았을 겁니다. 내 이 불구의 몸은 나를 겸
손하게 했고 겉보다 속을 그리워하게 했지요. 모든 것과 더불어 살고
싶었습니다. 그러나 결국 나는 물(物)과 더불어 살게 되었고, 그리움
슬픔 기쁨까지 그 나뭇결에 위탁한 셈이지요. 그러고 보면 내 시간이
그리 허술했다 할 수 없고 허허헛헛…… 내 자랑이 지나쳤습니까?"

20권 96쪽

　혹시 예술이라 하니 너무 거창하게 느껴지나요. 국어사전에서
는 예술을 "특별한 재료, 기교, 양식 따위로 감상의 대상이 되는
아름다움을 표현하려는 인간의 활동 및 그 작품"이라 정의하고
있습니다만, 원래 예술이란 동서양을 막론하고 어떤 물건을 제작
하는 기술 능력으로부터 비롯된 말이자 인간적 결실을 얻기 위한

인격 도야의 의미도 포함합니다. 예술을 한다는 건 단지 무언가를 표현하기만 하는 게 아니라, 그 표현을 통해 다른 사람들에게 말을 걸고, 세상과 다른 방식으로 만나고, 자기 삶을 변환시키는 행위이기 때문입니다(채운, 『예술의 달인, 호모 아르텍스』, 북드라망, 2013).

아마도 조병수가 말한 '물(物)과의 인연'이란 사물을 매개로 타인과 세상과 교감할 수 있는 능력을 가리키는 것일 겁니다. 그를 통해 내 삶도 세상과 관계 맺는 자기 조형의 과정을 맞이하게 되는 것이지요. 나뭇결에 삶을 위탁해 기쁨도 슬픔도 그리움도……그리고 이 모든 소망을 드러내는 일, 그것은 진정한 삶의 능동성을 발휘하고 창조하는 행위에 다름 아닙니다.

이렇게 자기 삶의 가치를 확보한 조병수는 그제야 자신의 모든 것을 받아들일 수 있었습니다. '꼽추'라는 첫 번째 혹덩어리도, 추악한 부모라는 두 번째 혹덩어리도 말입니다. 말년에 외로워진 조준구가 아들을 찾아왔다가 중풍으로 쓰러져 마지막 순간까지 병수에게 가학적 행패를 부리는데도 말입니다. 그 시궁창 같은 인연 앞에서 병수는 "내가 불구자로 태어난 것도 운명이며 저런 부친의 아들로 태어난 것도 운명이다. 운명을 어찌 거역하겠느냐"라고 말합니다.

이때 병수가 운명을 거역하지 않겠다는 것은 그에 복종하는 일과는 좀 다릅니다. 자신이 '꼽추'이고 자기 부모가 저런 사람들이란 사실을 부정할 수는 없습니다. 그 사실을 받아들이지만, 병수는 이제 그런 것에 끌려 다니지 않습니다. 자기 앞에 놓여 있는 것, 자기에게 주어진 것을 인정하고, 그로부터 자기 힘으로 살아나가는 자기 삶의 창조를 시작하는 것이지요. 자신을 짓누른다고 생각했던 두 개의 혹덩어리를 선선히 짊어지고는 다른 방식으로 세상과 만나 살아가는 병수. 그의 삶이 신산해 보이지만, 바로 그의 삶 자체가 세상과 그 자신을 변환시킨 예술이다 싶습니다.

가족

나는 나다,
아버지도 형님도 아니다

거복이와 한복이는 같은 운명을 가진 인간이 어떻게 다르게 살아갈 수 있는지를 보여주는, 대단히 흥미로운 사례입니다. 아버지는 사형당하고(최치수 살인죄), 어머니는 목매달아 죽고, 세상천지에 어린 형제 둘만 남겨졌습니다. 더구나 살인 피해자가 평사리의 대지주인 최참판이었기 때문에 대부분이 소작농인 동네 사람들 전체가 등을 돌리다시피 한 상황입니다. 마을 사람들은 형제의 어머니 함안댁이 자살했을 때도 선뜻 나서지 않았습니다. 윤보, 한조, 용이 등 겨우 너댓 명이 함안댁의 시신을 수습해서 묻어주고, 거복이와 한복이에게 이월 열엿새가 너희 어머니 돌아가신 날이니 꼭 기억하라고 일러줄 뿐이었습니다.

—— 가족의 굴레를 넘어서는 두 가지 방식

그 후 형제는 넉넉지 못한 외갓집에서 군식구로 얹혀살면서 갖은 눈칫밥을 다 먹어야 했습니다. 평소 제멋대로 망나니처럼 살던 거복이, 거복이는 이 모든 상황이 아니꼽기만 합니다. 더는 못 참고 외갓집을 혼자 뛰쳐나갑니다. 이후 간도로 가서 김두수로 이름을 고치고, 일본 밀정 노릇을 시작합니다. 나중에는 정식으로 순사가 되어 순사부장이라는 높은 위치까지 올라갑니다. 그는 힘을, 권력을 가져야 부모로 인해 씌워진 굴레로부터 자유로울 수 있으리라 생각했던 겁니다.

한복이, 착하디착한 한복이는 외갓집에서도 갖은 구박을 다 견디고, 고향 평사리에 돌아와서도 온갖 수모를 다 감내하면서 살아갑니다. 그런데 이런 한복이의 모습을 보면 애달프고 기특하다는 생각이 드는 한편 뭔가 찜찜하고 석연치 않습니다. 언제 어디서나 한복이는 나는 살인 죄인의 자식이다, 내가 감히…… 하며 멈칫멈칫합니다. 나는 큰 소리 내면 안 된다, 나는 어쩔 수 없다며 늘 조심스럽기만 합니다. 스무 살 때 결혼해 자식을 낳고 살면서도 마찬가지입니다.

어느 날 농사일을 하고 있는 한복이에게 다가온 육손이가 이렇게 말합니다. "참말 이제 하늘도 무심쿠나, 샐인 죄인 아들도 자식 낳고 땅 사고 집 장만해서 사는데……." 한복이는 아무 대꾸도 하지 않습니다. 아니, 못합니다. 그래서 뭐, 내가 살인했냐고 되받아치지도 못하고, 개똥 같은 소리한다며 무시하지도 못한 채, 고개를 처박고 더 열심히 가래질을 할 뿐입니다. 겉보기에는 조용하고 평화로운 삶 같지만, 부모라는 굴레에 얽매여, 아니 짓눌려 "공포와 치욕을 견디며" 살아가는 것입니다.

가족

이런 한복이가 부모로부터 벗어나는 것은 두 번의 변화를 통해서입니다. 첫 번째는 독립운동 자금 운반책을 맡은 일에서 비롯되었습니다. 애초 그것은 자발적인 시작이 아니었습니다. 주위 사람들이 한복이의 상황을 '이용'해서 일을 맡긴 것이었습니다. 왜냐하면 형이 간도에서 일본 순사부장이니 그 어떤 검문에 걸리더라도 형 만나러 간다, 우리 형이 순사부장이다, 하는 것만 내세우면 아무도 한복이를 의심하지 않을 터이고, 덕분에 안전하게 돈을 운반할 수 있다고 판단했기 때문입니다.

　송관수가 독립운동 자금 운반을 한복이에게 부탁했을 때, 바로 그 때문에 한복이는 그다지 달가워하지 않았습니다. 그래, 나는 살인 죄인의 아들이지. 거기다가 우리 형은 밀정인데 내가 이렇게라도 쓸모가 있으니 다행이지, 뭐. 이런 냉소적 반응은 물론 자조 섞인 울분도 토해냅니다. "형은 잘나서 이 일을 하지만 나는 대역무도한 형을 둔 기막힌 처지 때문에 분복에 넘치는 애국자가 되었구마요." "나는 나라를 빼앗기기 이전부터 개돼지보다 못했었소." "누굴 탓하는 건 아닙니다. 내 아버지의 탓을 뉘보고 원망하겠십니까. 사람대접 못 받는다고 해서 나는 아우성도 칠 수 없었습니다. 통곡도 못해보았십니다. 할 수 없었지요. 할 수 없는 것이 당연했으니께. 〔길상〕형님, 나는 이대로가 좋십니다. 문둥이는 문둥이니까요. 문둥인 줄 알고 남의 눈에 띄지 않게 사는 기지요." 평소와 달리 거칠게 감정을 드러내는 한복이의 모습은 사춘기 소년의 반항처럼 뻬딱하게 느껴지기도 하고, 또 한편으로는 한복이가 거쳐온 쓰라린 삶이 떠올라 불쌍하게도 여겨집니다. 그런데 한복이를 만난 길상이가 이렇게 호통을 칩니다.

"사내자식이…… 누가 너더러 일하라 했냐! 하면 좋겠지…… 고양이 손도 빌리고 싶은데. 그러나 아무도 네 목덜밀 잡고 끌어내지는 않아. 마음이 가야 발이 가고…… 크게는 독립이다. 크게는 말이야. 그러나 옛날로 돌아가자는 독립은 아닌 게야. 두메산골에 가서 나뭇짐을 지더라도 가난하고 사람의 대접을 못 받는 이치를 알아야 할 거 아니냐 말이다! 너의 가난과 너에 대한 핍박을 너의 아버지 너의 형 탓으로 돌리는 것은 네가 없다는 얘기가 된다. 네가 없다는 것은 죽은 거다. 아니면 풀잎으로 사는 거다. 너는 너 자신을 살아야 하는 게야." **9권 396쪽**

"지금 당장 목전의 원수는 일본이지만 따라서 너의 형도 목을 쳐야겠지만. 제발 일하라 않겠으니 숨지만 말아라. 너의 자손을 위해서도, 너의 아버지의 망령을 평생 짊어지고 다니다가 너의 자손에게 물려줄 작정이란 말이야?" **12권 392쪽**

일의 정당성을 따지기 이전에 내가 그 일을 왜 하는 것인지, 이것이 나에게 어떤 의미인지, 즉 자기 삶을 중심에 놓고 생각하라고 한 겁니다. 이 말은 한복이의 마음속에 작게나마 싹을 틔우고, 이로 인해 자기 눈으로 사리분별을 행하는 첫 경험을 하게 됩니다. 한복이는 간도에 와서 독립운동 자금을 전달하고 난 후 형 김두수를 만나기 위해 일본 영사관을 찾아갑니다. 거기서 일제에

충성을 다하며 살아가는 최서기를 만나는데, 한복이는 그 작자의 행동거지가 못마땅했습니다. 그 순간 "남을 멸시하는 최초의 자각"과 "자기 자신에 대한 신뢰"가 동시에 생겨난 것을 깨닫습니다. 한복이는 드디어 '내 눈으로 보고, 내 손발을 움직이고, 내 머리로 생각하는 일'을 감행한 것입니다. 물론 실제 현실에서 일어난 일이라고는 그저 최서기를 마뜩잖다는 듯이 바라다본 것밖에 없습니다. 그럼에도 불구하고 그 일은 아마도 부모의 죽음 이후 한복이가 자기 판단을 내린 최초의 경험일 겁니다.

이후 "너의 아버지의 망령을 평생 짊어지고 다니다가 너의 자손에게 물려줄 작정이란 말이야?"라는 길상의 말을 되새기며, 드디어 "나는 나다! 아버지도 형님도 아니다"라고 다짐하게 됩니다. 아직은 혼잣말이나 다름없었지만 그 중얼거림 속에는 한복이의 결심이 투영되어 있었고, 그는 서서히 바뀌어나갑니다. 그 스스로가 "우물 안에서 대천지 한바다로 나온 것"처럼 느끼게 되었습니다. 나아가, 이전에는 사람을 대하는 일이 늘 두렵고 괴로웠는데, "어느 사이인지 한복은 사람을 만나 즐거워지는 것을, 남과 나 사이에 가로놓인 도랑이 좁혀지는 것을 깨닫기 시작"합니다.

—— 다르게 산다는 것

한복이의 두 번째의 변화는 자신의 아들로 인해 시작됩니다. 아들 영호는 진주농업고등학교에 진학합니다. 『토지』의 배경이 되었던 일제 식민지 치하에서 남자 고등보통학교를 진학한 조선인은 극소수였고, 소수의 조선인 학생들은 그나마 농고나 상고에 진학할 수 있었습니다. 그런 영호가 고등학교에서 시위 사건이 일어나자 그 주동자로 몰려 순사에게 잡혀가게 됩니다. 독립운동이나 다름없는 학생운동 사건을 일으킨 주동자로 밝혀진 겁니다. 평사리 마을 사람들이 그 소식을 듣고는 깜짝 놀랍니다. 한복아 니 아들이 큰일을 했구나, 니 아들이 독립지사구나, 이런 일은 어디 대단한 양반집에서나 하는 건 줄 알았는데 우리 마을에서 큰 인물이 났다……, 모두들 약간 흥분한 상태로 영호를 자랑스러워하는 동시에 한복이네 집안까지 칭찬하기 바쁩니다. 이 일을 계기로 이제 한복이네 집안은 살인자의 후손이 아닌, 자랑스러운 이웃으로 인정받게 됩니다.

독립운동 자금 전달과 아들 영호의 학생운동, 이 두 가지로부터 한복이는 비로소 살인자의 자식이라는 멍에를 벗은 것이지요. 결국 인간이 뭔가 다르게 살아간다는 것은, 내가 어디어디에는 신경 쓰지 말아야지, 그 틀에 얽매이지 말아야지, 그저 다짐한다고 혹은 생각한다고 되는 게 아닌 것 같습니다. 사는 것 자체가 달라져야, 다른 일을 해봐야, 다른 행동에 나서야 그야말로 다르게 살게 된다는 것을 한복이를 보면서 깨닫게 됩니다.

── 같은 운명, 다른 선택

이에 비해 거복이, 곧 김두수는 시종일관 악랄하게 사는데 참으로 특이한 것은 한복이가 독립운동 자금 운반책으로 간도에 왔을 때 김두수가 보인 행동입니다. 한복이가 형을 찾아왔을 때 김두수는 단 한 번도 드러내지 않던 인간적인 모습을 보여줍니다. 일본 영사관의 최서기는, 처음 한복이를 보고 저 사람이 진짜 김두수 동생인가를 미심쩍어하며 머뭇거렸습니다. 그래서 한복이는 홀대를 받다시피 하며 무작정 형을 기다렸고, 나중에 그 사실은 안 김두수는 내 동생을 어떻게 보고 이런 데서 내팽개쳐진 채로 기다리게 했느냐며 격분합니다. 몸을 벌벌 떨어댈 만큼 소리를 지르고, 급기야는 동생을 안고 눈물을 쏟는 김두수의 격정적인 모습을 보면 한편으로 그가 불쌍하다는 생각이 들 지경입니다.

실제로 이 맥락에서 김두수에게 동정심을 느끼는 독자들이 의외로 많았습니다. 불쌍하다, 이해된다, 하루아침에 살인자의 자식으로 몰리고, 어머니도 그렇게 갑자기 자살하고, 그 상황에서 어떻게 제대로 살아나갈 수 있겠는가, 하면서 말입니다. 하지만 동정심을 느끼는 사람들에게, 그렇다면 부모가 살아 있었을 때는 김두수가 제대로 된 인간이었는가 하고 물으면, 그들은 이내 멋쩍어합니다. 어릴 때부터 인간말짜에 가까웠으니 환경 때문에 그가 나쁜 길로 들어섰다고 이해하기는 어렵다는 거지요. 그렇다면 일단 그의 인간 본성이 어떠했는지 그 문제는 접어두고 다시 김두수의 삶을 생각해봅시다.

김두수는 간도에서 밀정 노릇과 관계없이도 자기 기분 내키는 대로 여자들을 강간하고 사람 죽이는 일도 대수롭지 않게 여기는 등 갖가지 만행을 다 저지릅니다. 그의 아버지 김평산이 어리숙한 악인이었다면, 김두수는 섬찟하게 무서운 악인의 모습을 제대로 보여줍니다. 그럼에도 불구하고 그의 인생 전체를 되짚어보면 가엾다, 불쌍하다, 하며 공감할 지점이 있는 것도 사실입니다.

그렇다면 만약 김두수가 일본 밀정이 아니라 독립운동을 하는 테러리스트 같은 인물이 되어 이렇게 행동한다고 상상해봅시다. 즉 김두수가 독립운동이라는 정의로운 목적을 실현하고자 하는데, 그가 일본인 암살이나 체포 과정에서 잔혹한 짓을 서슴지 않고 심지어 고문 따위의 가해 행위나 살인 행위 자체에 쾌감을 느끼는 사람이다, 이렇게 상상을 해보자는 겁니다. 이때 우리는 김두수의 그 행동과 삶을 긍정할 수 있을까요. 아마도 대부분의 사람들은 곤혹스럽게 고개를 내저을 수밖에 없을 겁니다.

김두수는 자기 삶의 모든 것이 부모의 죽음으로부터 비롯되었다고 말합니다. 그 때문에 힘을 가지기 위해 악착같이 살 수밖에 없었다고 주장합니다. 부모 때문에 내가 나쁜 놈이 될 수밖에 없었다는 것이지요. 한복이도 부모 때문에 이렇게 산다고 말하기는 매한가지였습니다. 부모형제의 죄를, 가족의 빚을 갚기 위해 착하게 살 수밖에 없었다는 것이지요. 이때 두 형제가 가고자 하는 방향이 선인지 악인지는 차후의 문제입니다.

두 사람이 변별되는 지점은 선이냐 악이냐가 아니라 한복이가 자기 삶을 살겠다고 마음먹은 순간, 즉 자발성이 시작되는 지점입니다. 내 존재와 삶의 중심이 '나'로부터 비롯되는지 아니면 그 어떤 행동과 생각도 누군가 혹은 어딘가로 책임을 떠넘기며 살아가는지, 바로 그 점이 다르다는 겁니다. 그래서 한복이의 결심은 아주 소중한 깨달음입니다. "부모를 평생 짊어지고 살다가 내 자

식에게 다시 물려줄 수는 없다. 나는 나다! 아버지도 형님도 아니
다! 나는 나다!'"

인빅투스(Invictus),
굴하지 않는 삶

　예전에 인기 있었던 TV 드라마 〈허준〉(1999, MBC)에 이런 장면이 나옵니다. 조선 시대 명의로 유명했던 허준이 내의원 취재(시험)를 보려고 한양으로 가던 길이었습니다. 우연히 시골 동네에서 아픈 사람을 치료해주었더니 그 소문이 나서 환자들이 몰려옵니다. 몇 십 년씩 아팠지만 약 한 번 써보지 못했던 사람, 혼자서는 걸을 수도 없어 아들에게 업혀 온 사람 등등 얼핏 보기에도 위중한 환자들이 길게 줄을 선 가운데 어느 건장한 청년이 허준 앞으로 나옵니다. 그가 발바닥에 티눈이 박혀 아프다는 자기 사연을 이야기하는 순간 사방에서 야유와 비난이 쏟아집니다. 이렇게 아픈 환자들이 줄을 서서 차례를 기다리는데, 티눈처럼 사소한 걸로 의원 양반을 귀찮게 한다고, 양심도 없다고 등등. 하지만 정작 허준은 웃는 얼굴로 그에게 티눈을 제거할 민간요법을 일러줍니다. 그리고 이런 말을 덧붙입니다. 원래 사람은 다른 무엇보다도

가족

내 발바닥의 티눈이 가장 아픈 법이오, 너무 나무라지 마오.

어찌 조선 시대만 그렇겠습니까. 지금 우리도 마찬가지겠지요. 손톱이 부러졌다, 손거스러미가 일어나 따갑다, 종이에 손을 살짝 베였다 등등 아주 작은 일일지라도 내게는 그것이 죽어가는 타인의 고통보다 생생하고도 절실하게 느껴집니다. 그것이 어쩌면 인간이라는 존재가 지닌 한계가 아닐까 싶기도 합니다.

—— '나'의 삶인가, '노예'의 삶인가

신분, 부모, 환경 등등 운명이라는 틀은 우리가 삶의 길을 걸어가는 도중 불쑥불쑥 튀어나와 '~ 때문에' 하며 우리의 발목을 잡습니다. 운명이 가하는 고통의 크기를 감지하는 정도는 아마도 제각각일 겁니다. 누군가는 대수롭지 않게 성큼성큼 자기 길을 걸어가는가 하면, 또 누군가는 '~ 때문에'라는 바로 그것 때문에 아무것도 하지 못하고 전전긍긍하기도 합니다. 그럼에도 불구하고 그것은 누구에게나 나름의 고통스러운 무게감을 전해줍니다. 그렇다면 이 고통 앞에서 우리는 무엇을 어떻게 할 수 있는 것일까요.

앞서 가상 상황을 설정해봤었지요. 만약 김두수의 나쁜 짓들이 정의로운 목적 때문이라면 괜찮은 것인가 하고. 그 목적이 가치 있든 없든 간에 그 행동의 근거가 '~ 때문에'라고 이야기되는 어떤 것에 매여 있다면 바로 그것이 문제입니다. 물론 길상이와 김훈장에게 신분이 운명과도 같은 굴레였다면, 김두수에게는 부모의 존재, 과거가 내가 내 힘으로 어쩔 수 없는 굴레입니다. 그러나 그 굴레를 풀어헤치고 자기 발로 걸어가는 자기 삶을 살지 못한다면 그것이 더 큰 문제입니다.

김두수의 경우 내 부모가 이렇게 죽었기 때문에, 내 어린 시절이 불행했기 때문에 내가 이렇게 되었다 혹은 내가 이렇게 잔인해질 수밖에 없다고 했습니다. 그렇다면 그 삶을 어떻게 '나의 것'이라 말할 수 있겠습니까. 간도에서의 김두수의 삶을 긍정할 수 없는 이유가 바로 여기에 있었습니다. 신분이든 부모든 환경이든 그것 때문에 모든 삶이 다 결정되어버린다고 여긴다면 그것은 노예나 다름없습니다.

'주인'은 주체적인 자기의식을 가진 자립적인 존재, '노예'는 주인의 지배를 받고 그에 복종하는 존재입니다. 그런데 철학자 헤겔은 주인과 노예가 고정불변의 상태가 아니라 역전될 수 있다는 '주인과 노예의 변증법'을 말합니다. 그에 따르면, 주인의 모든 생활은 노예를 통해 이루어지고, 따라서 주인은 모든 사물과 간접적으로만 관계하며 단지 사물을 '향유'할 뿐입니다. 이에 비해 노예는 자신의 노동을 통해 사물과 직접 관계 맺고, 그로 인해 자립적 의식을 획득해나갑니다. 단적으로 말하자면 노예가 없으면 주인은 스스로 생활을 꾸려나갈 수 없습니다. 심지어 노예가 있는 한에서만 '주인'이라고 명명될 수 있습니다. 그가 '주인'일 수 있는 것은 '노예"의" 주인'인 한에서만 가능하니까요. 노예가 없으면 그냥 보통 사람일 뿐이니까요.

누군가에 의해서만 자기 삶을 이어갈 수 있는 사람, 무엇에 의해서만 명명-규정되는 사람이라면 그가 바로 '노예' 아닌가요. '주인과 노예의 변증법'은 자기의식을 확립하지 못한 자가 바로 노예라는 사실을 여실히 보여줍니다. 헤겔에 따르면 '자기의식'은 단순히 내가 갖고 있는 자연적 의식이 아니라, 타자의 행위와 자기 행위 사이의 관계에서 나의 행위가 우세할 때 비로소 내 것으로 확립된다고 합니다. 따라서 자기의식을 확보하려면 내 것을 부정하려 드는 타자의 자기의식과 "목숨을 건 투쟁"을 해야만 합니다(헤겔, 『정신현상학 1』, 임석진 역, 한길사, 2005, 4장 '자기확신의 진리').

부모 때문에 자신이 그렇게 되었다는 김두수의 삶이 노예의 것이라는 판단은 바로 이 때문입니다. 자기의식의 자립성을 발휘하기는커녕 외부 조건에 얽매여 살아가는 삶이라면, 그 내용이 어떠하든 그 양상이 어떠하든 '노예'라고밖에 할 수 없습니다.

────── **삶의 재배치, 미래에 대한 명령**

신분이라든가 부모와 같은, 이미 정해진 운명과도 같은 틀 앞에서 우리가 어떻게 해야 달라질 수 있는 것일까요. 운명의 굴레를 풀어헤친다는 것은 어떻게 가능할까요.

'일체유심조(一切唯心造)'라는 말이 있습니다. 세상 모든 일은 마음먹기에 달렸다는 뜻이지요. 맞습니다. 그러나 제아무리 마음을 먹어도 사흘 만에 무너지고야 만다는 '작심삼일(作心三日)' 또한 인간의 특성입니다. 그래서 사흘마다 한 번씩 계속해서 작심하면 될 거 아니냐고 농담 같은 해결책을 내놓기도 하는데, 하여튼 마음먹고 그대로 행한다는 것은 결코 쉬운 일이 아닙니다. 일체유심조라는 말 그대로 자기 삶에서 변화를 일으킨 예로 원효대사를 들곤 하는데, 그와 같이 자신이 마음먹은 대로 달라질 수 있는 사람들은 어쩌면 성인의 경지에 다다른 분들일 겁니다.

그렇다면 변화를 만들어내기 위해 우리는 무엇을 어떻게 해야할까요. 예를 들어 공부를 열심히 하겠다고 다짐한 학생을 생각해봅시다. 그 학생은 학교가 파하자마자 독서실에 가서 다시 공부를 시작합니다. 주위에서 흔히 보는 모습이지요. 그런데 말입니다. 자기 방도 있고 자기 책상도 있는 학생들이 돈을 내고 구태여 왜 독서실을 가는 것일까요. 또 어떤 학생은 오늘부터 영어공부를 열심히 하겠다고 다짐하고, 매일 영어 단어를 50개씩 외울 계획을 세웠습니다. 그런데 그가 제일 먼저 한 일은 친구들과 스터디 그룹을 만들어서 매일 영어 단어 시험을 보기로 약속한 겁니다. 단어를 외우려면, 그냥 외우면 되지, 왜 그 시간에 다른 이들과 모여 공부하고 시험을 본다는 별개의 일을 만들어내는 걸까요. 독서실에 가거나 스터디 그룹을 만들거나 혹은 그 어떤 일을 만들어내는 것은 모두 자신에게 너무나도 익숙한 흐름을 벗어나 새로운 장 속으로 자신을 옮겨 가는 일이라 할 수 있습니다. 공부를 하지 않을 수 없는 관계 속으로 자신을 옮겨놓는 일, 즉 삶의 배치를 새롭게 만들어낸 것이지요.

『토지』에서도 마찬가지입니다. 흔히 서희를 두고 결단력이 대단하다고 하는데, 이때 결단력이란 자기 삶을 새로운 배치 속으로 옮겨놓는 능력을 뜻합니다. 아버지와 할머니가 돌아가시고 나서, '열여섯의 꽃다운 소녀'는 고향 평사리에서 낯설고도 머나먼 이국땅 간도로 떠납니다. 그곳에서 공노인이라는 새로운 사람을 만나, 평사리에서는 듣도 보도 못했던 새로운 사업을 벌입니다.

가족

더 나아가 아무도 감히 상상치 못했던 결혼, 하인이나 다름없는 길상이와의 결혼을 추진합니다. 간도라는 새로운 공간과 남편(길상)이라는 새로운 관계 속으로 자신을 옮겨놓은 것이지요. 이런 변화 덕분에 서희는 재산을 모으고 힘을 키워 다시 조선으로 돌아와 최씨 집안을 일으켜 세울 수 있었습니다.

이처럼 어떤 변화를 일으키려면 그 변화에 필요한 힘을 여러 방식으로 만들어내야 하고, 그 힘이 배치되는 관계를 새롭게 조직해냈을 때 비로소 변화가 일어난다고 설명할 수 있습니다. 즉 내가 그렇게 하지 않으면 안 되는 장으로 나를 옮겨놓고, 또 다른 새로운 장으로 나를 밀어 넣는다면 그것이야말로 나를 바꾸어나가는 과정이라 할 것입니다. 달리 말하면 그것은 나와 '약속'하기 즉 '미래에 대한 명령'을 만들어내는 일입니다. 그렇게 내가 '약속'할 수 있는 이유는 단 하나입니다. 내가 내 운명의 주인(I am the master of my fate)이기 때문입니다. 이쯤에서 남아공 넬슨 만델라 전(前) 대통령의 수감 생활 27년을 버티게 해주었다는 시(詩) 한 구절을 들려드리고 싶습니다.

세월의 위협은 지금도 앞으로도 And yet the menace of the years
내 두려워하는 모습을 보지 못하리라 Finds, and shall find, me unafraid.
〔……〕
나는 내 운명의 주인이요 I am the master of my fate:
나는 내 영혼의 선장일지니 I am the captain of my soul.
「인빅투스Invictus」, 윌리엄 어니스트 헨리William Ernest Henley

'인빅투스(Invictus)'는 '정복되지 않는' '굴하지 않는'이라는 뜻의 라틴어라고 합니다.

『토지』에서 운명의 굴레로부터 벗어나 운명의 주인이 된 한복이는 늘그막에 이렇게 말합니다.

"산다는 거는…… 참 숨이 막히제? 억새풀같이 자라고, 벼랑에 매달려 살고…… 그래도 나는 나다!"

4

돈

부자른 한 끼에
밥 열 그릇 묵을 기가?

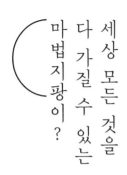

세상 모든 것을 다 가질 수 있는 마법지팡이?

　　외관상 『토지』의 주인공은 서희입니다. 그녀가 주인공인 이유는 평사리 마을의 중심인 최참판댁의 유일한 직계혈육으로 태어났기 때문입니다. 또 최참판댁이 평사리의 중심인 이유는 평사리 땅의 대부분을 소유한 지주이자, 국가로부터 신분을 보장받은 양반이기 때문입니다. 결국 부와 권력의 결합 지점이 최참판댁이라는 가문의 실체이며, 그것을 조준구에게 빼앗기고 나서 최서희가 되찾아오는 과정이 『토지』의 대강의 줄거리입니다. 그런데 그 상실과 복원의 과정에서 '부(富)'의 실질적 내용은 크게 달라집니다. 평사리에서 최참판댁의 '부'는 명백히 땅으로부터 나왔고, 아니 땅 그 자체가 부이자 재산이었습니다.

　　할머니 윤씨부인은 서희를 데리고 최참판댁이 가진 땅을 둘러보려고 길을 나섭니다. 몇 날 며칠을 가마를 타고 다니면서 어린 손녀딸에게 최씨 문중이 지켜야 할 '부'를 실감시킵니다.

윤씨부인이 자기 농토의 현장을 모르는 것은 틀림이 없다. 그러나 그의 머릿속에는 최참판댁 판도(版圖)가 지도처럼 확실하게 그려져 있었으며 농사의 과정에서 일기의 변화, 수확의 가감, 농가의 소비상 태, 이런 일에 세심한 관심이 있었고 윤씨부인 나름의 기본적인 한계 가 있어서 설사 어떤 마름이 김서방을 속인다 하더라도 김서방을 통 해 보고를 받게 되는 윤씨부인은 속아 넘어가지 않았다.

〔중략〕

"고단하냐?"

윤씨부인은 서희에게 물었다.

"아니옵니다."

"농사꾼들은 우리가 타고 온 그 길을 노상 걸어 다니지."

"예. 알고 있사옵니다."

"앞으로 며칠을 더 다닐 것이다. 너의 땅을 눈여겨보아두어야 하 느니라."

"예." 3권 105~116쪽

그러던 어느 날 마을에 전염병(호열자)이 돌아 마름 김서방이 죽 고, 유모이자 침모였던 봉순네와 여러 하인에게까지 병이 퍼지 자, 윤씨부인은 밤에 아무도 모르게 서희의 방을 찾습니다. 그러 고는 서희더러 방 밖에서 망을 보게 하고 장롱 농발을 긴 막대기 로 바꿔놓습니다.

"내가 좀 더 오래 살아 네 뒤를 보아주고 싶지마는 사람의 일을 어찌 알겠느냐?"

〔중략〕

"농발 대신 저기 막대기를 괴었느니라. 후일 너에게 어려움이 있을 때…… 만일을 위해 마련해주는 게야. 아무에게도 말하지 말라. 그것을 쓰게 되고 못 쓰게 되는 것은 오직 신령의 뜻이 아니겠느냐?"

그러고는 농발을 들고 나가는 할머니의 뒷모습. 성큼하게 큰 키에 긴 두 팔은 어둠 속으로 사라졌다. 4권 379~380쪽

농발 대신 괴어두었던 그 막대기는 종이에 싼 은덩어리였고, 훗날 조준구가 최참판댁을 장악했을 때 서희는 그 은덩이를 가지고 간도로 가서 새롭게 돈을 벌고, 다시 부자가 될 수 있었습니다. 서희는 은을 바꾼 돈을 밑천 삼아 곡물장사로 큰 이익을 남기고, 각종 토지거래와 임대사업 등으로 일약 간도 재벌로 떠오르게 됩니다. 그런데 간도에서 서희의 장사 방식이나 사업 양상은 가히 현대적인 경영 방식과 맞먹을 정도입니다. 서희는 당시 간도의 생활 상태를 파악하고 백두(白豆)를 매점매석하여 삼 년 동안 자본을 두 배로 늘리는 데 성공하는가 하면, 1937년 중일전쟁 무렵에는 전쟁 와중의 비정상적인 경기를 틈타, 곡물거래의 시세 차익을 쏠쏠히 거둬들이기도 합니다. 강낭콩, 완두콩 한 섬에 칠팔 원이던 것이 전쟁 통에 이십오륙 원에서 삼십 원까지 서너 배로 값이 폭등했고 서희는 바로 그런 상황 변화를 이용한 것입니다. 또 요즘 흔히 말하는 부동산투기업자, 한국인이 바라 마지않는다는 건물주의 '모범적 면모'도 톡톡히 보여줍니다. 간도에서

서희는 도시개발 사업 이전에 미리 토지를 매입해두었다가 관청에 전매해 어마어마한 시세차익을 남깁니다.

> 이때 서희는 실로 대담무쌍한 곡예를 했던 것이다. 시가 요지에 오백 평을 평당 육 원으로 사서 그것을 상부국(중국 관청)에 십삼 원으로 전매하여 일약 삼천오백 원의 이득을 올렸다. 당시 평당 칠 원에 산 팔백 평은 사백 평을 십사 원에 팔고 나머지 사백 평은 처분 못한 채 상부국의 토지 매수는 중지되었다. 평당 십오 원까지 치솟는 땅값을 감당 못한 상부국은 부득이 중지할 수밖에 없었던 모양이다. 서희는 두 번째 투자에서도 투자액을 빼고도 사백 평의 땅을 얻은 셈이다. 5권 82~83쪽

간도를 휩쓴 대화재 이후에는 남보다 앞서 폐허가 된 거리를 새롭게 재건하고, 이후 건물임대 사업으로 안정적 수익을 확보합니다. 이 일련의 과정은 서희의 변모인 동시에, 전근대적 토지자본으로부터 화폐자본을 축적하는 시대로 변화한 것을 확연히 보여줍니다. 전근대적 방식에서 근대적 방식으로 변모했다는 말은 그저 돈 버는 방법이 달라졌다는 말 이상의 의미가 있습니다. 이것은 궁극적으로 '가치'가 달라졌다는 사실을 알려줍니다.

── '가치'는 어디에서 비롯되는 것일까

토지를 가진 부자란 그야말로 실질가치의 측면을 의미합니다. 예를 들면 쌀 한 가마니는 그냥 한 가마니만큼의 가치를 드러냅

니다. 백석지기, 천석지기, 만석지기 부자는 글자 그대로 천 가마니를 소유한 부자냐, 만 가마니를 소유한 부자냐 하는 것입니다. 그리고 그 쌀이 생산되는 땅을 가지고 있느냐 여부에 따라 부(재산)를 판가름합니다.

금이나 은이라는 '보석'의 단계로 넘어오게 되면, 가치가 달라집니다. 실질가치가 아니라 일종의 명목가치인 것이지요. "고귀해서 드문 것이냐, 드물어서 고귀한 것이냐"(마르크스)라는 질문처럼, 금은은 그 자체의 고귀한 가치 때문에 보석일까요 아니면 드문 존재라는 희소성 때문에 보석이 된 것일까요. 물론 답은 후자입니다. 사용가치보다 교환가치에 더 비중을 두는 것이지요. 실제 사용 여부와는 상관없이 교환할 때 평가되는 것, 농발 대신 괴었던 은덩이가 서희에게 삼천 원을 만들어준 것 같은 그런 가치 말입니다.

나아가 금과 은의 기준을 넘어선 돈, 즉 '화폐' 시대에 이르러 가치는 아예 다른 방식으로 작동하기 시작합니다. 게오르그 짐멜이 지적한 것처럼 "가치가 얼마인가" 하는 물음이 "어떤 가치가 있는가" 하는 물음에 앞서게 되기 때문입니다. 짐멜에 따르면 "돈은 점점 더 모든 가치를 절대적으로 충분하게 표현하게 되고, 모든 가치와 등가적이 됨으로써 아주 추상적인 고지(高地)에서 대상들이 지니는 매우 광범위한 다양성을 초월"합니다. 이처럼 돈의 지배가 삶의 전체 과정을 지탱하게 되는 자본의 시대에 이르러서는 서로 다른 사물들 사이에서 "끊임없는 균등화 과정"이 진행되고, 돈이 행하는 교환거래로 인해 사물들은 "점점 더 쉴 없는 거래의 흐름" 속으로 흘러들어가게 됩니다(게오르그 짐멜, 『짐멜의 모더니티 읽기』, 새물결, 22~29쪽).

예를 들어 미역과 쌀을 교환한다고 생각해봅시다. 엄격하게 말하자면 물물교환의 단계에서는 등가성이 성립하지 않습니다. 미역과 쌀은 엄연히 다른 사물이기 때문에 균등하게 교환한다는 논리 자체가 불가능합니다. 그저 미역을 가진 사람이 쌀이 필요하니까, 혹은 쌀이 있는 사람이 미역을 원해서 서로 적당히 합의하고 바꾸는 것뿐입니다. 미역 한 장에 쌀 한 홉? 쌀 한 말에 미역 한 뭇? 대다수 사람들이 공평하다고 여길 만한 정도는 있겠지만 정확한 '등가' 교환은 있을 수 없습니다. 그러나 여기에 '화폐'가 등장하면 등가교환은 너무나도 손쉽게 일상적으로, 무차별적으로 일어납니다. 서로 다른 사물을 매개하는 동일한 척도가 생겨났기 때문입니다. 미역 오백 그램에 만오천 원, 쌀 사 킬로그램에 만오천 원이라는 값이 매겨지는 순간, 둘 사이에는 정확한 등가교환이 작동할 수 있습니다. 어떤 미역 혹은 어느 지역 쌀인지에 상관없이 같은 가격으로 표시된 그 둘은 동일한 가치라고 여겨지는 것입니다. 나아가 화폐는 질적으로 서로 다른 물건, 비교가 불가능하다고 여겼던 모든 것을 언제 어디서나 비교가 가능한 양적 가치로 환산해줍니다.

『토지』는 실물가치의 시대로부터 '돈'이 등장하는 시대로 변화하는 바로 그 모습을 적나라하게 보여주고 있습니다. 그 과정은 어떻게 가치가 실제를 벗어나 허상으로 가버리는지 보여주는 것이기도 합니다. 그렇다면 지금의 '나'는 어떠할까요. 돈? 그것이 허상이든 아니든 우리는 당연히 돈이 필요합니다. 필요할뿐더러 아주아주 중요한 것이기도 합니다. 그런데 돈은 '나'에게 어떤 가치일까요. 한정적이고 구체적인 실물을 보유할 수 있는 가치? 더 많은 활동과 자유를 가능하게 만들어주는 가치? 전능한 신의 자리를 대체한 무조건적 가치?

　자본주의는 인간의 삶을 보다 풍요롭게 만들어주었고, 인격의 자율성과 독립성을 지닌 개인을 탄생시켰지만, 다른 한편으로는 교환의 수단으로 탄생한 돈이 삶의 궁극적 목적이 되어버리는 가치전도의 시대를 만들어냈습니다. 이 지점에서 다시 한 번 짐멜의 말을 떠올리지 않을 수 없습니다.

　　돈은 단지 최종적인 가치들로 가는 다리에 불과하며, 사람이 다리 위에서 살 수는 없는 노릇이다.

　그렇다면 지금의 우리들이 '가치'를 매기는 방식에 대해 조금 더 생각해봅시다. 콜럼버스의 '신대륙' 발견 이후, 유럽인들이 아메리카에 도착했을 때입니다. 그들에게는 미지의 땅이었지만 실상 그곳에서는 이미 사람들이 살고 있습니다. 그럼에도 백인들은 버지니아(처녀의 땅), 뉴잉글랜드(새로운 영국)라고 명명하며 '새 역사'의 시작을 알립니다. 또한 프런티어, 곧 '개척' 정신을 자랑스럽게 내세웁니다. 그리하여 아메리카 대륙은 유럽에서 건너온 백인에 의해 아메리카합중국(United States of America)이라는 나라로 탄생합니다. 유나이티드(United)? 누가 누구를, 무엇을 통합한 걸까요. 그리고 신대륙, 발견, 버지니아, 뉴잉글랜드, 프런티어 등등 원래의 의미와는 다르게 작동하는, 이른바 기표와 기의가 묘하게 어긋난 호명들이 현실에서 작동하기 시작했습니다. 이런 연장선에서 백인들은 원래의 아메리카인인 인디언들을 원주민이라고 부르기 시작했습니다. '원주민(原住民)'이란 문자 그대로 본디부터 살고 있는 사람이란 의미일 뿐이지만, 현실에서는 원시의 미개한 부족 사람들, 시꺼먼 얼굴에 나뭇잎 몇 조각으로 몸을 가리고 대충 살아가는 야만인이라는 의미가 덧씌워졌습니다. 그래서 얼마 전에는 원주민이라는 말이 오염되었으니 '선주민(先住民)'이라는 말을 쓰자는 주장도 나왔더랬습니다. 먼저 살았던 사람이라는 뜻으로 차라리 말을 바꾸자는 것이지요.

── "어떻게 땅과 하늘을 팔 수 있나?"

당시를 상상해보자면 아마도 이랬을 겁니다. 원주민이든 선주민이든 간에 그 땅에서 '이미' 살아왔던 사람들에게 백인들이 나타났습니다. 이제 막 도착한 백인들은 그곳에서 계속 살아온 사람들의 땅을 차지하려 합니다. 폭력적으로 빼앗았을 수도 있고, 법이나 제도를 내세워, 우리가 너희들을 보호해줄게, 너희들은 이쪽 구역에서 살고, 나머지는 우리가 관리할 거야, 하며 으름장을 놓을 수도 있습니다. 조금 점잖은 방식이라면 이렇게 이야기했을 수도 있겠지요. 너희 땅을 우리에게 팔라고, 거래를 하자고. 그런 거래에 대해 어느 인디언 추장이 답했다는 연설문이 지금껏 전해 내려옵니다(이 연설문에 대해, 인디언 말을 후대에 영어로 옮기는 과정에서 누군가가 대폭 첨삭을 했다, 개작된 거다, 아니 애초부터 조작된 거다 등등 그 진위를 둘러싼 시시비비는 많습니다. 그러나 저는 여기서 이 연설문의 사실 여부보다는 내용에 주목하고 싶습니다).

워싱턴에 있는 대추장(미 대통령)이 우리 땅을 사고 싶다는 말을 전해왔다. 하지만 어떻게 땅과 하늘을 사고팔 수 있나? 이 생각은 우리에게 생소하다. 신선한 공기와 물방울은 우리 것이 아닌데 어떻게 그것을 사 가겠다는 건가? [……]

우리는 안다. 땅은 사람의 것이 아니라는 것을, 사람이 땅에 속한다는 것을. 모든 사물은 우리 몸을 연결하는 피처럼 서로 연결되어 있다. 생명의 직물은 사람이 짜는 것이 아니다. 사람은 단지 한 가닥의 실일 뿐이다. 사람이 이 직물에 무슨 짓을 하든, 그것은 자기 자신에게 하는 것과 같다. [……]

우리는 안다. 우리의 신은 당신들의 신이기도 하다는 것을. [……]

우리는 안다. 신은 하나라는 것을. 빨간 사람이든 흰 사람이든 사람은 나뉠 수 없다. 우리는 결국 모두 형제들이다. 시애틀 추장의 연설문

여기서 중요한 것은 인디언들이 땅을 팔라는 백인의 말을 '이해'하지 못했다는 겁니다. 하늘과 공기와 땅은 자연인데, 어떻게 인간이 그것들을 사고팔 수가 있느냐는 거지요. 그렇다면 지금 우리의 입장에서 다시 생각해봅시다. 땅을 소유한다는 것, 땅이 과연 인간의 소유물이 될 수 있는 것인지 말입니다. 원시 시대이든 우주 시대이든 인간이 인간으로 존재하는 한, 자연을 인간이

소유한다는 것은 당연히 불가능합니다. 하지만 인간은 '놀랍게도' 자연을 구획하고 소유하는 기상천외한 방식을 만들어냈으며 버젓이 사용해왔습니다. 그래서 인간이 제 스스로 '만물의 영장'이라 지칭하는 것일까요?

우리 시대의 소유 방식도 기상천외하기는 마찬가지입니다. 아파트가 내 것임을 증명하기 위한 등기권리증, 하지만 뭘 소유한 것일까요. 예를 들어 아파트 902호의 등기권리증을 가진 사람이 있습니다. 102호부터 1502호까지 십오 층으로 솟은 아파트 건물에서 땅이라곤 102호의 바닥에 깔린 일정 정도뿐입니다. 이른바 2호 라인에 속한 열다섯 세대의 사람들은 무엇을 '권리'로 등기한 것일까요? 땅을 십오 분의 일로 나눠 가진 것일까요, 허공을 소유한 것일까요. 그도 아니면 아파트 공간을 엮어낸 시멘트와 철근구조물 따위의 건축 자재를 소유한 것일까요. 뭘 소유했기에 한 평에 몇 백만 원 혹은 몇 천만 원이라는 가치를 매겨서 스물네 평, 서른네 평에 몇 억, 몇 십억을 주고 매매 행위를 하는 것일까요.

도대체 우리가 가치 있다고 생각하는 실체는 무엇인지 되물어보지 않을 수 없습니다. 실제 물건에 대한 가치를 인정하는 것과(사용가치) 그것을 교환할 때의 가치(교환가치)를 인정하는 데서 더 나아가 이제 우리는 허상의 가치를 좇아가는 듯합니다. 이런 방식은 자본주의의 꽃이라 부르는 금융, 그리고 주식(증권) 따위의 존재를 만들어냅니다. 실체 없는 가치의 가장 활발한 거래가 이루어지는 방식이 생겨난 것이지요. 주식의 가격은 실체가 있는 물건에 매겨지는 것이 아닙니다. 주가는 시장의 수요·공급이

나, 회사 상황, 투자 동향, 통화·물가·금리의 변화, 심지어는 정치·사회 동향 등 시장 외적 요인의 영향으로 결정되는 가격입니다. 참으로 신기하지 않습니까? 실체가 없는 대상에 매겨지는 가치와 그 가치에 따라 엄청나게 민감하게 그리고 굉장히 많은 것이 결정되고 있는 이 현실이 말입니다. 더구나 자국의 것만이 아니라 다른 나라의 주가에도 민감하게 반응하고, 또 실제로 그 외국의 주가에 의해 자국의 주가 및 많은 것이 달라지는 광경을 종종 봅니다. 그래서 경제 상황에 둔감하고 주식 투자 경험이 전혀 없는 사람들에게도 나스닥이니 코스닥이니 하는 말이 그리 낯설지 않습니다.

만약 『토지』가 해방 이후를 계속 그려냈다면, 할머니가 된 서희 혹은 서희의 자손들이 자본의 시대, 글로벌 자본의 흐름 속에서 일어난 더 놀라운 변화를 보여주었을지도 모르겠습니다. 다행인지 불행인지 『토지』가 보여주는 시대는 전근대(봉건)에서 근대(자본)의 변화에 한정되어 있고, 이를 통해 우리는 지금의 모습을 거울 보듯 되비춰 볼 수 있게 되었습니다. 물론 백설공주 이야기에 나오는 계모처럼 그 거울을 통해 자신이 원하는 모습만 보겠다고 고집을 부릴 수도 있겠습니다만, 『토지』를 읽는 우리는 『토지』라는 거울을 통해 내 모습을 다시금 마주하게 될 겁니다. 그것이 유쾌할 거라고 장담할 수도 없지만 그렇다고 해서 반드시 고통스럽고 기분 나쁜 일만은 아닐 겁니다. 앞서 이야기했다시피 어차피 상생과 상극은 하나의 원환 속에 존재하는 것일 테니까요.

"얼마나 있어야 충분한가. 충분함이란 가능한가." 꽤 도발적인 이 질문은, 우리에게 잘 알려진 어떤 드라마 대사 "얼마면 돼?"와도 비슷합니다. 전자는 영국의 정치경제학자 로버트 스키델스키와 에드워드 스키델스키 부자(父子)의 책 『얼마나 있어야 충분한가(How Much is Enough?)』의 제목으로, 거기에서는 좋은 삶 대신 효율적인 삶을 중요하게 생각하는 현대인의 모습을 문제 삼습니다. 이에 비해 "얼마면 돼?"라는 말은 농담 같기도 하고 공갈 협박처럼 들리기도 합니다만, 원래 "사랑? 웃기지 마. 이젠 돈으로 사겠어. 얼마면 돼?"(2000, KBS〈가을동화〉)라고 했던 그 드라마 장면을 떠올려보면 스키델스키의 고민 지점과 아주 비슷합니다. 사랑이라는 인간의 감정 혹은 관계가 유용성이나 이익에 따라 변하는 것을 비판하는 것이기 때문입니다.

『토지』에서도 인간의 삶이 그렇게 변모하는 모습은 아주 생생하게 나타납니다. 『토지』의 전체 배경이 구한말인 1897년부터 시작해 소위 근대 식민지 자본주의 시대 전체이기 때문에 더욱 그러할 수밖에 없습니다.

저는 여기서 '임이네'라는 인물을 가까이에서 살펴보고자 합니다. 평사리에서도 비교적 더 가난한 편에 속하는 소작인 칠성이의 아내인 임이네는 임이(딸)를 비롯한 삼남매의 엄마입니다. 그녀는 마을에서 가장 예쁘고 건강한 여자입니다. 그녀는 생명력이 넘치다 못해 식욕이나 물욕, 나아가 성욕까지 온갖 욕심이 펄펄 끓어오르는 모습을 보여줍니다. 남편 칠성이도 별반 다르지 않아서 부부 둘 다 제 입에 넣고 제 뱃속을 채우는 일이 가장 중요합니다.

어느 날 이웃에서 나눠 준 떡 앞에서 식구들이 서로 많이 먹겠다고 난리가 납니다. 몸살이 나서 누워 있었던 임이네도 와구와구 자기 입에 넣기 바쁘고, 자식은 부모보다 많이 먹기 위해 극성이고 아비는 자식보다 먼저 먹기 위해 여념이 없습니다.

"새끼들이 떡 돌라고 우찌 지랄을 하던지."

했으나 칠성이는 먼저 주지 그랬냐는 말은 하지 않는다. 말없이 돼지처럼 먹는다. 아이들은 급하게 먹다가 목이 메어 숨을 모아 쉬고 눈물까지 글썽였으나 먹는 것만은 멈추지 않았다. 임이네 역시 콧물을 닦아가며 부지런히 씹어 삼킨다. 네 식구 먹을 만큼 보내온 떡을 제가끔 흉년 만난 들쥐처럼, 굶주린 이리 가족처럼 으르렁대기라도 할 듯이, 조금이라도 제 입에만 많이 넣으려고 경쟁이다.

"아따! 아프느니 죽겠느니 하더마는 잘도 처묵는다. 배 속에 섬(俵)을 찼나?"

칠성이 눈을 부라린다.

"아프다 캐서 약 사주었십디까. 안 묵고 우짤 기요."

"그라믄 아프다 소리나 말지. 어구로 처묵는다."

"죽을병을 실었다믄…… 오장이 성한데 굶으까! 아프니 어디 약한 첩을 지어주까."

하고 눈을 흘긴다.

〔중략〕

'빌어묵을 제집년, 어구로 처묵으믄서, 아프기는, 내일 아침에도 안 일어났다만 봐라. 방구들을 파부릴 기니.' 〔칠성〕 2권 120~122쪽

아내가 떡 먹는 걸 보면서 눈을 부라리는 남편, 자식보다 먼저 제 입에 떡을 밀어 넣기 바쁜 부모…… 서로 으르렁거리다시피 제 먹을 것만 챙기는 볼썽사나운 모습에 저절로 눈살이 찌푸려집니다. 하지만 밥 먹기보다 주린 배고픔을 참는 일이 더 흔했고, 그 와중에 떡을 먹는다는 건 그야말로 특별한 일로 여겨지는 시절이었으니, 이 또한 인간적인 아니 자연적인 일상사인지도 모르겠습니다. 이 비슷한 생각을 박경리 선생은 이렇게 풀어놓기도 합니다.

가난은 이런 것이며 굶주림엔 체모가 없는 것이다. 제사 음식을 마을에 돌리고 혼례장을 찾아온 각설이 떼에게는 술밥이 나누어지고 생일에는 며느리 손이 커서 살림 망하겠노라 하면서도 떡시루에 칼질하는 시어머니 얼굴에 미소가 도는 그런 인정과 우애를 순박한 농민들 기질이라 생각하지만 먹이와 직결되는 수성(獸性)이 또한 농민들의 기질인 것을. 풍요한 대지, 삼엄하고 삭막한 대지, 대지의 그 양면 생리는 농민의 생리요, 농민은 대지의 산물이다. 좀 더 날이 가물면 농민들의 눈빛은 달라질 것이다.

남의 논물을 볼 때는 야비한 도둑의 눈이 될 것이며 자기 논물을 볼 때는 도둑을 지키는 험악한 눈이 될 것이다. 3권 168~169쪽

이것이 어찌 농민만의 기질이겠습니까. 인간의 예사로운 모습이자 본능이겠고, 어쩌면 자연의 발로라고까지 할 수 있을 겁니다. 그래서인지 매사에 욕심이 넘쳐나는 임이네도 자기 생존만을 챙기는 극단적인 인간으로 보이지는 않습니다. 최치수 살인사건으로 남편 칠성이가 사형당하고 세 아이와 함께 마을을 떠났을 때 임이네는 아이들을 이끌고 거지동냥을 합니다. 먹을 것을 구하느라 어느 때는 몸까지 팔며 겨우 살아나갑니다. 그렇다고 해서 임이네가 지극한 모성을 가진 헌신적인 엄마는 아닙니다만, 아이들을 버리고 자신만 살겠다는 정도까지의 이기심을 보이지는 않습니다. 그저 본능에 솔직한 여자, 생명력이 왕성한 여자, 그런데 그 정도가 종종 지나쳐 욕심 많다고 생각되는 인물일 뿐입니다.

이런 임이네가 소위 '돈 맛'을 보고 나서는 급속도로 달라지기 시작합니다. 식욕과 성욕과 물욕이 자본의 욕망으로 수렴되면서 그야말로 돈의 화신이 되어버린 것이지요. 이런 변모는 서희를 따라 간도로 이주한 이후 제대로 나타납니다. 간도로 가기 전에 임이네는 우연히 용이와 관계 맺으면서 아들(홍이)을 낳고 그의 후처처럼 살아갔습니다. 간도로 와서 임이네는 용이의 첫사랑 월선이를 미워하면서도 그녀의 국밥집 일을 거들며 얹혀사는 묘한 형편입니다. 이때 이른바 '베개 사건'이 일어납니다.

어느 날 간도에 이주한 평사리 사람들의 동네에 큰불이 일어 났습니다. 불이 점점 번져나가자 월선이는 미친 듯 고함을 지르 며 홍이를 찾아다니고, 임이네는 베개 하나를 품에 안고 허둥거 립니다. 놀란 용이가 임이네에게 홍이가 어디 있느냐고 묻자, 임 이네는 "호, 호, 홍이요?"라며 몽롱하게 계속 베개만 안고 있을 뿐입니다. 임이네가 놀라서 제정신이 아니라고 생각한 용이는 어쩌자고 아이 대신 베개를 안고 있느냐며, 베개를 빼앗아 불길 속에 냅다 던져버립니다. 마침 그때 월선이가 홍이를 찾아 데려 왔는데, 무슨 까닭인지 임이네는 홍이는 쳐다볼 생각도 안하고 '베개, 내 베개'라며 발악하듯 불 속으로 뛰어듭니다. 용이가 간 신히 임이네를 잡았지만 어느새 옷에 불이 옮겨붙어, 억지로 땅 바닥에 굴리듯 사람을 내팽개치면서 겨우 불을 끄는 급박한 일 까지 벌어집니다. 가까스로 불붙은 옷을 수습한 임이네는 다시 금 괴상한 소리를 지르면서 불 속으로 뛰어들려 합니다. 진짜 미 쳤느냐며 임이네를 잡아당기는 용이 때문에 속절없이 베개만 불

속에서 활활 타오르고야 맙니다. 그 광경을 본 임이네는 갑자기 사지를 뒤틀며 무섭게 경련을 하다가 결국 까무러칩니다. 그 베개는 예사 베개가 아니었습니다. 그 속에 임이네가 국밥집에서 몰래 빼돌려 이자놀이를 하던 돈을 숨겨놓았기 때문입니다. 그래서 자신의 금고나 마찬가지인 베개가 불에 타는 것을 본 순간 그어떤 상황에서도 기가 꺾이지 않던 천하의 임이네가 기절을 하고만 것입니다.

온통 불바다가 된 판국에서 임이네에게는 평소 부적처럼 되뇌던 "하나뿐인" 자식 홍이는 안중에도 없고 오로지 '돈'만이 가장 중요했습니다. 이 모습을 보고 용이는 "배미다! 배미! 저 기집은 숭악한 독사배미다!"라며 진저리를 치지만, 임이네에게 자식은 별 의미가 없습니다. 그저 용이와의 관계를 이어주는 수단이거나 어쩌면 비상금 지갑이나 보험증서 정도로 생각하지 않았나 싶습니다.

이후 임이네는, 월선네 국밥집과의 관계를 끊고자 하는 용이에게 이끌려 다른 동네로 떠나와 살게 되었지만 그저 돈 생각뿐입니다. 심지어 아들 홍이를 월선이에게 맡기고 용이와 둘이서만 살면서도 자식에 대한 그리움보다는 "상사병과도 같은 돈에 대한 집념"만이 사무칩니다. 이런 임이네의 모습은 요즘 젊은이들에게도 충격적이었나 봅니다. 물신주의가 팽배하다 못해 돈으로 인해 새로운 신분계급이 형성된 것처럼 여겨지는 요즘 세상이지만, 『토지』를 읽은 어느 학생은 이렇게 말하더군요.

돈

임이네는 '변모'라기보다는 거의 '진화'에 가까울 정도로 경이적인 생명력과 생존력, 그리고 탐욕을 보여준다. 하동에서의 삶과는 비교가 되지 않을 정도로 민폐를 끼치며 빨판상어와 같은 삶을 살아가는데, 마치 생존을 위해 염치라는 개념을 '퇴화'시킨 것 같다는 느낌을 받을 수 있었다. <u>산업경영공학과 4학년생</u>

── 황금의 힘으로 지탱되는 아귀지옥

원래부터 임이네는 욕심 많은 여자였습니다. 그러나 간도에서의 '돈' 욕심은 평사리에서의 욕심과는 질적으로 다른 차원에 놓여 있습니다. 남보다 더 많이 먹고 싶은 욕심, 더 많이 가지고 싶은 욕심이 산술급수적으로 하나하나 쌓이는 것이라면, 소위 '돈맛', 화폐에 대한 욕망은 기하급수적으로, 무한대로 증식하는 것이기 때문입니다. 그래서 '돈 맛'은 임이네를 그야말로 아귀지옥으로 끌어내리고야 맙니다. 그 속에서 인간이 사라지는 것은 너무나도 당연한 일입니다. 이런 변화는 월선이가 죽고 난 후 더 생생하게 그려집니다.

월선이의 장례식에서 임이네는 호시탐탐 그녀의 유산을 가로챌 기회를 엿봅니다. 그러던 중 월선이가 홍이에게 남긴 몫이 있다는 것을 알게 됩니다. 임이네는 그것을 내놓으라고 나섭니다. 월선이가 홍이에게 남긴 돈이니 당연히 어미인 자신이 맡아야 한다는 주장을 폅니다. 돈에 욕심이 난 임이네의 속셈을 뻔히 알지만, 거절할 명분이 없어 다들 난처해하는 가운데 홍이 아비인 용이가 나섭니다. 용이는 임이네에게, 요즘 말로 '친자 포기 서약'

을 요구합니다. 즉 임이네가 가족 간의 인연을 끊겠다고 약속하면, 월선이가 홍이에게 남긴 돈을 임이네에게 주겠다고 제안한 겁니다.

"우째 그리 야속한 말을 합니까? 진작부텀 눈엣가시처럼 하더니, 사람이 죽어서 이제는 없는데 그래도 내가 까시가 됩니까?"

그것이 헛울음이라는 것은 뻔한 일, 눈앞에 다가온 황금의 유혹을 물리칠 수 있는 임이네는 아니다. 두 사내는 침묵으로 지켜본다. 그 큰돈을 어디서 만져보노, 논을 사도 서른 마지기는 더 살 긴데, 좋은 논 서른 마지기만 해도 나락을 팔구십 섬은 너끈히 추수할 기고, 이삼년만 추수한 나락을 굴리믄 백 섬지기 백오십 섬지기는 누워서 떡 먹기…… 청국놈 땅 부치다가 일어서믄 남는 것은 이불보따리뿐인데. 이때를 놓치면 그런 돈 꿈에나 만져볼까? 헛울음을 울면서 임이네 생각은 재빠르다. 그리고 새삼스럽게 불 속에 태워버린 돈 생각이 난다. 그 돈까지 있었더라면 얼마나 좋았을까?

"내 팔자가 기박하여 그렇기 못 봐서 밤낮으로 천대하고 그래도 갈 데 올 데 없으니 오늘까지 살았소마는 이자는 못 보아서 애간장을 태우던 사람도 죽고 없는데 우찌 그리 막말을 합니까. 이녁 마음만 고치묵으믄 남부럽잖은 자식 남과 같이 키워서 노리 보고 살 긴데."

그래도 말이 없자 초조해진 임이네.

"정 그렇다믄 좋소. 나 소리도 매도 없이 이녁 앞에 나타나지 않을 긴께."

순간 용이 주먹이 임이네 얼굴을 친다.

"아아나 쑥떡!"

당장에 임이네 코에서 코피가 펑펑 쏟아진다.

"흥이? 천금 같은 자식?"

"아제! 이럼 안 됩니다!"

길상이 얼른 임이네 상체를 뒤로 젖힌다. 임이네는 숨이 넘어가는 듯 나자빠진다. 용이의 잔인한 웃음이 방 안을 흔들어댄다.

"길상이 보았나? 돈이 있으면 저 계집 혼자 아귀가 되는 거 아니다! 나도 흥이도 아귀가 된다! 아니면 살인 죄인이 되든지." _{8권 272~273쪽}

임이네는 자식도 필요 없습니다. 남편도 필요치 않습니다. 그녀에게 '돈'은 세상 모든 것을 다 가질 수 있게 만들어주는 마법 지팡이고, 그 자체만으로 언제 어디서든 힘을 발휘합니다. 이 때문에 전근대 세계에서 근대 세계로 옮겨 오면서 가치의 변환과 더불어 욕망의 무한한 증식이 일어나기 시작합니다. 모든 것을 다 삼켜버릴 듯 모든 질적 차이를 다 무화해버리고 '돈'이라는 단일한 징표로 수렴시키는 거대한 욕망덩어리가 생겨난 것이지요. 이 욕망덩어리를 굴려나가는 가장 생생한 모습이 바로 임이네입니다.

그렇다고 해서 돈을 비롯한 여러 욕망을 두고, 우리는 그것들을 부정해야 해, 이런 것들은 다 가짜야, 허상이야, 이렇게 주장하는 건 아닙니다. 우리 가운데 정도의 차이는 있을망정 자본주의적 삶의 방식과 무관하게 살아갈 수 있는 사람은 아무도 없을 겁니다. 깊은 산으로 들어가 고사리를 캐 먹으며 세상과 절연하고 살지 않는 이상 말입니다. 다만 여기서 하고 싶은 말은 정말 우리가 가치 있다고 욕망하는 것들이 어떻게 만들어져 있는지를 살펴보자는 겁니다.

무엇을 하든 닥치는 대로 돈을 모으자, 10억 만들기 계획을 추진하자, 그럴 수 있습니다. 그것이 내 삶의 중요한 지침이 될 수도 있습니다. 하지만 가장 중요한 것은 그 돈으로 내가 무엇을 할 것인지 어떻게 살아갈 것인지에 대한 궁극적인 목표입니다. 그것이 없다면 우리의 미래는 그야말로 아직 오지 않았을 뿐만 아니라 앞으로도 영원히 오지 않을, 끊임없이 지연될 미(未)_래(來)로 고정되고 말 것입니다. 그저 돈을 모으는 데만 급급한 삶을 살게 될 테니까요.

또 돈에 대한 욕망은 그 본질상 충족 불가능한 것이라는 사실을 기억하지 않는다면 더욱 위험합니다. 돈은 그 자체의 가치가 아니라, 돈을 통해 소유할 수 있는 대상, 가질 수 있는 것들에 대한 매개적 힘에 의해 가치가 부여되는 방식으로 존재합니다. 만 원짜리 지폐 가치가 화폐 자체로 실재하는 것이 아니라 만 원으로 살 수 있는 것들, 할 수 있는 것들에 의해 만 원의 가치가 규정되는 것입니다. 그래서 돈이라는 매개/수단 너머의 것들을 생각하지 못한다면, 오로지 돈만을 최종 목표로 삼는다면 우리 또한 임이네처럼 황금의 힘으로 지탱되는 아귀지옥에 사로잡힐 수밖에 없습니다. 그래서 『토지』가 보여주는 가치의 세계, 그리고 임이네의 모습은 바로 우리 자신을 되비추는 거울일지 모른다는 생각에 으스스한 한기마저 느껴집니다.

다시 한 번 물어보고 싶습니다. 얼마면 충분한가. 그리고 나는 어떤 충분함을 누리고 싶은가, 무엇을 충분하게 만들고 싶은 것인가.

5

사랑

나는 너 없이는
못 살 긴갑다—

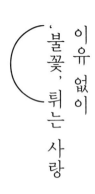

이유 없이 '불꽃' 튀는 사랑

『토지』의 좋은 덕목 중 하나는 책 속의 인물들이 어떤 행위를 의무나 목적, 이유 때문이 아니라 진짜 좋아서 한다는 것, 자기 삶에 좋은 것을 스스로 찾아나가는 모습을 보여준다는 사실입니다. 이 말을 '사랑'의 경우로 옮겨봅시다. 사랑은 내가 아닌 다른 사람과 특별한 감정을 느끼는 겁니다. 이 특별한 감정을 느끼는 데에는 이유가 없습니다. 왜 사랑하느냐고 묻는다면, 누군가는 그 사람 성격이 너무 좋아서, 라고 대답할 수도 있습니다. 하지만, 성격 좋은 사람이 이 세상에 한두 명이겠습니까. 많고 많은 성격 좋은 사람 중에 왜 하필 그를 사랑하느냐고 다시 묻는다면, 대답할 말이 별로 없습니다. 누군가는 어느 날 갑자기 그녀가 저 멀리서부터 걸어오는데 주위가 환해지더라, 소위 첫눈에 반했다고 합니다. 글쎄, 정말 주위가 환해졌는지 아닌지는 알 수 없지만, 도대체 왜 첫눈에 반합니까, 하필이면 그 사람에게?라고 다

사랑

시 물으면 대답하기가 어렵습니다. 나도 내가 첫눈에 반한 그 이유를 모르기 때문이지요.

── '사랑'이라는 신세계

많은 학자들이 '사랑'을 놀랍게 여깁니다. 사랑은 인간이 일으킬 수 있는 작용 중에서 가장 혁명적인 것이라고들 합니다. 아무런 매개 없이, 어떤 이유 없이 두 사람의 관계 사이에서 '불꽃'이 튀는, 놀라운 작용이라고 말입니다. 왜 사랑하는지 우리는 설명할 수 없습니다. 그리고 스스로도 왜 사랑에 빠졌는지 이해할 수 없습니다. 더 놀라운 것은 이유도 모르는, 바로 그 사랑을 통해서 나는 지금껏 감히 생각해본 적도 없던 일들을 '자발적으로' 경험한다는 것입니다.

어떤 일들이 일어났는지 한번 들어볼까요? 첫 번째, 지금껏 나는 도서관에 가서 앉기만 하면 잠이 와서 견딜 수 없더라. 왜 사람들이 도서관에 가는지 도대체 이해할 수가 없다, 이렇게 말하던 남학생이 있었습니다. 대학 캠퍼스가 얼마나 넓고 아름다운데, 이 좋은 봄날에, 혹은 이 더운 날씨에, 이 맑은 가을날에, 이 추운 겨울에 도서관을 '왜' 가느냐고 되묻던 학생이었습니다. 그랬던 그가 사랑에 빠진 후 그의 여자친구가 취업 준비를 위해 도서관 열람실에서 거의 살다시피 하자, 그녀의 옆자리에 그도 앉아 있게 되더랍니다. 사각거리는 볼펜소리와 책장 넘기는 소리가 드넓은 공간을 메운 그곳은 신세계였습니다. 도서관이라는 곳이 이렇게 멋지구나 감탄했답니다. 물론 옆자리에 앉아 있는 그녀가 도서관은 물론 온 세상을 아름답게 만들었겠지만, 바로 그녀 때문에 그도 달라졌습니다. 한 번도 해보지 않았던 일을, 심지어 이해할 수 없었던 일을, 그녀 때문에 새롭게 경험하고 그로 인한 기쁨과 좋음을 느꼈던 것이지요. 이른바 새로운 감각을 경험한 것입니다.

두 번째, 남자친구가 좋아하는 음식이 감자탕이어서 깜짝 놀랐다는 여학생이 있었습니다. 돼지뼈와 감자, 우거지 등을 넣고 푹푹 끓인 감자탕을 남자친구는 너무나도 반색하며 좋아합니다. 그에 비해 예전부터 여학생은 감자탕을 무척 싫어했답니다. 싫어하는 정도가 아니라, 그건 인간이 먹을 음식이 아니라고 생각했었답니다. 그녀는 감자탕 식당 문을 열고 들어설 때부터 훅 덮쳐오는 누릿한 고기냄새가 역했습니다. 게다가 오죽 먹을 게 없으면, 뼈에 붙은 살점을 쪽쪽 빨아먹고, 심지어는 뼈를 하나하나 분리해서 사이사이 골수까지 다 핥아 먹느냐 하며 눈살을 찌푸렸답니다. 심지어는 인간이 개도 아닌데 그게 뭐 하는 짓이냐고 생각했었답니다. 그런데 남자친구는 그 음식이 세상에서 제일 맛있다고 합니다. 그녀는 남자친구와 같이 감자탕을 먹으러 갔습니다. 뼈를 쪼개 쭉쭉 빨아 먹는 남자친구의 모습이 구차하기는커녕 호방하고 쾌활해 보이더랍니다. 먹는 모습이 이렇게 시원시원할 수도 있구나, 정말 복스럽게도 먹는다, 그럼 이래야지 하면서 감자탕을 싫어하던 여학생은 자신도 모르게, 스스로도 놀라운 반전을 일으키고야 맙니다. 그와 같이 먹은 감자탕, 세상에 이렇게도 맛있는 음식이 있었나 싶었답니다.

이런 놀라운 반전 때문에 종종 사랑을 하면 눈에 콩깍지가 씌워진다고들 하지요. 콩깍지, 사랑에는 정말 이렇게 부를 만한 작용이 일어난다는군요. 과학적으로도 사랑을 자극하는 호르몬, 상대에게 매혹을 느끼는 호르몬의 작용을 분석하는 논의들이 다양합니다. 그래서 사랑에 빠지면 진짜로 상대의 모든 게 다 좋아 보인대요. 그래서일까요. 사랑하는 사람과 함께라면 그 이전에는 먹을 생각도 않던 음식을 맛보고, 가기 귀찮다고 손사래 치던 장소도 기꺼이 함께 쏘다닙니다. 예전의 나라면 결코 하지 않았던 별의별 짓을 다 할 수 있습니다. 사랑하는 사람과 함께라면 그 어떤 낯선 것도 두렵지 않습니다. 놀라운 사랑의 힘입니다. 바로 이 때문에 사랑은 상대방으로부터 받는 그 무엇이 아니라, 그 대상 때문에, 좀 더 정확히 말하면 내가 사랑한다는 사실 때문에, 내 삶의 영역이 넓어지고 내 능력이 커지는 것이라고 말할 수 있습니다.

—— 새로운 삶의 경험

어쩌면 인간의 사랑은, 인간이기 때문에 딱 요것만, 딱 저것만 있는 것은 아닐 겁니다. 아무리 주는 사랑, 무조건적 사랑을 한다고 해도, 소유욕을 배제할 수는 없습니다. '내 거니까, 내 사랑이니까' 하는 감각 없이 어떻게 사랑을 해요. 차라리 도를 닦든가 성인의 경지에 오르든가 해야지요. 그럼에도 불구하고 어떤 것에 더 중점을 두느냐에 따라 사랑으로 인해 일어나는 변화는 달라집니다. 이미 사랑의 상처를 받았을 수도 있고, 아니면 내겐 사랑

따위는 없어 이번 생은 나 홀로야, 라고 생각하고 있을지도 모르지만, 정말로 사랑을 해보세요. 사랑의 대상이 누구든 그것과는 상관없이 전혀 '다른' 경험을 하게 됩니다.

저는 부모의 입장이 되고 나서야 이런 생각을 할 수 있었습니다. 만약 자식이 없었다면, 진짜로 내가 어느 한 인간으로 인해 이렇게 가슴 아파하고 고민할 수 있었을까, 하고요. 제게 그건 대단히 새롭고 놀라운 경험이었습니다. 더 나아가 내 아이로 인해 다른 사람들이, 내 아이가 살아갈 세상이 눈에 들어오기 시작하는 변화도 느꼈습니다. 어느 아기 엄마는 이렇게 말하더군요.

아기를 낳기 전에 저는 사람들에게 전혀 관심을 두지도 않았고 약간 냉소적인 편이었어요.

겉으로 표현한 적은 없지만 누군가를 속으로 싫어한 적도, 무시해본 적도 있었죠.

그런데 아기를 낳고 기르다 보니 이런 생각이 들어요.

저 사람도 집에서는 귀한 자식이겠구나.

내 자식이 이렇게 애틋하고 귀한데 다른 사람들도 마찬가지겠구나.

그 생각이 든 후부터는 사람들이 달리 보여요.

어느 누구에게라도 상처 주는 일은 안 하고 살아야겠다는 그런 다짐이 생깁니다.

더 나아가 환경문제에도 관심을 갖게 되고 세상의 불의에 분노하게 되더군요. <http://www.82cook.com/entiz/enti.php?bn=15>

사랑

종종 부모가 되어야 어른이 된다고들 합니다. 그 말이 반드시 맞는다고는 생각지 않습니다. 경우에 따라서는 인간 이하의 부모도, 인간 이하의 어른도 너무 많으니까요. 또 바로 위 인용문의 아기 엄마가 보여주는 정신적 성숙 대신 제 아이만을 위하는 탐욕 때문에 불의를 저지르는 부모도 자주 봅니다. 그럼에도 불구하고 부모가 되는 일에 '어른'이라는 의미를 부여한 것은, 그 이전에는 경험하지 못했던 새로운 영역으로 나를 옮겨다주었기 때문이라 생각합니다. 자식을 키우면서 겪는, 다른 인간 존재에 대한 이해, 그리고 나의 부모에 대한 이해를 동시에 경험하는 것이지요. 부모가 된다는 것이 인간에게 반드시 필요한 일, 혹은 가장 고귀한 일이라 할 수는 없지만, 그로 인해 사랑을 알게 되고, 그로 인해 새로운 경험을 할 수 있게 된다는 의미는 있다 싶습니다. 내 아이지만, 나와는 다른 존재에 대해 이해해나가면서, 그 아이가 살아갈 세상에까지 관심을 기울이는 것으로 확장된다면 말입니다.

자기 경험의 폭을 넓히는 것, 그로 인해 삶의 영역을 확장하는 것, 그게 바로 사랑의 역할입니다. 그렇게 된다면, 그 대상이 나에게 뭘 해주느냐 하는 것이 더는 중요하지 않습니다. 나는 진짜 사랑했는데, 그 사람은 날 배신하고, 양다리 걸치고 있더니 결국 떠나가더라, 나쁜 놈, 이렇게 욕하고 끝나는 것이 아닙니다. 내가 그를 통해, 사람이 저렇게 변하기도 하는구나, 저렇게 착한 얼굴로 내 앞에서 이렇게 말하더니, 다른 사람에게는 더 달콤한 말을 했다더라, 인간은 참으로 여러 겹의 얼굴을 갖고 있구나 등등

을 배우게 된 것이지요. 고귀한 사랑, 아름다운 사랑, 둘이 하나
되는 사랑뿐 아니라 힘들고 고통스러운 사랑, 실패했다고 생각한
사랑을 통해서조차 내가 새로운 것을 경험하고 그로 인해 성숙해
질 수 있다는 것이 사랑이 주는 가장 큰 가치입니다.

質투와 시기,
그들의 삼각관계

현실에서 자신 있게, "사랑 그까이 꺼, 아무것도 아니더라" 할 수 있는 사람이 몇이나 될까요. 아마도 사랑은 동서고금 남녀노소 빈부귀천을 아우를 수 있는 '공통 범주'의 대표일 겁니다.

사랑을 정의하는 방식을 대략적으로 살펴보자면 그 첫 번째는 소유의 방식입니다. 내 남자야, 내 여자야, 내 사랑이야 등등. 심지어 우정에서도 이런 방식은 작동합니다. 너의 가장 친한 친구는 나라고 생각했는데, 너는 수업 마치고 다른 사람이랑 밥을 먹어? 그리고 내게도 안 해준 이야기를 다른 친구에게 했어? 확 '빈정'이 상합니다. 소울 메이트, 베스트 프랜드(베프), 절친 등등의 이름은 '나한테만', '나만'이란 제한된 뜻이 있고, 그걸 상대방에게 인정받고 싶어하기 때문에 생겨난 말이기도 하지요. 연애든 우정이든 이런 소유욕은 아주 흔히 볼 수 있습니다.

두 번째는 쾌락의 방식입니다. 이건 우정보다는 사랑에 좀 더 많이 해당되는 영역일 텐데, 정신적 쾌락과 육체적 쾌락이 다 있을 겁니다. 사랑으로 인한 기쁨과 행복이 가져다주는 쾌락, 혹은 사랑하는 사이에 손을 잡았을 때, 꼭 안았을 때 등등 그 특별한 느낌이 우리에게 쾌락을 선사합니다.

세 번째는 무조건적인 사랑, 그저 베푸는 사랑의 방식입니다. 내가 가지고 내가 느끼는 것이 아니라 다른 사람에게 주는 것으로 만족하는 사랑이지요. 그리고 이와 가장 반대되는 감정이 질투입니다. 사실 질투 또한 사랑에 속하는 것이기도 하고, 사랑 중에서도 가장 강렬한 감정이라고도 볼 수 있습니다.

——— 왜 질투합니까?

『토지』에는 강청댁이라는, 그야말로 질투의 화신과도 같은 인물이 등장합니다. 그녀는 이용의 본처인데, 용이가 첫사랑 월선이(무당의 딸이란 이유로 결별)를 잊지 못할뿐더러 결혼 후에도 이런저런 사건을 일으켜 늘 마음고생을 합니다. 게다가 임이네까지 남편 용이와 관계를 맺고 그 사이에서 아들을 낳는 바람에 겹겹의 삼각관계가 만들어집니다. 이런 상황에서 강청댁은 월선이와 임이네에게는 물론 남편 용이에게도 소리소리 지르며 울부짖고, 미친 듯이 날뛰고…… 그야말로 온갖 패악을 부립니다.

"흥 그년 말을 하니께 붙었던 입이 떨어지누마. 데리올 것도 없이 가지. 가아. 가란 말이오! 가서 영 오지 마소! 그래야 내가 과부팔잘 멘하제. 나 잡지 않을 기니."

사랑

부엌의 밥이 숯덩이가 되어도 아랑곳없다. 된장 뚝배기를 손에 든 채 강청댁은 악을 썼다.

"그 계집 말을 더 입 밖에 내었다만 봐라! 집구석에 불을 싸질러버릴 기다!"

강청댁은 뚝배기를 항아리 뚜껑 위에 내동댕이치고 삿대질을 하며 용이 앞으로 달려간다.

"멋이 우짜고 우째요? 그년 말을 와 내가 못할 기요! 옥황상제 딸이라서 말 못하겠소? 임금님 딸이라서 말 못하겠소! 헤치구덕(시궁창)에 꾸중물 겉은 더러운 년! 똥파리겉이 아무 데나 붙어 엉기는 더러운 년을! 잡신이 붙어서 만나는 쪽쪽 사나이 간을 꼬내 묵는 구미호 겉은 년! 그년 말을 머가 무섭아서 내가 말 못할 기요! 초가삼간 불지르소! 나도 살기 싫으니께 싹 질러부리고 끝판!"

입에 거품을 물고 병든 남편에게 달려들어 쥐어뜯을 기세를 보인다. 용이는 이를 갈았다. 이마에 기름땀이 배어난다. 강청댁은 마루까지는 올라가지 못하고 땅바닥에 펄쩍 주질러 앉는다. 두 다리를 뻗더니 기어이 울음을 터뜨렸다. 1권 407~408쪽

강청댁의 이런 감정의 농도는 점점 깊어져 "여자라면 모조리 용이를 노리는 요물쯤으로 생각했고 병적인 적개감 때문에 마을에서도 외로운 존재"가 되어버리고 맙니다. 그리고 아무 일이 없을 때조차 "간에 천불이 나서 못 살겠다" 하며 여기저기 화를 흩뿌리고 다니기 일쑤입니다.

다시 그들의 삼각관계를 살펴봅시다. 우선 강청댁. 그녀는 용

이를 사랑합니다. 그녀는 부부의 연을 맺은 후, 남자답게 잘 생겼고 행동거지가 점잖은 용이를 좋아합니다. 그런데 그 사랑은 질투와 집착으로 이어집니다. 이웃집에 놀러 가서 다른 아낙네들과 이야기를 하고 있다가도, 용이가 집으로 돌아왔다는 것을 안 순간 얼굴이 환해지면서 춤을 추다시피 얼른 자기 집으로 돌아갑니다. 용이가 어디 있는지 확인할 수만 있으면 맘이 편하지만, 조금이라도 용이의 행적을 모르겠다 싶으면 금세 전전긍긍합니다. 강청댁이 제일 잘하고 제일 많이 하는 일은 용이가 자신과 월선이를 어떻게 다르게 대하는지를 비교하는 것입니다. 물론 이 모든 것이 애초부터 용이가 월선이를 잊지 못한 채 강청댁과 억지혼인을 하다시피 한 때문이기는 합니다.

하지만 강청댁의 문제는 자신의 질투가 자기 삶을 망가뜨린다는 겁니다. 처음에는 월선이를 향한 질투였지만 월선이가 마을을 떠난 후 그것이 임이네로 옮겨갑니다. 그걸 두고, 앞으로 일어날 사건에 대해 소위 촉이 왔다고 그러나요, 뭔가 낌새를 예민하게 감지한 것 때문이라고 여길 수도 있지만, 강청댁의 평소 심성으로 봐서는 아마 임이네가 아니어도 다른 누군가에게 질투를 갖다 꽂았을 겁니다. 용이가 자신에게 백 퍼센트를 주고 있다고 생각하지 않는 한 그럴 겁니다. 아니, 어쩌면 백 퍼센트 상태라 할지라도, 정말 백 퍼센트인지 다시 의심하든가 그마저도 여전히 부족하다고 생각할 거 같습니다. 강청댁은 질투와 그에 대한 집착만으로 자기 인생을 움직여가고 있기 때문입니다.

강청댁의 질투도 사랑에서 비롯되었다고 했습니다. 또 강청댁이 그렇게 될 만한 이유가 있었던 것도 분명 사실입니다. 그런데 왜 우리는 사랑과는 달리 질투를 부정적 감정으로 여기는 것일까요. 혹 그 부정적 감정이라는 것은 정도 차이일 뿐일까요? 예를 들어 소극적인 질투나 은밀한 질투는 누구에게나 용인되고, 강청댁처럼 패악을 부리는 그런 질투만을 금기시해야 하는 것처럼 말입니다.

대부분의 사람들은 질투가 시작되면 자기도 모르게 질투의 궤도 속으로 빠져들어 자가발전을 계속하면서 극단에 이르기 일쑤입니다. 시간이 지나고 나서 도대체 내가 왜 그랬을까 하며 스스로도 이해 불가능할지언정 일단 질투가 불붙기 시작하면 쉽게 사그라뜨리기가 어렵습니다. 셰익스피어가 『오셀로』에서 질투를 가리켜 "사람의 마음을 마음대로 농락하고 사로잡는 초록 눈을 한 괴물(green-eyed monster)"이라고 말한 것도 비슷한 맥락입니다.

질투 혹은 시기심이라는 감정은 타인과 자신을 비교하는 데서 비롯된다는 점이 그 핵심입니다. 즉 단순히 내가 가지지 않은 것에 대한 갈망, 불만족, 탐욕 때문에 생기는 감정이 아니라 다른 사람이 내가 갖고 있지 않은 것을 가지고 있다는 인식에서 오는 것입니다(Aaron Ben-Ze'ev, *The Subtlety of Emotions*). 그래서 우리는 매우 주관적이고 특정한 분야에서만, 감정적으로 의미 있는 사람에게서만 질투/시기를 느낍니다. 그래서 질투/시기를 연구하는 학자들은 그에 대한 해결책으로 타자의 시선으로부터 어떻게 자유로움을 확보할 수 있느냐가 중요하다고 제시하기도 합니다.

강청댁, 왜 질투합니까? 용이를 소유하지 못했다는 결핍 때문에 그런 것도 있겠지만, 더 중요한 것은 저 남자가 월선이한테는 이러저러하게 하면서 나한테는 그렇게 하지 않는다는 생각 때문입니다. 월선이와의 비교 때문에 정작 자기 자신만 끝없이 추락합니다. 다른 사람과의 비교 때문에 자신이 피폐해져간다면, 그것은 사랑이라는 가치 추구 방식과는 전혀 상관없는 일이 되고 맙니다. 그것은 나와 비교되는 대상 때문에 발동하는 질투의 감정입니다. 다르게 말하자면 질투는 다른 사람이 기준이 되는 삶을 살아나가게끔 만드는 일입니다. 그래서 질투에 사로잡혀 있는 한, '나'는 결코 충족될 수가 없습니다. 그래서 강청댁은 시간이 흐를수록 나날이 피폐해져가고 자신을 스스로 추스를 수 없게 됩니다. 그녀도 한때는 수줍은 미소를 띠는 새댁이었는데 말입니다.

　일본 영화 〈감각의 제국〉(오시마 나기사, 1976)은 질투로 인해 극단으로 치닫는 한 여성의 모습을 더욱더 적나라하게 보여줍니다. 고급 술집의 어리고 예쁜 게이샤는 주인아저씨와 사랑에 빠집니다. 처음에는 주인아줌마 몰래 사랑을 나누는 정도였지만, 그 사랑이 점점 깊어져 주인아저씨와 게이샤는 술집을 나옵니다. 둘이서 방을 얻어놓고 둘만의 사랑에 점점 더 열중하게 됩니다. 게이샤는 자신이 벌어서 생활을 책임져야 하지만 남자를 독차지할 수 있다는 생각에 그 또한 즐겁기만 합니다. 하지만 시간이 지나도 뭔가 이 남자가 완전히 내 것이라는 확신이 들지 않습니다. 그저 남자를 내 방에 데려다놓았을 뿐 남자를 완전히 가졌다는 충족감이 안 드는 겁니다.

그러자 그녀의 집착은 점점 더 정도가 심해집니다. 급기야 남자를 외출도 하지 못하게 감금이나 마찬가지의 상태를 만들어버립니다. 그럼에도 불구하고 사랑에 대한, 남자에 대한 충족감을 여전히 확인할 수 없었던 그녀는 결국 남자의 성기를 잘라 손에 쥐고 거리를 활보하는 기괴한 극단으로 치닫고야 맙니다. 1936년 일본에서 실제로 일어난 '아베 사다' 사건을 재구성했다고 알려진 이 영화는 우리에게 사랑을 소유의 방식으로 볼 때 욕망이 끝이 없다는 걸 보여줍니다.

연민과 책임감,
그 너머의 사랑

    사랑의 소유욕을 적나라하게 보여주는 강청댁, 그녀의 남편 용이는 평사리에서 가장 훤칠한 사내입니다. 그러나 옛말대로 인물 잘난 값을 한다고나 할까요. 용이는 월선이-강청댁-임이네로 겹쳐지는 관계 속에서 그야말로 복장 터지는 모습을 많이 보여줍니다.

    『토지』 1권에서 마을 사람들은 '용이'를 두고 이름도 자기 꼴 그대로라고 탄식합니다. 그 사람 참 용하다고 말하는 건, 그가 순하고 무던하다는 칭찬도 있지만 한편으로는 어리석다, 참 줏대가 없다는 한탄이자 비웃음인 것처럼, 용이가 바로 그렇다는 겁니다. 순하고 인정 많은 사내이지만, 용이는 여자관계에서 이러지도 않고 저러지도 않는 답답한 인물입니다. 『토지』를 처음 읽었을 때 저는 등장인물 중에서 용이가 제일 싫었습니다. 정말 복장이 터질 지경이었습니다. 이 답답함은 나중에 다시 제대로 풀어

보도록 하고, 우선 용이의 복잡한(?) 사랑 관계부터 찬찬히 살펴봅시다.

── 연민 혹은 동정심

잘생긴 남자, 그러나 어질고 순한 용이가 애초부터 이 여자 저 여자를 넘나들었던 것은 아닙니다. 월선이가 첫사랑이지만 무당 딸이라는 이유로 반대하는 어머니 때문에 그녀와 결혼할 수 없었습니다. 어머니의 뜻에 따라 강청댁과 결혼했지만 월선이에 대한 마음을 끊어낼 수가 없었습니다. 때마침 다른 남자에게로 시집갔던 월선이가 쫓겨나다시피 고향 마을로 돌아오고, 그녀에 대한 사랑과 연민으로 용이는 어쩔 줄 몰라 합니다. 결국 월선이와 용이는 소위 불륜 관계에 들어서고 더 애틋하고 간절하게 서로를 원합니다. 당연히 본처인 강청댁과 삼각관계로 얽혀들게 되지요. 여기까지는 어느 정도 로맨스(?)로 받아들여줄 만합니다. 그런데 문제는 임이네입니다.

강청댁과 월선이의 관계만 해도 복잡하기 짝이 없는데, 여기에 임이네까지 얽혀드는 겁니다. 게다가 임이네는 평사리에서 자타 공인 가장 예쁘고 건강한 여자이지만, 온갖 욕심이 가득한 여자라 평소 용이는 임이네에게 제대로 눈길도 주지 않았던 터입니다. 더구나 이웃 칠성이의 부인이기도 한 임이네인데 어떻게 용이의 아들을 낳는 일까지(나중에 최치수 살인죄로 칠성이가 사형당한 이후의 일이긴 합니다) 벌어지게 되는 걸까요. 그리스 신화에 나오는 큐피드의 화살이 제멋대로 날아다닌 결과일까요. 그래서 사랑은 인간의 영역을 넘어선, 불가해한 그 무엇이라고 생각해야 하는 걸 까요.

『토지』 2권에는 이런 장면이 나옵니다. 밭일을 하다가 용이와 임이네가 이랑 하나를 사이에 두고 서로 마주칩니다. 배추를 뽑는 용이에게 임이네가 말을 건넵니다. 작년 봄 입덧으로 배추뿌리를 먹고 싶어했더니 남편 칠성이가 핀잔만 주더라며 험담 겸 수다를 해대는 것입니다. 떠들어대는 그녀의 입막음이라도 하자는 듯 용이는 배추뿌리 몇 개를 썩썩 잘라서 지금이라도 실컷 먹으라고 던져줍니다. 임이네는 기쁜 얼굴로 화답인 양 "결이 고운 무 하나를 골라" 용이에게 권합니다.

"쪽박을 차도 마음만 맞이믄 살지, 안 그렇소? 〔……〕 〔내 남편 칠성이는〕 욕심만 똥창까지 차가지고 이녁 밥그릇 작은 줄만 알았지 제집, 자식새끼는 옆에서 죽어도 모를 사람이오. 살아갈수록 나이 들어갈수록 서글프고 가소롭고 한이 되네요."

칠성이 사람 됨됨을 알고 있는 용이는 임이네가 빈말을 하고 있다 생각지는 않았다. 동정이 안 가는 것도 아니었으나 여자들끼리라면 모르되 외간 남자를 보고 제 남편 험담하는 임이네가 곱게 보이지는 않았다.

〔중략〕

"이거 물이 많아서. 잡사보소. 목도 마를 기요. 요기도 될 기요."

애원이었다. 눈에 가득 띤 애원하는 마음. 용이는 멍하니 여자를 쳐다본다. 아무 말 않고 무 꼬랑지 쪽을 든다. 그것을 두툼한 입으로 가져가서 용이는 와드득 깨물었다.

〔중략〕

　마을에서 임이네만큼 일 잘하는 여자도 드물고 아이 셋을 낳았으면서도 터질 듯 싱싱하고 예쁜 여자도 없다. 용이 마음에 처음으로 임이네에 대한 연민이 일었다. 그러나 용이는 부정이라도 탈 것처럼 먹던 무를 내던져버린다. 그리고 밭고랑 사이에 자빠뜨려 놓은 지게를 가져와서 받쳐놓고 배추를 주섬주섬 얹는다. <u>2권 217~220쪽</u>

　용이는 임이네에게서 무를 받아들고 '연민'을 느꼈습니다. 하지만 임이네에게 끌리거나 호감을 느낀 것은 결코 아닙니다. 단지 칠성이가 어떤 사람인지를 아니까 그녀가 측은했을 따름입니다. 임이네가 아이를 가졌을 때 먹고 싶어했다는 배추뿌리, 사실 그거 별 게 아니지요. 자기 집에서 배추농사를 안 짓는다고 해도 농촌이니까 이웃에서 얼마든지 얻어 올 수도 있었을 겁니다. 입덧으로 밥도 못 먹는 부인이 배추뿌리가 먹고 싶다는데, 칠성이는 들은 척도 안합니다. 한술 더 떠서 "배지〔배〕가 불러서 〔밥을〕 안 묵지 새끼 선다고 안 묵까"라고 매몰찬 소리를 내뱉기까지 합니다. 오늘 임이네가 우연히 밭에서 용이를 만난 때에도, 칠성이는 자빠져서 자고 있고 부인 혼자 꾸역꾸역 일을 하고 있습니다. 이런 상황에서 용이는 자기네 밭의 배추뿌리를 임이네에게 몇 개 건네주었습니다. 지금이라도 먹어보라고. 그걸 받은 임이네는 환한 얼굴로 자기네 밭의 무 중에서 제일 좋은 놈으로 골라 반으로 갈라서 얼른 용이에게 건네줍니다.

분명히 이때 용이도 심상찮음을 느낍니다. 저 여자가 내게 뭔가 꼬리를 치는구나 싶기도 했고, 그것까지는 아니더라도 왜 무를 주지? 하고 의아하게 여겼습니다. 그러나 용이는 임이네 눈빛 속에 너무나 그 무를 전해주고 싶어하는, 거의 애원하다시피 하는 간절함과 마주치고 말았습니다. 그 순간, 용이는 용한 사람이잖아요, 그래서 그 눈빛을 차마 외면하지 못합니다. 사람을 거절하지 못한다고나 할까. 그 무를 받아서 어적어적 먹습니다. 이렇게 여지를 남겼다는 점에서 용이는 어쩌면 자기 고난(복잡한 여자관계)을 자초한 데가 있습니다. 그렇지만 일단 이때까지만 해도 아무 일도 일어나지 않습니다.

남편 칠성이가 처형당하고 난 이후, 아이 셋을 끌고 떠났던 임이네는 갖은 고생을 견디다 못해 마을로 되돌아옵니다. 이웃 두만네처럼 아이들이 불쌍하다며 보살펴주는 사람도 있었지만, 대부분은 모른 척하기 일쑤입니다. 여자 혼자 구걸하다시피 품팔이로 겨우겨우 먹을 것을 구하며 살아가는데 어느 날 용이가 아이들 먹이라고 감자를 가져다줍니다. 분명 뭘 바라고 준 게 아니었습니다. 박경리 작가는 이 상황을 두고 단호하게 "임이네한테 무슨 딴마음이 있어 찾아온 용이는 아니었다"라고 서술합니다. 갑자기 찾아온 용이를 보고 놀란 임이네는 감자를 선뜻 받지 못하고 머뭇거립니다. 그러자 용이는 아이들을 굶겨서야 되겠느냐며, 그냥 감자자루째 던져줍니다. 더더욱 놀란 임이네는 고맙다는 말도 제대로 못할 만큼 더듬거리다가 별안간 울음을 터뜨립니다.

"생판, 이, 이런 공것을."

하다가 별안간 임이네는 울음을 터뜨린다. 울음을 터뜨린 임이네 자신이 용이보다 더욱 당황한다. 일 년 넘게 눈물방울이라고는 흘려본 적도 없었고 울음을 터뜨리기 전에 고맙다거나 슬프다거나 그런 감정을 느끼지도 않았는데 어째서 울음이 터져나왔는지 그 자신도 모를 일이었다. 그런데 울음은 걷잡을 수가 없었다.

"와, 와 이랍니까."

성정이 여자 울음에 약한 용이 어찌 할 바를 모른다. 임이네한테 무슨 딴마음이 있어 찾아온 용이는 아니었다.

"머 운다고."

하면서 쩔쩔매다가 그는 어느덧 말뚝같이 굳어지고 말았다. 약하게 비춰주는 모깃불, 희미하게 흔들리는 여자의 모습, 오장을 후벼 파는 것 같은 여자의 흐느낌 소리, 가슴에 불이 댕겨지는 것 같은 측은한 마음은 이상한 감동을 불러일으켰던 것이다.

오랫동안 한 번도 느껴본 일이 없는 남자로서의 충동이었다. 용이는 입술을 깨문다. 질겅질겅 깨물다가 뒷걸음질 치듯, 그러나 빈 망태를 얼른 집어 들고 도망을 쳐서 그는 문밖으로 나왔다. 문밖으로 나온 그는 그냥 달려서 강가로 나갔다. 강물에다 얼굴을 처박은 용이는 몸속에서 끓고 있는 열이 식기를 기다린다. 3권 83~84쪽

자, 여기에서 용이와 임이네가 관계 맺어지는 방식을 다시 생각해봅시다. 용이의 첫 번째 감정은 동정/연민이었습니다. 배추 뿌리를 건네준 것도, 감자를 가져다준 것도 모두 그런 마음이었

습니다. 그다음에는 임이네가 자신의 아이를 가져 그 책임감 때문에 관계가 계속됩니다. 그렇다면 용이가 임이네에게 보낸 동정심의 정체는 무엇일까요.

─── 공감, 마음이 오가는 순간

감자를 받아든 임이네는 울컥 눈물을 보였습니다. 그러고 나서 임이네와 용이는 서로 놀랐습니다. 사실 임이네는 고맙다거나 슬프다거나 하는 감정이 없었습니다. 되려 강청댁에게 들킬 일을 걱정하면 걱정했지, 용이가 고맙다든가 감자를 얻어먹는 자기 신세가 부끄럽다, 처량하다 따위의 감정은 끼어들 겨를이 없었습니다. 그런데 울컥 눈물이 난 겁니다. 아무 요구 없이 감자를 주는 용이의 마음이 전달되었고, 거기에서 임이네가 진심으로 울컥한 거 아니겠습니까. 그 진심으로 눈물을 쏟는 것을 용이가 본 것이지요. 뭔가 서로의 마음이 오가는 순간이었던 겁니다. 이를 두고 공감의 순간이라 할 수 있다면, 이것이 바로 사랑이 일어나는 지점인 셈입니다.

사랑은 어쩌면 내가 다른 사람에 대해 공감하는 것, 그 사람이 그럴 수 있겠구나 하고 마음이 움직여지는 것으로부터 시작되는 듯합니다. 공감은 아주 중요한 인간적 덕목이자 능력이기도 하지요. 극단적인 예로 연쇄살인자나 사이코패스에게 제일 결여된 것이 타인에 대한 공감이라고 합니다. 그들은 저 사람이 얼마나 고통스러울까 얼마나 괴로울까 하는 공감 능력이 거의 제로(zero)에 가깝다는군요. 그래서 살인이라는 끔찍한 행동을 거듭해도 죄

사랑

책감을 느낄 수 없다는 것입니다. 공감은 타자와의 관계가 맺어지는 출발점이자 인간적 덕성의 도달점이기도 합니다. 그리고 그것은 사랑으로 이르는 첫 번째 길목에 놓여 있는 감정입니다.

또 다른 공감의 장면을 보겠습니다. 『토지』의 여주인공 서희의 사랑입니다. 애초 서희가 길상이와 결혼한 것은 '사랑'의 차원과는 조금 결이 달랐습니다. 『토지』의 이야기 속에서 그 이유가 명확하게 나오지는 않지만 아마도 조준구에게 복수하고 가문을 다시 일으켜 세워야 한다는 삶의 목표를 실현하기에 가장 적절한 파트너를 선택했다고 짐작할 수 있습니다. 그 과정에 예기치 않게 등장한 과부 옥이네 때문에 질투 같은 감정적 분노를 터뜨리기도 합니다만, 길상과의 결혼 과정은 비교적 이성적 선택과 실행에 더 가깝습니다. 그러던 서희가 간도에서 아이들만 데리고 조선으로 돌아온 뒤 새로운 상대를 만납니다.

집안의 주치의 역할을 하는 박의사가 서희에 대해 호감과 연모를 드러낸 것입니다. 박의사는 결혼에 실패하고(아내가 다른 남자와 도망을 갔고) 서희를 짝사랑해서 그 마음을 표현하려 하는데, 눈치 빠른 서희는 선을 그으며 객관적 거리를 유지합니다. 서희의 분명한 태도에 놀란 박의사도 마음을 다잡고 다른 여자와 재혼합니다. 하지만 재혼한 아내도 첫 번째 부인처럼 제멋대로 굴며 남편을 괴롭혀 그로서는 또 다른 고난이 이어집니다. 결국 재혼 이후에도 제대로 살지 못하던 박의사가 서희에게 사랑한다고 고백을 해버리고 맙니다. 서희는 물론 냉정하게 거절합니다. 박의사는 예전 아내, 재혼한 아내, 거절당한 서희와 얽힌 상황을 괴로워하다가 자살을 하고 맙니다.

　박의사가 자살했다는 소식을 전해들은 서희는 일순간 멍해집니다. 이후 기이하게도 서희는 그제야 할머니와 어머니를 되새겨 봅니다. 중년에 이른 서희는 지금까지 할머니와 어머니의 삶, 더 정확히 말하면 그녀들의 사랑에 대해서는 한마디도 언급하지 않았습니다. 할머니와 동학 장군 김개주 사이에 태어난 김환, 그가 남몰래 최참판댁 하인으로 들어와 어머니 별당아씨와 사랑에 빠져 그녀와 함께 도망가, 결국 아버지 최치수는 아비 다른 동생에게 아내를 빼앗기게 되는, 그러한 파국 속에 서희가 놓여 있었습니다. 어쩌면 한 번쯤, 그래, 할머니는 강간을 당했다지만 어떻게 김환이라는 자식까지 낳고, 그 사람이 우리 집에서 사는 걸 모른 척 놓아둘 수 있었나, 그리고 내 엄마는 어떻게 사랑 때문에 자식을 버리고 갈 수 있는가 하는 식으로 원망할 법도 하지만, 서희는 어린 시절부터 오히려 냉정하리만치 그 모든 것에 대해 입을 꽉 다물고 살아왔습니다.

　단 한마디 비난도 하지 않고 화도 내지 않았다는 것, 아예 말 한마디도 꺼내지 않았다는 것은 할머니와 어머니의 사랑을 생각조차 하고 싶지 않은 일로 만들며 스스로 격리시킨 결과이지요. 그런데 어떤 사람이 나 때문에 괴로워서 자살했다는 엄청난 상황을 맞닥뜨리고서야 서희는 비로소 사랑이 주는 충격적 울림 속에 빠져듭니다. 그래서 처음으로 할머니와 어머니를 떠올리고, 그녀들의 삶을 되새기기 시작한 것입니다.

　이때 서희가 무엇을 생각했는지, 어떤 심정이었는지에 대한 속

사정은 『토지』에서 거의 드러나지 않습니다. 또 서희의 공감은 자신의 사랑에 대한 것은 아닙니다. 그러나 박의사의 죽음으로부터 사랑이 어떻게 사람과 사람 사이의 관계를 변화시키고, 일상에서 상상할 수 없었던 새로움을 만들어내는지를, 그리하여 때로는 혼란에 빠뜨리기도 하고, 때로는 놀라운 변화를 일으키는지를 깨닫게 되었습니다. 그리고 자신의 할머니와 어머니가 바로 그런 사랑을 했던 사람들이었음을 알게 됩니다. 놀라운 사랑의 힘과 마주하면서, 비로소 다른 사람의 삶을 이해하는 공감의 단계에 이르게 된 것이지요.

단지 네가

눈앞에 있어서

『토지』에서 놀라운 사랑의 힘, 나를 변화시키는 사랑의 능력은 여러 군데서 나타납니다. 우선 『토지』에서 가장 슬픈 사랑 중 하나인 월선이의 사랑을 봅시다. 그녀는 첫사랑을 간직한 비련의 여주인공처럼 여겨질 수도 있지만, 실제 현실에서는 불륜녀라 손가락질당해도 할 말이 없는 처지입니다. 애초에 월선이는 무당의 딸이라는 이유로 용이와 결혼하지 못했습니다. 이후 그녀는 강청 댁-용이의 부부 관계를 훼방하는 불륜녀 취급을 받는 것을 감수해야만 했습니다. 그 와중에 용이는 또 임이네와 하룻밤 관계를 가지고 아이까지 낳습니다. 그래서 강청댁이 죽고 난 뒤에도 월선이는 또다시 밀려나고, 용이-임이네-월선이라는 새로운 삼각관계가 형성됩니다. 월선이의 입장에서 생각해본다면 기막힐 따름입니다.

어느 학생은 월선이를 보면서 저도 모르게 탄식하고 말았다고

사랑

합니다. "아줌마, 사랑이 밥 먹여줘요? 그만 놔주는 것도 사랑이에요"라고 말입니다. 그저 사랑하는 사람 하나만을 바라보고, 계속 불륜녀 취급을 당하는 월선이의 모습이 얼마나 답답해 보였으면, 20대의 여대생이 저렇게 잔소리를 하고 싶었을까요. 그 여학생은 월선이가 등장하는 장면에 〈사이다가 필요하오〉라는 부제를 달자는 건의를 하기도 했습니다. 월선이를 보면 볼수록, 이야기가 진행이 되면 될수록 가슴이 답답해지고 어찌할 바를 모르겠다, 답답하게 막히는 내 속을 풀어줄, 시원한 탄산음료가 필요하다는 뜻이었습니다.

—— 사랑은 '해낼 수 없는 일'을 해낸다

사랑은, 어떤 면에서는 인간에게 금기 혹은 한계를 넘어서서 발현되는 것일지도 모르겠습니다. 『토지』에서 용이와 월선이의 애절한 사랑 이야기를 보면서 이런 상상을 해봅니다. 만약 두 사람의 부모가 반대하고 막아서지 않았더라면 과연 그 둘이 그렇게까지 사랑했을까 하고요. 금지되었다고 느꼈기 때문에 두 사람이 더더욱 불타올랐던 게 아닌가 하고 말입니다. 현실에서도 종종 자식들의 사랑에 대해 부모가 직접적으로 막아서는 게 가장 어리석은 일이라는 말들도 합니다. 부모들이 반대하면 할수록 자식들은 자기들이 로미오와 줄리엣인 줄 안다는 거죠. 그래서 그 이전까지는 희미하던 감정이 부모의 반대라는 장애물을 만나는 순간 불붙는 사랑으로 발화한다는 겁니다. 우스갯소리가 섞인 말이긴 합니다만, 사랑이 금기나 한계를 넘어 발현된다는 의미를 어느 정도 설명한다는 점에서는 그럴싸하게 느껴집니다.

하지만 사랑이 금기 혹은 한계를 넘는다는 진짜 의미는 그야말로 사랑으로 인해 일상의 제한선이 사라진다는 것을 가리킵니다. 사랑에 빠진 사람들은 자기 스스로 '내가 이렇게까지? 어떻게 내가?'라는 놀라움을 느낀다고 종종 토로합니다. 사랑 때문에 평소에는 절대로 하지 않는 행동이나 말도 서슴지 않게 되었다는 겁니다. 나아가 그로 인해 일어나는 여러 가지 변화는 한순간의 해프닝이 아니라 내 삶을 송두리째 바꿔놓기도 합니다.

사랑하는 마음뿐 아무것도 할 수 없었던 월선이는 차차 다른 모습으로 바뀌기 시작합니다. 용이와 임이네 사이에서 태어난 아이 홍이와 월선이가 관계를 맺으면서 그러합니다. 친엄마 임이네도 홍이를 애지중지하지만 사실 그것은 홍이가 자기 자리를 지켜주는 방패막이라고 생각했기 때문입니다. 임이네는 자기애와 자기 보존 욕망이 가득한 사람이었으니 자식에게 한없이 베푸는 어머니 노릇이란 애초 가능하지 않은 일이었습니다. 이에 비해 월선이는 워낙 착하고 정 많은 성품이어서도 그랬겠습니다만, 홍이에게는 모든 걸 다 주다시피 사랑을 쏟아 붓습니다. 특히 간도로 이주한 뒤로는 월선이가 홍이의 엄마나 다름없이 살아갑니다. 아마도 여기에는 홍이가 내가 사랑하는 남자의 자식이라는 이유도 있었겠지요. 하여간 월선이의 헌신적 사랑은 웬만한 엄마는 따라 할 엄두도 내지 못할 정도로 보입니다.

앞서 사랑이란 뭔가 자기가 하지 못했던 일을 하는 것, 즉 경험의 장을 넓혀가는 거다, 그래서 자기 존재 영역을 넓혀가게 된다고 했습니다. 바로 월선이가 그런 모습을 보여주기 시작합니다. 그녀는 아이를 낳은 적도 없고 제대로 된 결혼생활도 거의 해보지 못했습니다. 그런데 임이와 용이 사이에서 태어난 아이에게 사랑을 주면서, 자신의 삶이 아주 풍요로워지는, 그야말로 삶 자체가 긍정으로 가득 차는 경지에 다다릅니다.

어느 날, 어린 홍이는 누가 시키지도 않았는데 월선이를 '간도 옴마(엄마)'라고 부릅니다. 순간 월선이는 전율을 느낄 만큼 좋아하며 어쩔 줄 몰라 합니다. 때때로 사는 게 서글퍼 눈물짓다가도 누군가 홍이를 쓰다듬으며 "그놈, 참 잘생겼다"라고 한마디 하는 순간, 눈물이 그렁그렁한 채로 함박웃음을 지으며 좋아합니다. 아마도 그런 때마다 월선이에게는 홍이가 누구 아들인지 생각할 겨를도, 그럴 필요도 없었을 겁니다. 그저 홍이를 칭찬하는 말이 좋을 뿐입니다. 그녀는 홍이를 돌보고 품는 매 순간마다 아이가 사랑스러울 따름입니다. 사랑을 줌으로써 기쁘고 든든하고 행복하다고 느낄 뿐입니다.

죽음을 앞두고 가르랑거리며 가쁜 숨을 내모는 순간에도 "우리 홍이 많이 야비웠지요?" 하고 걱정하는 월선이 앞에서 그 누가 피는 물보다 진하다고 말할 수 있을까요. 훗날 어른이 된 홍이가 자신의 삶을 지탱해준 것은 월선이요, 자신의 삶은 월선이로부터 받은 사랑으로 채워져 있다고 기억하는 모습은 너무나 자연스럽고 당연해 보입니다. 물론 홍이에게는 생모 임이네를 부끄러워하다 못해 부정하고 싶은 마음 때문에 죄의식을 느끼는 괴로움도 있었고, 이러저러하게 방황하다가 사람들의 손가락질을 받는 곤경에 처하기도 했었습니다. 그러나 언제 어디서라도, 그 어떤 밑바닥에 내동댕이쳐지더라도 홍이는 '간도 옴마'를 떠올리며 자존과 존엄을 잃지 않을 수 있었습니다.

홍이뿐만이 아니었습니다. 월선이가 베푼 사랑은 모든 이에게 스며들어가, 그녀의 장례식에 모여든 사람들은 모두 그녀를 어머니처럼 떠올리며 스스로들 놀라워합니다. 한 남자에 대한 사랑이 이루어지지 않아 한평생 파란 많은 삶을 살아야 했던 월선이. 그럼에도 불구하고 그녀는 사랑에 대한 집착에 사로잡히지도 않았고, 애절한 사랑의 괴로움에 빠져 있지도 않았습니다. 홍이의 '간도 옴마'로, 평사리 사람들의 누이이자 어머니로서 자신의 삶을 확장시켜나갔고, 그래서 죽음 이후에도 수많은 사람의 기억 속에서 생생히 살아납니다. 나아가 그녀는 『토지』를 읽는 우리 가슴에도 깊은 충격을 전해줍니다. 2000년대의 20대 법대생은 월선이를 보고 "얼마나 사랑이란 것이 대단하면 '사랑하기 때문에 사람이 하는 일'이 '사람으로서 할 수 없는 일'로 같은 사람인 나를 놀랠 수 있을까?" 싶어 그저 멍해졌었다고 전해주었습니다.

── 사랑을 하려거든, 강포수처럼

사랑의 변화 그 두 번째 인물로는 강포수를 들고 싶습니다. 강포수는 지리산 일대를 사냥을 하며 쏘다니는 늙수그레한 남자입니다. 최치수는 도망간 별당아씨와 김환을 뒤쫓는 데 도움을 받고자 강포수를 불러들이고, 그 때문에 최참판댁에 머물게 된 강포수는 하녀 귀녀를 보고 사랑에 빠집니다. 하지만 귀녀는 최치수를 유혹해 그의 아들을 낳고 작은마님 노릇을 할 꿈에 부풀어 있는지라, 늙다리 포수 따위가 눈에 찰 리 없습니다. 그런데 최치수의 첩이 되겠다는 계획이 무산될 위험에 처하자, 귀녀와 김평산은 최치수를 살해하기에 이릅니다. 살인 사건 이후 그들의 죄가 밝혀지면서 귀녀는 사형수로 감옥에 갇힙니다. 다만 귀녀가 아이를 가졌기 때문에(최치수의 아이로 꾸미기 위해 미리 임신을 해두었더랬습니다) 출산 후로 사형 집행이 미루어진 상태였습니다.

양반, 그것도 하인이 주인 나리를 살해했다는 엄청난 사건이 마을을 뒤흔들었고, 어느 누구도 귀녀 일당을 동정하지 않았습니다. 그런데 남몰래 귀녀를 사랑했던 강포수만은 그녀의 옥바라지를 자처하고 나섭니다. 강포수는 최참판댁의 마름 격인 김서방에게 그동안의 품삯(최치수의 지리산행 길 안내 수고비)을 달라고 간청합니다.

그는 이렇게 호소합니다. "나, 이 문전에 다시 안 올라 했소. 양반하고 상놈의 사는 세상이 천리 밖이구나 생각했구마. 그러고도 내가 여기 온 거는 그 죄 많고 몹쓸 계집을, 마지막 가는 물밥이라도……. 마지막에 서러워할 사람이 천지간에 누가 있나. 찢어 죽이고 싶게 밉지만, 사람의 정이라는 게, 그 정이 더러워서……."

강포수의 진심 어린 애걸에 감동한 김서방은 약간의 돈을 쥐어 줍니다.

돈을 마련한 강포수는 옥에 갇힌 귀녀에게 먹을거리와 옷 등을 챙겨서 전합니다. 하지만 귀녀는 고마워하기는커녕 난리를 칩니다. 신경질을 부리다 못해 발악을 하고 패악을 떱니다. 어떤 때는 떡이 먹고 싶다고 그러다가 어떤 때는 파전이 먹고 싶다고 소리치고, 악담을 하다가, 욕설을 하다가 난리난리를 칩니다. 강포수는 그, 소리소리 지르고 울고불고 하는 귀녀를 다 받아줍니다. 도리어 귀녀의 발악이 심해지면 심해질수록 자신이 그녀의 고통을 반쯤 나누어 갖는 듯 위안을 느낍니다. 이런 강포수를 두고, 『토지』는 앞날을 이렇게 내다봅니다.

어쩌면 귀녀의 생애가 끝나는 날 강포수의 생애도 끝나는 것인지도 모를 일이다. 함께 죽으리라는 뜻이 아니다. 귀녀의 죽음은 어떤 형태로든 지금까지의 강포수의 인생과는 같을 수 없는, 다른 것으로 변할 것이라는 뜻이다.

지금 강포수는 귀녀와 더불어 있다. 옥중과 옥 밖의, 손이 닿을 수 없는 엄연한 법의 거리요, 지척이면서 가장 먼 그들, 서로가 서로를 보고 느낄 뿐이지만 그러나 강포수는 일찍이 귀녀가 이같이 자신 가까이에 있는 것을 느낀 적이 없다. 가랑잎 더미 위에 쓰러뜨렸을 적에도〔강포수와 귀녀가 육체적인 관계를 맺은 때〕귀녀는 강포수에게 멀고 먼 존재였었다. 강포수를 좋아하건 싫어하건 그것은 이제 아무것도 아니었다. 저주받은 악녀이건 축복받은 선녀이건 그것도 강포수하고는 관계가 없었다. 다만 거기 그 여자가 있다는 것과 그 여자를 위해 서러워해줄 단 한 사람으로서 자기가 있다는 것, 그것뿐이었다. 3권 19~20쪽

사랑

참 눈물겹죠. 20대 학생들도 가슴이 멍하다면서 "사랑을 하려면 강포수처럼"이라고 입을 모으더군요. 강포수가 귀녀에게 주는 사랑, 그 사랑의 허여성(gift)을 다시 생각해봅시다. 내가 저 사람을 사랑하는데 이유가 없다, 맞습니다. 강포수의 경우를 봐도 사냥꾼이기 때문에 여자를 만날 기회가 없어서 그랬는지, 귀녀가 유달리 예뻐서 그랬는지, 그저 한순간 육체관계를 맺고 나서 푹 빠진 건지, 도대체 왜 귀녀를 사랑하게 된 건지 모르겠습니다. 강포수 스스로도 알 수 없어합니다. 예전에 그는 돈이 생기면 더러 여자를 사기도 했고, 두어 번 살림을 차린 적도 있었지만, 짐승을 쫓아 몇 달이고 산을 헤매다 보면 곁에 있던 여자라고는 흔적도 없어지기 일쑤였습니다. 그에게 여자란 있어도 그만 없어도 그만인 존재였는데, 어느 날 마주친 귀녀에게 이렇게도 마음이 가다니, 자기 스스로도 신기할 따름입니다.

　그런데 조금 위에서 인용한 강포수와 옥중에 있는 귀녀의 사랑을 다시 보면, 강포수에게 가장 중요한 것은 귀녀가 거기 있고 내가 사랑을 줄 수 있다는 사실입니다. 작가는 그 사랑하는 귀녀가 죽으면 강포수도 죽을 것이라고 합니다. 그러면서 이때 죽는다는 것은 생물학적 죽음이 아니라 인생의 어떤 새로운 것, 다른 것으로 변한다는 뜻이라고도 밝혀놓았습니다. 그렇다면 귀녀가 거기 있고, 내가 사랑을 주고, 그것을 통해 강포수가 달라진 것, 어쩌면 이것이 진짜 사랑의 모습 아닐까요. 주는 사랑으로써 강포수가 오롯이 보여주는 모습, 다른 거 필요 없다, 내가 그녀에게 해줄 수 있는 게 있다, 예전에는 나, 한 번도 이런 거 못 느꼈다, 그

거 아닙니까. 귀녀가 죽고 나면 나는 어떻게 사나, 귀녀의 아이를 어떻게 키우나…… 이런 건 애초 문제 삼지도 않은 듯합니다.

단지 그녀가 거기 있고 내가 사랑을 준다는 거, 강포수에게는 그것만이 자신이 지금 해야 할 일이고, 자신이 존재해야 할 이유입니다. 준다는 것 자체, 강포수는 한 번도 이런 행동을 해본 적이 없지요. 깊은 산을 헤매며 사냥하러 다니는 포수였던 그는 사람이든 동물이든 보살펴본 경험이 없습니다. 그런 강포수가 누군가에게 무엇을 준다는 것으로 자신의 존재 의미를 깨달아나가는 경지, 어쩌면 사랑이 보여줄 수 있는 가장 궁극의 지점이 아닐까요.

어쩌면 귀녀가 포악을 떨고 발광을 하는 것은 사형이라는 공포를 이겨내고자 하는 한 방식일 수도 있지만, 또 한편으로는 죽음을 앞둔 처지에서 강포수든 누구든 그 누군가의 마음 따위는 아무 소용이 없다고 생각한 것일 수 있습니다. 그러나 결국 강포수의 사랑 앞에서 그녀도 고개를 숙이고야 맙니다. 음식꾸러미를 내미는 강포수의 손을 부여잡고 눈물을 떨어뜨리고야 맙니다.

"강포수, 손."
"머라꼬."
강포수는 흠씬 놀라며 물러섰다.
"손."
귀녀는 여전히 창살 밖으로 손을 내밀어놓고 있었다. 강포수는 겁을 내어 떨면서 조그마한 귀녀의 손을 잡아본다.

　다시 꾸러미를 디밀려 하는데 이번에는 귀녀 쪽에서 강포수의 손을 거머잡았다.

　"강포수, 내 잘못했소."

　"알았이믄 됐다."

　"내 그간 행패를 부리고 한 거는 후회스럽아서 그, 그랬소. 포전 쪼고 당신하고 살 것을, 강포수 아, 아낙이 되어 자식 낳고 살 것을, <u>으으흐흐……</u>."

　밖에 나온 강포수는 담벼락에 머리를 처박고 짐승같이 울었다. 하늘에는 별이 깜박이고 있었다. 북두칠성이 뚜렷하게 나타나서 깜박이고 있었다.

　오월 중순이 지나서 귀녀는 옥 속에서 아들을 낳았다. 그리고 여자는 세상을 원망하지 않고 죽었다.

　강포수는 귀녀가 낳은 핏덩이를 안고 사라졌다.

　그녀를 아는 사람 앞에 그는 다시 나타나지 않았다. 그를 보았다는 사람은 아무도 없었다. 그의 소식을 아는 사람도 없었다. 3권 22~23쪽

　아마도 이 순간 귀녀는 사랑이란 것을 처음으로 느낀 게 아닐까 싶습니다. 사랑은 그렇게 욕심으로 남의 목숨을 빼앗고 자신의 삶조차 망친 인간을, 죽음 앞에 선 인간을 고귀하게 바꾸어놓았습니다. 세상을 원망하지 않고 조용히 자신의 삶을 마감할 수 있게 만들어주었습니다. 바로 강포수의 사랑이 귀녀를 구원했다고 말해도 전혀 지나치지 않는 대목입니다.

그런데 말입니다. 이 늙다리 포수의 사랑은 여기서 그치지 않습니다. 귀녀가 낳은 핏덩이를 안고 사라진 강포수는 그 아이에게 살인자의 자식이라는 딱지가 붙지 않을, 아무도 모르는 낯선 곳을 찾아서 중국 땅으로 건너갑니다. 자신의 아이일 수도 있지만 아닐 수도 있는 그 아이. 하지만 사랑하는 여인이 낳은 아이라는 이유 하나만으로 온갖 정성을 다해 아이(두메)를 키웁니다. 시간이 흘러 아이 교육을 위해 간도에 있는 조선민족학교를 찾아왔는데, 거기서 강포수는 서희를 비롯한 평사리 사람들이 간도 땅으로 옮겨 왔음을 알게 됩니다. 자신으로 인해 두메의 과거, 즉 귀녀의 자식임이 밝혀질 것을 두려워한 나머지, 조선민족학교 선생 송장환에게 두메를 부탁하고 혼자 멀리 떠납니다. 그마저도 마음이 놓이지 않아, 결국 강포수는 두메를 위해 자신의 존재를 스스로 없애버립니다. 오발 사고로 위장해 자살해버린 것이지요. 자신만 사라지면, 두메는 귀녀의 존재와는 전혀 상관없는 늠름한 조선 청년으로 자라날 수 있을 테니까요. 자기 존재마저 내던진 강포수의 사랑. 그의 사랑은 자기 삶을 완전히 바꿔놓았고, 귀녀를 변화시켰고, 그리고 두메의 삶을 새롭게 만들어냈습니다.

6

욕망

찢어 죽이고
말려 죽일 테야—

욕망의 무한궤도와 차이의 반복

　『토지』의 주인공 격인 서희는 대단한 인물입니다. 그녀는 자기 집의 모든 재산을 가로챈 조준구에게 복수하겠다고 매일매일 다짐하고 또 다짐합니다. 그런데 어린 처녀의 몸으로 평사리에서 간도로, 다시 평사리로 오는 험난한 여정을 감내하면서 서희가 진짜 되찾고 싶어했던 게 뭘까요. 최씨 집안이라는 가문의 복원을 원했을까요, 아니면 최참판댁이 소유했던 땅과 재물이라는 물질적 풍요로움을 되찾고자 한 것일까요. 도대체 서희를 추동해나가는 그 끈질긴 욕망은 무엇이었을까요. 곰곰이 생각해봐야 할 이 질문에 앞서, 우리 눈을 사로잡는 것은 복수를 위해 달려가는 서희의 모습입니다.

—— 변화할 것인가, 반복할 것인가

　제가 처음 『토지』를 읽었던 스물다섯 무렵, 가장 먼저 눈에 들어왔던 인물이 서희였고 그 강인한 모습은 그저 부럽기만 했습니다. 요즘 대학생들도 그때의 저와 마찬가지더군요. 누군가는 '서희'를 자기 삶의 롤 모델로 삼고 싶다고 말했습니다. 그 학생은 자신의 성격과는 굉장히 다른 서희의 결단력과 모험심이 부럽다고 했습니다.

'모험'이나 '결단'을 한다는 것은 일상과는 다른 새로운 일을 하는 걸 의미합니다. 삶의 새로운 변화라고 이야기할 수도 있습니다. 이런 변화와 상반되는 말이 '반복'입니다. 그런데 일상에서 우리는 곧잘 이렇게 말합니다. "왜 나에게는 번번이 이런 일들이 일어나지? 초등학교 때도 그랬고, 중학교 때도 그랬고, 왜 나는 항상 이렇지?" 하는 식으로요. 대체로 나쁜 일들이겠습니다만, 뭔가 내 인생에서 계속 반복되는 일이 있다고 생각합니다. 이건 사람을 매우 지치게 하는 반복의 느낌입니다. 그렇다면 이때의 반복이라는 건 뭐고, 변화는 어떻게 가능하고, 어떻게 우리는 새로운 결단을 내려, 새로운 모험을 떠나, 새로운 시작을 할 수 있을까요. 새로운 창조자와 새로운 모험가는 애초부터 특별한 사람만이 할 수 있는 것이고, 나는 늘 똑같이 이렇게 살고 또 이렇게 되어버리더라, 이런 걸까요?

우선 '똑같은 결과'라는 걸 다시 생각해볼 필요가 있습니다. 주사위 놀이를 빗댄 이야기가 있습니다. 두 개의 주사위를 던지는데, 1과 6의 주사위 면이 나와서 7이라는 결과가 나왔고, 어떤 경우에는 2와 5가, 혹은 3과 4가 나와서 7이 되었습니다. 이때 누군가는 오로지 '7이 나왔다'라는 결과만 바라봅니다. 일종의 결과주

의지요. 그런 사람에게 '경우의 수'란 중요하지 않습니다. 1이 있었든 4가 있었든 3이 있었든 간에 그 결과가 7이라는 사실만 보는 것이지요. 그리고 누가 어느 손으로 던진 것인지, 몇 번째 던진 것인지 등등, 7이 나오게 된 장(場)에도 아무런 관심이 없습니다.

이에 비해, 소위 '차이의 반복'이라 부르는 다른 방식이 있습니다. 물론 여기서도 똑같이 결과가 반복됩니다. 주사위를 던지면 여전히 7이 계속 나옵니다. 왜 나는 늘 똑같을까 의아합니다. 초등학교 때도, 중학교 때도, 고등학교 때도 그랬어, 라고 합니다. 그런데 초등학교 때 내가 마주친 7은 1과 6이 만난 7이었고, 중학교 때 마주친 7은 2와 5가 만난 것이었고, 고등학교 때는 3과 4가 만난 7이었다는 것을 생각한다면 어떨까요. 내가 가지고 있는 7이라는 숫자가 어떠한 힘들의 배치에 의해 만들어진 것인지, 그래서 계속되는 반복 속에 차이가 있다는 사실을 본다면 어떨까요? 뭐가 달라질 수 있을까요?

계속해서 뭔가가 반복된다고 생각하는 것은 어느 한 장면, 대체로 결과만을 보기 때문에 그러합니다. 어떤 일에서 결과를 중심으로 봤을 때, 어떤 상황에서 누가 던졌는지, 어떤 주사위가 어떤 수를 만들어냈는지, 언제 던졌는지 등등 그러한 모든 것은 깡그리 무시해버리게 됩니다. 하지만 변화를 이야기한다는 것은 결과를 보는 것이 아니라 그 일이 일어나는 과정, 달리 말하자면 무엇이 어떻게 배치되어 있는가, 각각의 힘이 서로 관계를 맺는 장, 구조를 살펴보는 일입니다. 7이라는 결과보다 그것이 어떤 과정에서 나왔고 나에게 언제 어떻게 작용하는지를 아는 것이 훨씬

욕망

중요합니다. 그래서 지금 내가 가진 현재의 정체성이란 나에게 돌아온 무한한 가능성들 중 일부만이 특정한 방식으로 실현된 것일 뿐이라는 생각을 하게 됩니다. 니체가 말한 것처럼 우리는 동일한 텍스트에 매번 다른 해석, 다른 주석을 다는 셈인 겁니다(고병권, 『다이너마이트 니체』, 2016, 160쪽). 이렇게 된다면, 현재의 정체성이 배치된 관계를 바꿔낼 힘을 찾아낼 수 있습니다. 그것이 바로 진정한 '변화'입니다.

—— 욕망의 무한증식

이런 관점으로 『토지』에서 대표적인 욕망의 화신인 두 사람 임이네와 서희를 비교해봅시다. 임이네, 가만 생각해보면 딱한 사람입니다. 가난했습니다. 남편 복도 없었습니다. 칠성이는 시도 때도 없이 욕설을 퍼붓고 때리는 데다 게으르고 무능하기까지 했습니다. 이처럼 고달픈 임이네의 삶에는 두 가지의 큰 변화가 있었습니다.

첫 번째 변화는 칠성이에서 용이로 남편이 바뀌는 것이었습니다. 하지만 어질다고 소문난 용이라고는 해도 자신을 무시하기 일쑤요, 여전히 월선이에게 온통 마음을 줍니다. 그래서 남편이 바뀌어 임이네도 행복해졌다고 말하기는 어렵습니다. 다만 천금 같은 아들 홍이를 낳았다는 이유로 임이네의 위치는 꽤나 안정적이고 든든해 보이긴 합니다. 두 번째 변화는 평사리 가난한 소작농의 아낙네로 살다가 간도로 이주한 뒤 월선이의 국밥집을 매개로 약간의 돈놀이를 하면서 장사판에 끼어들어 살면서 재산을 모으기 시작한 것입니다. 덕분에 살림살이도 꽤 넉넉해졌지만(물론 임이네가 딴 주머니를 찬 것이긴 합니다만) 임이네의 삶의 만족도는 별로 달라진 것 같지 않습니다.

　곰곰 되짚어보면 임이네 삶의 변화는 대단히 극적입니다. 첫 남편은 살인자로 몰려 죽었고, 새 남편은 다른 여자를 계속해서 사랑하고 있습니다. 더구나 평생 살던 고향을 떠나, 낯선 이국땅에서 그것도 남편의 정인(情人)과 한 지붕 아래 사는 모양새가 되어버렸습니다. 보통의 여자라면 도저히 감당할 수 없는 충격적인 상황이라고도 할 수 있지요. 하지만 임이네는 놀랍게도 언제 어디서나 변함이 없습니다. 임이네에게 제일 중요한 일은 자신의 욕망을 채우는 것입니다. 그녀는 어디를 가더라도 먹는 것만 있으면 자다가도 벌떡 일어날 사람입니다. 돈만 있으면 자식이고 뭐고 아무것도 눈에 보이지 않는 사람입니다. 내가 지금 곡식을 몇 말 가질 수 있는가, 돈을 얼마만큼 가질 수 있는가가 임이네에게는 가장 중요한 문제입니다. 남몰래 돈을 감추어두는 베개 속에 돈이 가득 차 있어야 하고, 그런 베개가 몇 개가 되느냐, 그것만이 그녀의 관심사입니다. 임이네의 욕망과 집념은 이것밖에 없었습니다. 그리고 언제 어디서나 이 욕망과 집념은 무한히 반복됩니다. 행여라도 그 돈으로, 그 곡식으로 무엇을 어떻게 할지 같은 고민은 고려의 대상조차 되지 않습니다. 그저 가져야만 한다는 욕망이 무한증식 되고 있을 뿐입니다. 아마 용이가 아니라, 어떤 다른 남자가 남편이 되었다 할지라도, 어디서 다른 무슨 일을 하며 살게 될지라도 임이네는 마찬가지일 겁니다.

　　　　　　　　　　　　　　　　　　욕망

더 흥미로운 점은 임이네의 욕망이 자기한테서 솟아나는, 자기 욕망이 절대 아니라는 겁니다. 예를 들어 누군가가 돈을 많이 벌고 싶어한다면 그는 자신이 얼마만큼 벌어야 될지를 스스로 가늠합니다. 아파트 한 채를 사야겠어, 라고 결심을 했다면 거기에 얼마의 돈이 필요할지를 계산해볼 수 있지요. 돈을 벌어 어딘가에 쓰려고 한다면 어느 정도가 필요한지를 가늠하는 방식이 저마다 있다는 말입니다. 그래서 얼마만큼의 돈을 벌어야겠다는 목표를 세우고, 그 돈을 향한 자신의 욕망을 추동시켜나갑니다.

그런데 임이네의 욕망은 끝없는 비교로 비롯된 욕망, 곧 타자의 욕망입니다. 임이네는 이런 방식이지요. 나는 돈을 많이 벌 거야, 얼마만큼 벌어야 되지?, 남들 다 20평쯤 살더라, 그래 나도 그 정도는 살아야겠어, 그런데 나이가 들어가니 주위에서 다들 30평 이상은 살더라, 그래 나도 그래야겠어, 누구는 이렇게 사는데, 누구는 저런 차 정도는 타주던데…… 이런 식으로 끝없는 비교를 행하는 것이지요. 돈을 많이 벌자는 욕망 자체가 잘못되었다는 것이 아니라, 그 욕망이 진정 나로부터 시발했는가를 따져봐야 한다는 것입니다.

『토지』 7권에 보면 이런 이야기가 나옵니다. 기화(봉순)가 간도에 왔을 때 임이네가 막 신경질을 부립니다. 사실 기화 때문이 아니라, 기화와 동행한 월선이를 보고 화를 낸 것입니다. 월선이와 임이네를 떼어두자는 용이의 결단에 따라 당시 월선이는 시내에서 국밥집을 하면서 홍이와 살고, 임이네는 시골에서 용이와 둘이 살아가고 있었습니다. 용이의 이 결단은 국밥집에서 월선이

몰래 돈을 훔쳐 딴 주머니를 채우는 임이네와 그런 임이네 때문에 갈등이 생기는 것을 보다 못해 내린 결정이었습니다.

이런 상황에서 임이네는 아들 홍이에 대해 별다른 애착이 없습니다. 생모인 자신을 제쳐두고 월선이와 사는 자식 때문에 속상하다거나 슬프다는 생각도 없습니다. 오히려 임이네가 제일 신경쓰고 화를 내는 일은, 예전에 월선의 국밥집에 있을 때는 몰래 훔쳐 모은 돈으로 이자놀이 따위를 하곤 했는데 이제 더는 그 일을 하지 못한다는 것입니다. 임이네는 계속해서 과거와 현재를 비교하고 그 시절이 눈앞에 오락가락합니다. 살 재미가 나지 않습니다. 그래서 느끼는 것은 병적인 신경질뿐입니다. 용이의 사랑을 독차지한 월선이가 미운 게 아니라 자신이 돈을 차지할 기회를 월선이가 없앤 것 같아 밉습니다. 월선이가 자기보다 돈을 더 많이 벌 거라는 생각밖에 나지 않습니다. 그 때문에 월선이가 "부모를 죽인 원수"보다 더 미웠다고 스스로 이야기합니다. 참으로 임이네답지 않습니까? 끊임없는 비교는 욕망의 무한증식을 낳고, 그 욕망은 끊임없이 반복되기만 합니다.

── 차이의 반복: 과정을 선택하기

한편 서희는 조준구에게 복수하고 자기 집안을 되찾고 싶다는 욕망으로 가득합니다. 길상이와 결혼하는 것도 실은 그 욕망을 달성하기 위해서라고 봐도 얼추 맞을 겁니다. 임이네처럼 서희도 단일한 욕망을 줄기차게 내세우고 있습니다. 그런데 서희가 그 욕망을 추구하면서 살아가는 모습을 보면, 임이네와 다른 점을 느낄 수 있습니다.

평사리에서 윤씨부인이 죽고 난 뒤 조준구가 집안을 장악했을 때 서희가 몇몇 사람과 모의해 곳간을 열어 마을 사람들에게 곡식을 나눠 준 사건이 있었습니다. 물론 이는 조준구에게 대항하는 일입니다. 그런 한편, 이 일을 계기로 서희는 평사리 마을 사람들과 힘을 합치고 그들과 함께하는 새로운 관계를 만들게 되었습니다. 자신의 할머니 윤씨부인이 그러했던 것처럼 마을 사람들을 돌보며 마을 공동체의 중심이 된 것이었지요. 그 이후 비로소 서희의 간도행이 실행에 옮겨집니다. 물론 돈도 있었고 충직한 길상이 등 몇몇 하인이 있었지만, 평사리 마을 사람들 대다수가 함께 간도로 이주하는 큰일을 벌일 수 있었던 것은 이미 서희가 그들과 공동의 관계를 맺은 덕분이었습니다.

자, 이렇게 하여 서희는 간도로 무사히 터전을 옮길 수 있었습니다. 이후 간도에서 돈도 모으고, 길상이와 결혼도 하고 살아가는데, 그 과정에서 서희는 끊임없이 평사리에서 같이 이주해온 사람들과 더불어 살아가는 모습을 보여줍니다. 월선이에게 국밥집을 열어준 상가도, 큰 화재가 일어났을 때 그곳을 재건한 덕분에 가능한 일이었습니다. 물론 이 과정에서 서희 자신도 새롭게 부를 축적합니다만, 재건 과정을 거치며 간도에서 스스로 중심을 만들어내고 그 자리를 차지한 것입니다. 그뿐 아니라 평사리에서처럼 여전히 사람들의 기둥으로 살아가는 모습을 보여줍니다. 간도로 온 평사리 사람들도 더는 서희가 최참판댁 곧 지주댁 아가씨도 아닌데도 서희를 의지하며 살아갑니다. 평사리에서도 간도에서도 서희는 공동체를 유지해나가는 것이지요. 물론 이때의 공동체는 지금 우리가 생각하는 민주적 공동체, 코뮌(commune) 등에서 갖는 공통감각은 거의 없습니다. 엄밀히 말하자면 공동체라기보다는 다소간의 공동관계(그것도 일정 정도는 위계질서가 분명한)를 구성하고 있는 정도라고나 할까요. 하지만 서희 입장에서 본다면 그녀는 자신의 욕망을 여러 사람과의 관계 속에서 움직여나간다는 특징이 분명히 있다는 것이지요.

한편 서희가 욕망을 발현하는 방식은 임이네처럼 소유물이나 결과물, 즉 곡식이 얼마만큼 있는가, 돈이 얼마만큼 있는가 하는 식으로 나타나지 않습니다. 물론 서희의 목표는 다소 추상적이고 임이네의 목표는 가시적이라는 차이가 있지 않느냐 하는 반문이 나올 수도 있지만, 따지고 보면 임이네의 목표도 추상적이기는 매한가지입니다. 잘살고 싶고 다 가지고 싶은 것이 목표인데, 그것이 궁극적으로 가 닿는 곳이 '돈'이라는 추상물일 뿐이지요. 그 돈에 대한 임이네의 욕망은 절대불변이었고 그녀의 모든 삶은 돈이라는 단 하나의 결과로 수렴되었습니다.

이에 비해 서희는 다른 모든 사람과의 관계에서 끊임없이 욕망을 작동시킵니다. 서희는 평사리에서는 마을 주민들과 함께 살아갔고, 그들을 이끌고 간도로 와서 다시 같이 살아가는 길을 모색했으며, 그리고 또다시 그들을 데리고 평사리로 돌아와 그곳에서 살아가는 것입니다. 조준구에게 복수하고, 조준구를 무너뜨린다는 그 욕망은 변하지 않습니다만, 그 과정과 그 장에서 서희가 살아가는 방식은 끊임없이 변하고 움직여나갔습니다. 결국 과정을 볼 것이냐 결과를 볼 것이냐에 따라 우리 삶의 방식은 엄청나게 달라지는 것이지요. 그래서 반복이다, 아니면 어떤 것이 변화했다, 모험을 저질렀다, 결단했다 따위의 것들은 다른 표현으로 하자면, 과정을 선택할 것이냐 아니면 결과를 선택할 것이냐 하는 두 가지의 다른 표현이 아닌가 합니다.

무시무시한 돌진

욕망을 향한

이번에는 욕망의 무한궤도에 올라선 나머지 자기 삶을 그로 인한 집념으로 꽁꽁 얽어맨 인물, 귀녀를 살펴보겠습니다. 귀녀는 강포수의 지극한 사랑으로 죽기 직전에 개심하기는 하지만, 『토지』에 등장하는 악인의 대표 선수임에는 분명해 보입니다. 그녀는 평소에도 독살스럽고 야멸찬 언행을 서슴지 않았습니다. 나아가 최참판댁 재산을 노려 작은마님이 될 음모를 꾸미고, 여러 사람을 그 음모에 끌어들이고, 결국 최치수를 살해하는 범죄를 저지르니, 그녀의 삶 대부분이 부정적일 수밖에 없습니다. 그런데도 『토지』를 읽는 사람들 다수는 귀녀가 악독한 것도 사실이지만, 그런 그녀를 이해할 수 있다고 말합니다.

—— 원망이 쌓여 한(恨)이 되니

분명 귀녀는 한이 많습니다. 1권 첫머리에서 어린 서희가 귀녀의 얼굴에 침을 뱉은 사건이 있었습니다. 엄마 찾아오라며 우는 서희를 달래려 봉순이와 길상이가 쩔쩔 매는데, 귀녀가 깔깔거리며 그들을 비웃었습니다. 이때 다섯 살에 불과했던 서희는 엄마가 도망갔다는 말이 뭔지도 잘 모르고, 귀녀가 뭘 놀리는지도 알아채지 못했습니다. 그런데 귀녀가 간드러지게 웃으면서 비아냥거리자 기분이 나빠져 갑자기 귀녀의 얼굴에 침을 뱉어버립니다. 유모인 봉순네가 깜짝 놀라 짐승한테도 그러면 안 된다고 서희를 타이릅니다. 그렇습니다. 철없는 아이의 행동이라 여길 수도 있지만, 그 철없는 아이가 짐승한테도 하면 안 되는 행동을 하녀에게는 예사롭게 할 수 있는, 그런 절대적 차별 상황에 귀녀는 놓여 있었던 것입니다.

또 귀녀는 최치수에 대해서도 굉장한 원망이 있었습니다. 강포수가 얽혀 있는 일인데요, 최치수가 구천이(김환)와 별당아씨를 뒤쫓는 산행에 강포수를 끌어들였던 걸 기억하시지요? 원래 강포수는 자기 마음 내키는 대로 다니는 사람이었습니다. 그런 강포수를 동행시키려고 최치수는 그의 눈앞에 신식 총을 내놓고 이걸 쓰게 해주마, 말만 잘 들으면 심지어 이걸 줄 수도 있다고 구슬립니다. 그 순간 강포수는, 마치 우리가 요즘 최신 전자기기를 보고 혹하는 것처럼 어쩔 줄 몰라 합니다. 그리고 최치수를 따라 선선히 산행의 길잡이 역할을 하겠다고 약속합니다. 그런데 우연히 마주친 귀녀를 연모하게 된 강포수가 최치수에게 신식 총 대신 귀녀를 달라고 애원하기 시작합니다.

강포수의 말을 들은 최치수는 귀녀를 불러, 다짜고짜 너 강포수에게 가라, 너를 강포수에게 줄 것이다, 라고 명령합니다. 이 대목에서 귀녀 입장을 한번 상상해볼까요. 비록 그 이전에 귀녀가 강포수와 육체관계를 가진 적이 있기는 하지만, 그렇다고 해서 연인처럼 정이 깊어진 사이는 아니었습니다. 그런데 주인이란 사람이 오더니, 비웃음을 머금은 얼굴로 너, 강포수한테 가라, 합니다. 귀녀는 모멸감을 느낍니다. 부모가 맘대로 자식 짝을 지워주는 것과는 전혀 다른 차원이지요. 개돼지를 접붙여 새끼를 배게 하는 것도 아니고, 사람을 면전에 두고 너를 누구에게 주겠다니요. 그랬을 때 귀녀의 심정은 어떠했을까요.『토지』에서는 이후 귀녀가 그때의 일을 두고 한을 곱씹는 장면이 나오기도 합니다.

── 채워지지 않는, 아니 채울 수 없는 그것

이런 귀녀의 심정이 한편 이해는 가지만, 그렇다고 해서 말입니다. 내가 한이 있다고 해서, 내가 어떤 것을 갖고 싶다고 해서 귀녀처럼 행동하는 게 당연할까요. 귀녀를 자기 욕망을 향해 돌진하는 강한 사람으로 볼 수도 있지만, 또 한편으로는 저렇게 살아야 하나, 저렇게까지 해야 되나 싶기도 합니다. 귀녀는 작은마님이 되기 위한 첫 번째 단계로 최치수를 노골적으로 유혹하지만, 냉랭한 그의 태도 때문에 다른 방도를 찾아 나섭니다. 다른 남자의 아이를 몰래 가져, 최치수 아이라고 내세우려 했습니다. 그래서 임신하기 위해 이 남자 저 남자에게 몸을 주는 일을 서슴지 않습니다. 또 겨우 아이를 가지긴 했지만, 갑작스러운 최치수의 명령으로 강포수의 아내가 될 지경에 처하자 최치수를 죽일

욕망

방도까지 고안해내고 결국 실행하고야 맙니다. 이처럼 나의 모든 것을 다 내주면서, 수단방법을 가리지 않고 '나, 이거 성취할 거야!' 하는 방식을 우리는 어떻게 생각해야 할까요.

설령 귀녀의 모든 음모가 성공해, 그렇게 해서 자기 아이를 최치수의 자손으로 인정받고, 자신은 양반의 소실로 편안하게 산다 한들 귀녀는 만족할까요. 아마 절대로 만족하지 못했을 겁니다. 본처와는 엄연히 구별되는 첩, 더구나 하녀 출신이라는 꼬리표가 내내 따라다니는 한, 귀녀는 그 차별 속에서 또 다른 한(恨)을 쌓아갈 겁니다. 그 때문에 또 다른 욕망에 사로잡히고, 뭔가를 가지지 못해 괴로워하고, 아마도 귀녀는 계속되는 집념의 순환고리 속에서 스스로를 끊임없이 불사를 겁니다. 물론 때로는 대단하다는 생각도 듭니다. 와, 내가 진짜 귀녀처럼, 물론 몸까지 내줄 건 아닐지라도 하여간 물불 안 가리고 저렇게 나아가고자 하는 목표가 있을까 하는 생각이 들어서 말입니다. 그렇지만 귀녀가 보여주는 무시무시한 집념은 대단하다는 차원을 넘어 우리에게 참으로 많은 것을 생각하게 합니다.

귀녀의 욕망은 물질적 소유와 신분 상승일 수도 있지만, 궁극적으로는 인간답게 살아보고 싶은, 인정받고 싶은 자기 존재 확인입니다. 귀녀는 그것을 달성하는 길이 양반의 첩이 되는 일이라고 생각했지만, 실상 귀녀의 욕망은 외부로부터 오는, 채워질 수 없는 그런 것입니다. 헤겔이 이런 말을 했다지요. 인간의 모든 욕망은 충족보다 언제나 한발 앞서간다고. 어떤 목표를 달성하거나 성과를 내놓을 수는 있지만 그런다고 욕망이 충족되지는 않는다는 것이지요. 목표 달성 후에는 또 다른 욕망이 생겨나고, 그걸 성과로 내놓으면 또 다른 욕망이 생겨납니다. 죽음 앞에서도 욕망은 그치지 않습니다. 살고 싶다는 욕망도 있고, 차라리 죽었으면 좋겠다는 욕망도 있습니다. 그래서 욕망으로부터 인간이 자유로워지는 일은 죽고 나서야 비로소 가능하다고 말하기도 합니다. 귀녀 또한 죽음을 눈앞에 두고서야, 강포수의 사랑을 제대로 바라보며 자신을 얽어맨 집념의 순환고리를 풀어낼 수 있었습니다.

욕망

욕망의 집착으로 자기 삶을 꽁꽁 얽어맨 귀녀, 죽음을 맞기 직전에야 그로부터 벗어났다니 '욕망'이라는 두 글자에서 섬뜩함마저 느껴집니다. 그러나 그 섬뜩함을 뒤집어보자면, 욕망하는 것 자체가 인간 존재의 특징임을 알 수 있습니다. 죽음조차 욕망하고 죽어야만 욕망을 그만둘 수 있다면 원래 인간은 욕망하는 존재일 수밖에 없다는 것이지요. 이런 사실을 『토지』에서는 무미건조하게 살아가는 최치수를 통해 생생하게 보여줍니다.

—— 삶을 움직이는 동력

최참판댁과 그에 관련된 모든 대소사는 서희의 할머니 윤씨 부인이 꾸려나갑니다. 최치수는 그냥 집에 있을 뿐입니다. 도대체 사랑채에서 뭘 하는지를 모르겠어요. 책을 읽는 것 같기는 하지만, 그렇다고 학문 연구나 집필 혹은 정신 수양처럼 뜻한 바가 있어 목적을 이루려는 의지 따위는 전혀 느껴지지 않습니다. 딱히 하는 일도 없이 그냥 가만히 앉아 책장이나 뒤적거리는 것처럼 보일 뿐입니다. 마치 면벽참선하는 것처럼 하루하루를 지냅니다. 어린 서희는 그런 아버지를 늘 무서워하고 꺼려합니다. 양반가 법도에 따라 매일 아버지께 문안 인사를 드리러 사랑으로 나가면, 아버지의 자애는커녕 그가 내뿜는 냉기에 온몸이 굳어버릴 지경입니다.

그는 서희의 공포심을 충분히 알고 있는 것 같았다. 그러면서도 그것을 풀어주려는 노력이 없는 싸늘하고 비정한 눈이 서희를 응시하고 있는 것이다. 서희는 아버지의 눈을 피하기만 하면 당장에 천둥이 치고 벼락이 떨어질 것처럼 애처롭게 그를 마주본 채 고개를 저었다. 치수는 웃었다. 그 웃음은 도리어 서희의 마음을 얼어붙게 했다. 서희로부터 시선을 돌린 치수는 서안 위에 펼쳐놓은 책의 갈피를 넘긴다. 허약한 체질에 비하면 뼈마디는 굵은 편이었다. 그러나 가엾을 만큼 여위고 창백한 그의 손이 책갈피를 누르면서 눈은 글자를 더듬어 내려간다. 손뿐인가. 뜰아래 물기 잃은 목련의 앙상한 가지처럼, 그러나 동정을 받을 수 있는 비참한 느낌이기보다 도리어 상대에게 견딜 수 없는, 숨이 막히게, 견딜 수 없어 결국은 공포심을 불러일으키게 하는 강한 분위기를 그는 내어뿜고 있었다. 어떤 일에도 감동되지 않을 눈빛, 철저하게 스스로를 소외시키면서 인간과의 교류를 거부하는 눈빛, 눈빛에서만 그랬던 것이 아니다. 뼈만 남은 몸 전체가 거부로써 남을 학대하는 분위기의 응결이었다. 1권 39~40쪽

욕망

다섯 살짜리 어린 딸이 기억하는 아버지의 모습은 그저 '고흠! 고흠!' 하는 기침, 신경질적으로 내지르는 소리뿐입니다. 때때로 거의 발작하다시피 기침을 내뱉으며 "눈이 활짝 벌어지면서 붉은 눈알이 불거져 나오는" 흡사 괴물 같은 아버지입니다. 최치수는 딸뿐만 아니라 그 누구에게도, 언제 어디서든 온화하고 생기 있는 모습을 보여주는 일이 없습니다. 그런데 이런 최치수에게 아내(별당아씨)와 하인(구천이)의 불륜 사건이 일어났습니다. 양반집 아녀자의 불륜도 충격적인데 더구나 그 상대가 자기 집안의 하인이며 그 둘이 야반도주라니…… 그야말로 눈이 뒤집어질 만큼 놀라운 사건입니다. 최치수는 도망간 별당아씨와 구천이를 잡겠다며 길잡이로 강포수를 임시 고용합니다. 여기까지의 상황 전개는 충분히 이해되는데, 이상한 건 이 과정 속에 최치수의 심리가 거의 드러나지 않는다는 겁니다.

원래 별당아씨와 구천이는 불륜 사실이 발각되어 최참판댁 광에 감금당했었습니다. 그 이후 어느 날 밤에 잠긴 광문을 열어젖히고 몰래 도망간 거지요. 불륜도 놀라운 일이고 감금당한 상황에서 어떻게 도망갈 수 있었는지도 놀랍습니다(실은 구천이의 생모인 윤씨부인이 이들을 몰래 풀어주었습니다). 그런데 이 모든 놀라운 사건 앞에서 최치수는 별다른 말이나 행동이 없습니다. 평소처럼 그저 책상 앞에 앉아 있을 뿐입니다. 뭐, 그 사람은 원래 음흉해서 그렇다고 이해하려 들면 할 말이 없습니다. 하지만 나중에 강포수와 함께 산에 가서 여러 날 동안 부인과 종놈을 집요하게 추적할 정도라면, 불륜-도주 사건이 벌어졌을 당시에도 뭔가 감정의 기복이 생기는 게 당연하지 않나요. 충격을 받는다든가 모욕감에 치를 떤다든가 하는 모습이 한 자락 정도는 드러날 만도 한데 최치수는 너무나도 무덤덤한 일상의 모습만을 보여줍니다.

심지어 안부 인사차 찾아온 조준구에게 마치 남의 일을 말하다시피 종놈과 내 부인이 눈이 맞아 도망간 일 외에는 무탈하게 지낸다고 비아냥거리기까지 합니다. 물론 이때의 비아냥은 단지 무심한 일상 태도로 볼 수만은 없습니다. 일종의 자학 · 냉소 · 위악 등등이 뒤섞여 있다고 느껴지기 때문입니다. 최치수는 자기 집 재산을 노리는 조준구의 음흉한 속셈을 꿰뚫어보고 있는 상태입니다. 게다가 조준구가 별당아씨 사건을 이미 알 텐데도 짐짓 모르는 척 안부 인사를 건네자 그런 조준구에 대해, 자신에 대해, 세상만사에 대해 아니꼽고 뒤틀리는 기분을 참을 수가 없었던 거지요. 하지만 불편한 심기를 드러낸 것은 그때가 유일하다시피 하고, 그 외에는 아무 말 없이 잠잠하게 책장만 뒤적거립니다.

그뿐만이 아닙니다. 산에서 보낸 첫날과 이튿날 모습을 보면, 이 사람이 진짜 누구를 잡으러 온 사람인가 아니면 심심풀이로 그냥 집을 나온 사람인가, 도대체 산에 왜 왔는지 모르겠다 싶을 정도입니다. 강포수를 앞세운 채 자신은 그저 산을 설렁설렁 쏘다닐 뿐입니다. 그런데 산에서 막상 구천이와 별당아씨의 흔적을 발견하고, 진짜 추적을 시작하면서부터 최치수는 놀라운 변화를 일으킵니다.

구천이를 발견한 후 이틀 동안 치수의 모습은 아주 발랄했으며 줄

기차고 정력적으로 보이었다. 겨우 초당과 사랑 사이를 오가며 말벗도 없이 폐쇄 상태였으며 폐쇄되고 나태하고 병약하여 파아랗게 썩어서 고여 있는 연못물 같았던 생활을 해온 최치수가 옷이 젖도록 땀을 흘렸으며 팽팽하게 긴장된 피부, 상기된 분홍빛 혈색, 눈은 햇빛을 받아 보석처럼 빛나고 슬기로워 아름답기조차 했던 그 모습에는 초조함이 없었다. 권태로워 보이지 않았다. 냉소를 띠지도 않았다. 생명이 타는 아름다움이 있었다. 시간을 잊을 수 있었던 희열이 있었다.

〔중략〕

산을 내려오면서 최치수의 모습은 차츰 변해지기 시작했다. 얼굴에 주굴주굴 주름이 잡힌 것 같았다. 윤기 있던 입술은 바싹 말라붙고 꺼풀이 일어 꺼실꺼실했다. 자세는 꾸부정했으며 꾸부정한 모습은 늙은 당나귀가 희끗희끗한 가루눈(粉雪) 내리는 잿빛 하늘 밑을 걸어가고 있는 것같이 느껴진다. **2권 201~206쪽**

이 같은 최치수의 놀라운 변화는 어쩌면 자기 삶을 지탱해주는 지점, 좀 더 소박하게 이야기하면 어떤 의미에선 자신이 몰입할 수 있는 지점을 찾아냈기 때문이 아닐까 싶습니다. 무언가를 해야 한다는 목표나 생각 없이 하루하루 시간을 보내는 것이 최치수의 일상이었다면, 산에서 시작된 본격적인 추적은 그것을 왜 하는 건지 무슨 의미가 있는 건지는 차치하고 자신이 해야 할 일이 있고 그것을 하고 있다는 사실 자체가 가슴을 뛰게 하고 그 팔다리를 움직일 수 있게 만든 것이지요. 아마도 그것을 삶의 열정이라, 욕망이라 불러도 될 듯싶습니다. 최치수는 그런 열정과 욕망이 삶을 작동시키는 동력이라는 사실을 또렷이 보여줍니다.

—— 그 '욕망으로' 무엇을 움직이는가

그런데 욕망의 유무도 중요하지만 그 존재방식도 참으로 신경 쓰이는 문제입니다. 한 학생은 이렇게 말하더군요. 누구나 욕망을 가질 수 있지만 어떤 욕망을 갖느냐, 또 그 욕망을 충족하기 위해 어떤 방법을 사용하느냐에 따라 많은 것이 달라진다. 욕망의 기준을 정하기는 참 애매하지만, 타인에게 피해를 주지 않는 것을 내 욕망으로 삼고 싶다. 자신의 욕망을 추구하기 위해 타인에게 피해를 준다면 짐승과 다른 게 뭐가 있느냐고요.

욕망을 사용하는 방식에 따라, 그 방향에 따라 많은 것이 달라진다, 백 번 공감합니다. 또 타인에게 피해를 주지 않는 것을 기준으로 삼고 싶다는 것도 일상에서 흔히 들을 수 있는 말입니다. 그렇다면 타인에게 피해를 준다는 건 어떤 것일까요? 그 기준은 무엇일까요? 만약 타인을 판단 기준으로 삼는다면 무슨 일이든 자기 합리화를 펼칠 수 있습니다. 예를 들어 김두수 같은 인물은 자신이 강간한 여성 송애를 두고 이렇게 생각할 수 있습니다. 송애에게 내가 피해를 준 건 아니야, 송애는 내가 아니어도 얼마든지 누군가에게 당할 수 있는 계집이야, 단지 나와 이렇게 됐을 뿐이지, 또 어쩌면 송애도 원했던 일인지 몰라, 이렇게 말입니다. 실상 송애는 평소 길상이나 윤선생 등 여러 남자를 떠보며 은근슬쩍 유혹하는 눈빛을 종종 보내기도 한 인물이었으니까요. 하지만 그렇다고 해서 김두수의 성폭력이 저런 방식으로 합리화되어

욕망

서는 절대로 안 되는 것입니다.

그렇다면 욕망을 추구할 때 우리는 어떻게 해야 하는 걸까요. 사실 욕망은 타인과 관계되는 문제가 아닙니다. 오히려 욕망은 내가 원하는 것, 내 힘을 어떻게 행사하느냐와 관련됩니다. 욕망을 추구한다는 것은, 어떤 가치와 어떤 의미가 있는 방향으로 내 힘을 사용할지, 그것이 어떻게 내 삶을 더 확장시킬 수 있을지를 고민하는 일입니다.

나중에 우리가 다시 생각해봐야 할 것은 인간이 살아가면서 욕망을 가진다는 것이 내 의지대로 되는 일인가, 나 스스로 이게 내 욕망이야, 내 목표야, 하고 정하느냐 여부입니다. 때때로 우리는 이게 내 욕망이야, 하고 살아가다가도, 근데 이게 내 욕망인가? 내가 이걸 왜 하려고 하지? 내가 이걸 진짜 원하나? 하고 의심이 들잖아요. 그래서 욕망은 내가 만들어내는 게 아니라, 외부에서 내게 주입된 것일 수도 있고 혹은 그렇게 할 수밖에 없는 것, 즉 애초부터 선택 불가능한 것일 수도 있습니다. 결국 내가 어떻게 욕망을 만들어낼 수 있는지, 그리고 그 욕망으로 내 삶을 어떻게 움직여나가는지가 가장 중요한 문제가 될 것입니다.

7

부끄러움

염치를 채려야만

그기 사람이제—

나와 남의 시선,
그 사이에서

　원래 부끄러움은 '나'에 대한 것입니다. 부끄럽다는 것은 자기 자신을 돌아보는 시선으로부터 생겨나기 때문입니다. 이에 비해 남부끄러움이란 남들이 나를 어떻게 보는가의 문제입니다. 타인의 시선이지요. 하지만 나를 돌아보는 시선도 곰곰 따져보면 다른 사람과의 관계나 비교를 전제한 것이기도 합니다. 어쩌면 우리들은 늘 나와 남의 시선 그 사이에서 살아가는 건지도 모르겠습니다. 진화심리학에 따르면, 부끄러움이라는 감정은 과거 조상들의 번식에 영향을 끼쳤던 문제를 잘 해결하게끔 자연선택에 의해 설계된 심리적 적응임을 보여주는 증거라고 합니다. 예를 들어 남들이 자신의 가치를 낮게 평가하는 것을 막기 위한 방어로서 부끄러움이라는 감정을 작동시켰고, 그것이 점차 진화했다는 것이지요(『경향신문』, 〔전중환의 진화의 창〕왜 부끄러움은 국민의 몫인가, 2016. 11. 1). 이렇게 본다면 부끄러움은 인간으로서의 생존을 유지

　　　　　　　　　　　　　　　부끄러움

시키는 유용한 장치라 할 수 있습니다. 나아가 부끄러움은 인간이 다른 인간들과 관계하고 사회를 이루며 살아갈 때 가지게 되는, 혹은 가져야만 하는 감정이라고도 말할 수 있을 것 같습니다.

—— '부끄러움'이란 내가 누구인지 아는 것

하지만 부끄러움을 느끼는 감도나 파장, 깊이나 넓이는 사람마다 제각각입니다. 한국인이 가장 좋아한다는 시의 한 구절처럼 "죽는 날까지 하늘을 우러러 한 점 부끄러움이 없기를" 바라는 순결한 영혼의 극대치도 있지만, 낯이 너무 두꺼워 부끄러움을 모른다는 '후안무치'나 '철면피'도 있습니다. 우리가 종종 며칠 전의 일을 잊어버린다면, 또 누군가는 아주 오랫동안 부끄러움을 깊이 새겨두기도 합니다. 아우슈비츠 유대인 포로 수용소의 생존자인 프리모 레비는 수용소를 벗어난 이후 23년 동안이나 살아남은 자의 부끄러움, 인간 존재의 부끄러움을 되새기다가 결국 자살로 생을 마감했지요.

윤동주나 프리모 레비의 경우처럼 순도 높은 절대치까지는 아니라 할지라도 우리 역시 일상생활에서 부끄러움을 통해 양심의 불을 밝히고, 그 불빛 앞에서 내 모습을 성찰하고 반성합니다. 이 성찰과 반성이 때로는 자기 자신을 한없이 나약하고 무력하게 만드는 부정적인 힘이 될 위험도 물론 있습니다. 종종 부끄러움이 자기경멸로 이어지고 그 때문에 부끄러움과 죄책감이 뒤섞이는 현상은 프로이트 정신분석학에서도 자주 지적되어온 바이니까요. 또 그 때문에 니체와 같은 철학자는 부끄러움(수치심)을 자기 존재에 대해 긍정하지 못하는 노예의 도덕이라 비판하기도 하지요. 그러나 "수치는 자신이 누구인가에 대한 느낌과 연결되어 있으며 이 감각을 날카롭게 하는 것인 반면, 죄책감은 자신의 행위와 연결되어 있다"라는 지적을 생각해본다면, 부끄러움은 인간 존재 그 자체와 맞닿아 있는 보다 근원적 감정이라고 인정할 수 있습니다(이브 세즈윅(Eve K. Sedgwick)). 죄책감이 법과 규범에 지배되는 도덕 감정이라면 부끄러움은 법을 벗어난 지점에서 인간의 존재와 만나는 존재론적 감정이고(이명호, 「아우슈비츠의 수치-프리모 레비의 증언록」, 『감정의 지도 그리기』, 소명출판, 280쪽) 그 부끄러움 때문에 자신이 인간임을 내세울 수 있고, 인간답게 살아갈 수 있다는 겁니다.

『토지』에는 부끄러움을 토로하는 사람들이 유난히도 많이 등장합니다. 시대 배경이 일제강점기인 데다가 최참판댁의 몰락과 함께 마을도 파탄 나다시피 하는 상황이었습니다. 그 앞에서 사람들은 분노를 폭발하기도 했지만, 또 한편으로는 무력함과 우울함을 느끼고 그 때문에 부끄러워할 수밖에 없었습니다. 아마도 적극적인 몇몇 사람을 제외하고 대다수 사람은 부끄러움이라는 공통분모 위에서 힘겹게 살아갔을 겁니다.

그러던 중 마을 사람들은 천애 고아가 된 서희의 재산을 노리는 조준구를 응징하기 위해 한밤중에 최참판댁을 습격할 계획을 세웁니다. 이미 최참판댁의 상당 부분을 장악한 조준구 부부를 덮치고자 한 것이었지요. 하지만 아무리 서희의 동의 아래 계획한 일이라 할지라도 양반을 기습하는 일은 당시로서는 하극상이자 반역에 해당하는 엄청난 사건입니다. 사람들이 겁먹고 주춤거리는 게 지극히 당연했죠. 다만 서희를 중심으로 원래의 최참판댁을 일으켜 세우자는 명분이 뚜렷했고, 몇몇이 앞장선 덕분에 평사리의 남자 대부분은 습격 사건에 가담하기로 뜻을 같이하며 뭉칩니다.

이때 두만아비는 거사가 일어나기 직전 아들을 데리고 강 건너 사돈댁으로 몸을 피합니다. 위험한 일에 끼어든다는 게 두려웠습니다. 하지만 거절할 명분도 없고 거부 의사를 밝히기도 난감합니다. 아예 피해버리는 게 최선이다 싶어 사돈 생일을 핑계 삼아 평사리를 떠나버린 거지요.

며칠 후 평사리로 돌아온 두만아비는 깜짝 놀랍니다. 그가 피신한 데는 특별한 이유가 없었습니다. 그저 골치 아픈 일에 얽이지 말자, 애기씨(서희)가 가엾지만 내가 어쩔 거냐, 누가 땅주인이든 나는 열심히 농사짓고 내 가족만 잘 건사하면 된다, 쓸데없는 데 끼어들다 도리어 다치기 십상이다 등등 자신과 가족을 위한다는 생각뿐이었습니다. 어쩌면 두만아비는, 서희가 다시 제자리를 찾으면 그것도 좋은 일이고 조준구가 완전히 최참판댁을 차지하더라도 그 역시 할 수 없는 일이라 여겼을지도 모릅니다. 그런데 며칠 후 돌아와 보니, 평사리는 그야말로 난리 북새통이었습니다. 조준구 응징은 실패했고, 습격에 가담했던 사람들은 대부분 뿔뿔이 흩어져 도망갔고, 서희는 거의 유폐된 신세가 되어 조준구 부부의 갖은 닦달을 견디고 있었습니다. 남겨진 평사리 사람들은 습격 사건의 한 패거리로 몰릴까 봐 벌벌 떨고 있었습니다.

마을 사람들의 두려움은 지극히 현실적인 것이었습니다. 실제로 조준구는 사건과는 아무 상관도 없는 농부 정한조를 폭도로 지목해 순식간에 처형당하게 만듭니다. 한조는 습격 사건이 일어나기 전에 이미 외지에 나가 있었습니다. 한참 만에 마을로 돌아온 한조는 자신이 없는 동안 거사가 행해졌다는 데 깜짝 놀랐습니다. 그런 그가 폭도로 지목된 것은 조준구의 해묵은 앙금 때문이었지요.

처음 조준구와 우연히 마주쳤을 때 한조는 공손히 인사하는 대신 그저 시큰둥하게 바라봤고, 그 때문에 조준구는 양반을 우습게 여긴다며 크게 화를 냅니다. 이 일이 원한이나 앙금으로 남기에는 너무 시시한 수준의 일화입니다. 게다가 이미 그때 양반에게 버릇없이 군다는 이유로 한바탕 매타작을 당했었습니다. 하지만 치졸한 조준구는 계속 한조에 대해 '감히 저것 따위가' 하는 앙심을 품고 있었고, 습격 사건 이후 조준구 앞에 우연히 나타난 정한조는 분풀이 대상으로 안성맞춤이었습니다. 그래서 한조에게는 요즘말로 하면 명확한 알리바이가 있었음에도 불구하고 '저놈도 폭도'라는 조준구의 말 한마디에 질질 끌려가 끝내 처형당하고 맙니다.

마른하늘에 날벼락 같은 한조의 어이없는 죽음 앞에서 아내와 아이들은 그야말로 기함할 듯 울부짖습니다. 피 끓는 울음소리를 듣다 못해 강가로 나온 두만아비는 눈앞에서 흐르는 강물도 제대로 바라볼 수 없습니다. 자신도 언제 어떻게 당할지 불안하기도 했지만 그보다는 친구 한조의 모습이 눈앞에 삼삼히 떠올라 견딜 수 없습니다. 친구 윤보, 형제 같은 이웃 영팔이와 용이도 어디에 있는지, 죽은 건지 산 건지 알 길이 없습니다. 오랜 친구와 이웃의 얼굴을 떠올리니 두만아비는 망연자실, 넋이 나갈 지경입니다. 목구멍으로부터 터져 나오려는 울음을 애써 헛기침으로 누르며, 차디찬 겨울 강바람 속에 서 있었을 뿐입니다.

── 대단할 게 없다지만, 그래서 특별한 삶

이 일을 겪고 난 후 두만아비·어미는 한평생 부끄러움을 짊어지고 살아갑니다. 조준구 습격 사건은 그 자체로 워낙 엄청난 일이었으니 여파가 만만찮은 게 당연합니다만, 그와 상관없이 두만네 부부는 평소 동네에서 어질디어진 사람들로 인정받아왔습니다. 때때로 윤보가 그를 번갯불에 콩 구워먹을 놈이라고 놀려대긴 했지만 그것도 그저 남보다 한발 앞서 바지런히 살아가는 모습이 좀 악착스러워 보인다는 평판일 뿐입니다. 그 부부는 남에게 해를 입히는 따위의 좋지 않은 일은 생각해본 적도 없습니다. 오히려 언제 어디서나 경우 바르고 공명정대하기로 소문난 사람들입니다. 딱한 처지에 있는 사람이라면 그 누구든 기꺼이 도와주는 데 앞장서는 사람들이기도 했습니다.

살인 죄인 김평산의 아들 한복이가 어머니마저 여의고, 쫓겨나다시피 떠난 고향 마을에 슬그머니 찾아들기 시작한 때의 일입니다. 마을 사람들은 그런 한복이를 안쓰러워하면서도 최참판댁 눈치를 보느라 거지꼴이 된 아이를 모른 척합니다. 하지만 두만네는 홀로 나서서 어린것이 무슨 죄가 있느냐며 한복이를 데려다

밥도 먹이고 재워주기도 합니다. 살인 죄인의 자식이라며 천대받는 한복이의 자존심을 일으켜주고 격려를 아끼지 않습니다. 그들이 베푸는 인정에는 사사로움이나 그릇됨이라고는 찾아볼 수 없습니다. 인정(人情), 글자 그대로 사람이 본래 가지고 있는 마음씨를 있는 그대로 보여줍니다.

> "씨이, 샐인 죄인 자식보고 말도 하지 마라 카던데."
> 불만스러워서 눈을 희뜨며 (두만이는) 어미 눈치를 살펴본다. 순간 두만네의 손바닥이 볼에 가서 철썩 소리를 냈다. 두만이는 볼을 감싸며 기겁을 한다. 얼굴이 파아랗게 질린다. 차마 울지는 못했으나 대신 울음을 터뜨린 쪽은 한복이었다. 아까 제 집에서 가냘프게 울던 울음과는 달리 공포에 쫓기는 것 같은 울부짖음이다.
> "이눔 자식, 니가 머를 아노! 머리빡에 피도 안 마른 놈이!"
> 두만이는 일찍이 이같이 노한 어머니의 얼굴을 본 적이 없었다.
> 두만네는 한복이를 달래어 손발을 씻겨주고 빨아놓은 영만의 옷을 갈아입혀준다.
> "두만이 말 믿지 마라. 니는 양반집 자손이고 또 니 어마님은 얼매나 엄전코 착한 어른이라고, 한복이 니는 어마님을 닮았인께."
> 어미 얘기가 나오자 한복의 눈에는 다시 눈물이 그렁그렁 고였으나 참는 눈치였다. 왠지 그는 두만이한테 미안한 생각이 들었고 또 울면 두만이 혼날 것 같았기 때문이다. 3권 30~31쪽

또 두만네는, 김평산과 함께 처형당한 칠성이의 아낙 임이네에

게도 따뜻한 인정을 베풉니다. 하지만 한복이와는 달리 임이네는 이전부터 평판이 좋지 않았습니다. 그녀는 남의 말 하기를 좋아해 마을에서 이런저런 분란을 일으키고, 이웃집 담에 매달린 호박 하나도 몰래 훔쳐가는 욕심 때문에 미움을 받기 일쑤였습니다. 심지어 마을 사람들의 은근한 따돌림까지 받는 처지였습니다. 이런 형편이었으니 남편이 처형되고 나자 임이네는 자의 반타의 반으로 자식들을 데리고 마을을 떠날 수밖에 없었습니다. 이후 너무나 고생스러워 다시 고향 마을을 찾아왔지만, 그때 사람들은 한복이보다 몇 백 배는 더 임이네를 꺼려했습니다. 그러나 두만네만은 마을 아낙들의 불편한 심사를 다독거려가며, 어린 자식들을 데리고 굶주리는 임이네를 가여워하고 그녀에게 수북이 담은 밥을 챙겨줍니다.

두만네 내외의 성정이 이러하니, 그들이 조준구 습격 사건 때 모른 척한 일을 흠잡는 사람도 없었을 뿐만 아니라 오히려 십 수 년 전의 그 일을 기억조차 못하는 사람이 태반입니다. 당사자 격인 서희도 간도에서는 물론, 다시 평사리로 돌아온 이후에도 두만네 일은 문제 삼으려 들지 않았습니다. 아니 입에 올린 적조차 없습니다. 객관적으로 살펴보아도 두만네 내외의 일은, 최참판댁의 몰락-조준구의 장악-서희의 귀환이라는 거대한 사건의 흐름 속에서 거론될 까닭이 별로 없는 시시한 일입니다. 그런데도 이들 내외에게 그 일은 목구멍에 걸린 가시처럼 끈질기게 치받혀오르는 부끄러움입니다.

"참, 엄니 최참판댁에는 한 분도 안 가봤십니까?"

"우찌 가겄노. 내 무신 얼굴 쳐들고 거기 가겄노."

〔중략〕

"그때는 아부지가 우리 집〔딸 선이가 시집간 사돈댁〕에 오시서 그리 된 것 아니요. 동네 있어서 그리 됐임사."

"이제 그런 말 하믄 무신 소앵이 있노. 니 아배가 그 일을 모리고 사돈댁에 갔건데? 지금도 생생하게 생각이 난다. 니 아배하고 영만이 가 사돈댁으로 피신한 뒤 윤보 그 사램이 찾아왔던 일이. 이팽이 그 놈〔두만아비의 이름인 김이팽〕 생각 잘했일 기요, 함시로 냉수 한 그릇 떠돌 라 카던 일이. 속으로는 얼매나 분통이 터지고 괘씸했겄노. 니 아배 도 영만이도 그때 일을 생각하믄 맴이 안 좋은 갑더라." **9권 253~254쪽**

간도에서 돌아온 최서희에게 인사하러 갔었느냐는 딸 선이의 말에 두만네는 무슨 낯으로 거길 가느냐며 고개를 젓습니다. 그 뿐 아니라 그런 어미를 위로할 겸 당시 일을 두둔하는 딸의 말에 는 마치 재판관처럼 엄정하게 시비를 가립니다. 남에게는 엄격하 고 자기 자신에게는 관대한 것이 대부분 사람들의 이기적 습성일 진대 두만네는 그 반대인 셈이지요. 자신에게 그리고 자신과 관 계된 피붙이에게 더욱더 엄격한 잣대를 들이대는 사람, 남들이 잊어버렸더라도 스스로 꺼내 문제 삼는 이런 사람은 흔치 않을 겁니다. 그런데 흥미로운 것은 이들의 태도가, 내가 이렇게 대단 히 공평한 사람이라고 과시하는 것도 아니고 스스로를 벌주는 것 도 아니라는 겁니다. 자기 마음이 조금이라도 가벼워지기 위해서

부끄러움

행하는 일종의 자책이나 자기 위안의 기미가 보이지 않는다는 겁니다. 두만네 내외는 그저 자신들의 잘못을 인정하고 그 부끄러움을 짊어지고자 하는 것뿐입니다. 그런데 그 부끄러움이 한평생 계속되며 그 때문에 심지어는 고향까지 떠나게 된다는 건 참으로 놀랍습니다.

"니 아부지 살아생전 부끄럽기 생각한 일이 꼭 하나 있었네라."

"산에 안 가신 것 말이지요?"

두만이모친은 고개를 끄덕였다.

"두만이가 돈을 벌어서 진주로 나오기는 했다마는 니 아부지 고집에 그 일만 아니었다믄 고향 버리고 떠났을 리가 없다. 나 역시도 그렇고, 살아도 살아도 뜨내기 겉은 생각, 나이 들수록 그곳 생각이 난다. 그때가 좋았제. 어디로 가도 내 나온 고향보다 좋은 곳은 없다."

18권 379쪽

이들의 부끄러움은 마땅히 해야 할 일을 하지 못한 데서 오는 후회나 죄책감과는 좀 달라 보입니다. 후회나 죄책감은 일종의 트라우마처럼 깊숙이 자리 잡고 자학·자조·자기경멸로 곧잘 이어지기 마련입니다만, 두만네 내외의 부끄러움은 그렇게 부정적으로 작동하지 않습니다. 앞서 말한 것처럼 본디 성품이 올곧기도 했지만, 습격 사건을 겪은 이후에도 조준구가 떵떵거리고 일본의 식민지 점령이 판을 치는 암흑 같은 세상에서도 그들은 인간다움을 잃지 않습니다.

큰아들 두만이가 진주 읍내에서 큰 부자가 되고 난 이후의 일입니다. 두만이는 시류에 편승해 친일 유지로 떵떵거리는 기세를 과시하며 삽니다. 어느 날 누군가가, 아들이 그리 부자인데 왜 아버지는 매한가지냐고 하자, 두만아비가 냉큼 쏘아붙입니다. 자식 놈이 부자지, 내가 부자냐고. 하지만 그게 그거 아니냐, 주머닛돈이나 쌈짓돈이나 뭐가 다르냐며 재차 물어대는 사람들에게 두만아비는 인간다움을 깨우치는 일갈을 내놓습니다. 밥 두 그릇 먹는 사람은 없다고.

그렇습니다. 제아무리 대단하더라도 '밥' 앞에서는 누구나 다 같은 인간입니다. 아니, 반드시 그러해야만 합니다. 그로부터 인간의 자존과 존엄이 지켜질 수 있으니까요. 두만네 내외의 일평생을 곰곰 돌이켜보면 '대단할 것도 없이 산다는' 것이 시시하고 보잘것없는 삶이 아니라, 오히려 온힘을 다해 '대단한 정성으로 지켜지는 삶'이었음을 깨닫게 됩니다. 『토지』에서 두만네 내외의 부끄러움은 그저 과거 어느 때의 잘못을 한평생 마음에 품었던 '대단치 않은' 여담거리 정도로 등장합니다. 자세한 내력이나 과정이 드러나 있지도 않습니다. 그러나 생각건대 남들이 뭐래든 그때의 사정이 어떻든 내 잘못을 그 자체로 기억한다는 것, 그리고 그 잘못에 대한 부끄러움을 한평생 간직한다는 것은 특별히 대단한 일이라 여겨집니다. 어쩌면 두만네 내외는 자기 부끄러움을 삶의 가늠자로 삼았기에 한평생 "푼수를 알고 산 사람"으로 살아갈 수 있었던 듯싶습니다. 그들 스스로는 그저 소소한 삶에 지나지 않는다고 치부했지만, 그 소소함 속에는 인간다움을 지키는

부끄러움

대단한 힘이 자리 잡고 있었습니다. 그 대단함이 바로 자기 삶을
들여다보는 부끄러움이었던 게지요.

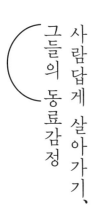

사람답게 살아가기, 그들의 동료감정

　부끄러움의 힘으로 인간다움을 지켜나가는 사람은 또 있습니다. 영팔이라는 사내입니다. 그는 어릴 때부터 용이와 함께 자란 동네 친구입니다. 그는 정의로운 일에 앞장서는 사람도 아니며, 거침없이 당당한 이른바 '상남자'와도 거리가 있어 보입니다. 그저 자기 식구 밥 벌어 먹일 걱정에 전전긍긍하는 가난한 소작농이면서, 남에게 욕먹을 짓은 웬만하면 하지 않는, 예사로운 사내일 뿐입니다. 그런 영팔이가 서희를 따라 간도로 이주한 평사리 주민들 틈에 끼어들었고 이후 이국땅에서 고달프게 살아갑니다. 그래도 딱히 남들보다 더 힘든 것까지는 아니니, 스스로 별일 없다 여기며 그냥저냥 삽니다. 그러던 중 월선이 장례식에 찾아온 서희로부터 우리 모두 고향으로 돌아갈 날이 멀지 않았으니 기운 잃지 말고 살자는 말을 듣습니다.
　평사리나 간도나 가난한 삶은 매일반이지만, 그래도 태어나고 자란 고향땅이 아닌 낯선 타국, 그것도 춥디추운 북국 간도에서 일본과 중국 사이에 끼어 살아야 하는 식민지 조선인의 처지는 서글프고 처량하기 짝이 없습니다. 그런 와중에 애초 간도로 이 끌고 왔던 최참판댁 아씨가 우리 모두 곧 고향으로 갈 거라고 하니 얼마나 기쁘겠습니까. 영팔이는 그 말을 듣고 가슴이 벌렁거려 잠을 이루지 못할 정도입니다. 그런데 말입니다. 이 와중에 그는, 부끄럽습니다.

    월선이 죽어서 쓸쓸한 것도 그렇지만 뜻하지 않았던 귀향에의 서광이 그의 마음을 몹시 복잡하게 한 것이다. 희비쌍곡(喜悲雙曲)이라고나 할까. 우직한 영팔이는, 자다가도 고향에 돌아갈 수 있다는 그 기막힌 소식을 되새겨보려고 자리에서 벌떡 일어나곤 했는데 그럴 때마다 영팔은 부끄러워지는 것을 느낀다.

    '초상집에서 혼자만 좋아하고 있는 것은…… 참말로 나도 야박한 놈이구나. 월선이가 죽었는데, 죽은 지 며칠이 됐다고.'

〔중략〕

    '이거는 상갓집에 온 까매기 겉은 것 아니가. 남은 사람이 죽었는데 좋아서 이 지랄을 하고 있으니, 하기사 죽은 사람은 죽은 사람, 산 사람은 살아야제.'

    하기도 했으나 들뜨고 불안하고 초조하고 또 의기소침하는 마음 상태의 되풀이는 종내 신경질을 유발하는 것이다. 그리고 이따금 죽은 김훈장도 모습을 드러내며 영팔의 마음을 괴롭게 했다. <u>8권 259~260쪽</u>

월선이는 병으로 죽었습니다. 김훈장은 늙고 쇠약해져서 죽었습니다. 영팔이와는 아무 관련이 없는 죽음입니다. 죽은 사람은 죽은 사람, 산 사람은 살아야 한다는 말도 맞습니다. 슬프긴 하지만 어쩔 수 없는 일입니다. 더구나 용이와 친한 친구였던 영팔이는 그 누구보다도 월선이의 처지를 딱하게 여겨 그녀에게 인정스럽게 굴었습니다. 늘그막에 독립운동이라는 뜻 하나로 혈혈단신 간도로 온 김훈장을 진심으로 존경했으며 그를 따랐습니다. 죽은 이들에게 영팔이가 죄책감을 느낄 만한 이유는 전혀 없습니다. 그러나 영팔이는 죽은 사람들, 그래서 고향으로 돌아갈 수 없는 사람들이 있는데, 귀향 채비를 하자는 말에 기뻐하는 자신이 부끄럽기만 합니다. 이때의 부끄러움은 나 아닌 다른 사람의 존재를 의식하는 것이며, 그 타인의 입장에서는 그러하리라고 상상하는 데서 나온 것입니다. 그래서 두만네 내외의 부끄러움이 자기 삶을 성찰하는 부끄러움이었다면, 영팔이의 부끄러움은 공감으로부터 비롯된 것이라 할 수 있습니다.

—— '부끄러움'이란, 나 아닌 다른 존재에 공명하는 것

어쨌거나 서희 일행을 따라 평사리로 돌아온 영팔. 조준구 일당을 내몰고 거의 이십 년 만에 돌아온 평사리에서 마을 사람들은 예전처럼 추석날 오광대놀이를 벌입니다. 그런데 이 놀이판에는 독립군 의병들이 숨어 있었습니다. 광대패로 위장해 남들 눈을 피해 이동하려 한 것이었지요. 그 정보를 입수한 일본 군인들이 뒤쫓아 와서 오광대놀이판을 급습합니다. 의병들을 찾아내고

자 여기저기를 들쑤시는 일본 군인들을 피해 우왕좌왕하던 틈바구니에서 엉뚱하게도 마당쇠가 총에 맞아 죽고, 홍이를 비롯한 몇몇 젊은이는 의병으로 의심받아 헌병대로 끌려가게 됩니다.

'판술이, 제술이가 따라왔이믄 큰일 날 뻔 안 했나. 그 아이들은 만세운동 때 잽히가고 했이니 영락없이.'
마음속으로 안도의 숨을 쉰 자기 자신이 영팔은 부끄러웠던 것이다. 이 차중에 제 자식 걱정만 했다 싶어 양심에 가책을 느꼈기에 다시,
"이대로 있이믄 우짤 기고."
발까지 구르며 또 조바심을 낸다. <u>10권 207쪽</u>

이런 영팔이의 모습은 대단할 것도, 유난스러울 것도 없습니다. 자식 걱정하는 평범한 아버지의 모습일 뿐입니다. 그런데 영팔이는 그걸 부끄러워합니다. 마을 젊은이들, 게다가 친구(용이)의 아들인 홍이까지 잡혀가는 와중에 제 자식 걱정이라니, 그런 자신이 부끄럽다 못해 양심의 가책까지 느낀다고 합니다. 가책(呵責)이란 자기나 남의 잘못에 대해 꾸짖어(呵) 나무란다(責)는 뜻입니다. 이는 본래 불교 용어로 스님들이 수행하다 지켜야 할 바를 어겼을 때 벌 받는 것을 가리키는 말이었다는군요. 그러나 영팔이의 안심은 그야말로 머릿속 생각이었고 마음속으로 안도의 숨을 내쉬었을 뿐 밖으로는 그 어떤 표현도 하지 않았습니다. 지켜야 할 바를 어기는 일과는 아예 거리가 멀지요. 이렇게 보면 영팔이가 너무 예민하거나 소심한 것은 아닌가 하는 의문이 들 수도

있겠습니다.

하지만 월선이의 장례식에서 부끄러움을 느끼고 오광대놀이판에서 양심의 가책을 느끼는 영팔이의 모습을 바라보면 우리는 저절로 숙연해집니다. 그건 영팔이가 보여주는 인간다운 모습 때문입니다. 그의 인간다움은 타인의 위치에 자신을 놓아보고 그로부터 남의 고통을 상상하고 함께 감각하는 모습입니다. 영팔이는, 내가 내 자식을 염려하는 것처럼 헌병대에 끌려가는 홍이의 아비는, 저 젊은이의 어미는 제 자식 걱정에 눈물이 쏟아지겠다는 데까지 생각이 이르니, 잡혀가지도 않은, 심지어 일어나지도 않은 자식의 일을 걱정했다는 게 미안해졌던 것이지요. 그 미안함 때문에 안도의 한숨을 내쉬었던 자신이 부끄럽고, 고통받는 타인을 위해 아무것도 하지 않는 자신의 모습에 양심의 가책을 느낍니다. 이처럼 남의 일에 공명할 수 있는 감각, 그로부터 생겨난 것이 바로 영팔이의 부끄러움인 것입니다.

학창 시절, 시험을 망쳤다고 울먹이는 친구를 열심히 위로했더니 한참 만에 그 친구가 말하기를, 답을 알고 있었는데 실수로 한 문제 틀렸어, 너무 속상해, 라며 또다시 웁니다. 우는 친구를 위로해주던 나는 족히 대여섯 문제는 틀렸고 내 주위에는 반 이상 틀린 친구도, 불과 두세 문제를 겨우 맞힌 친구도 있습니다. 백점을 놓친 것이 억울하다는 친구를, 넌 참 눈치도 없다 하며 쥐어박아주고 싶습니다. 아마도 조금씩 경우가 다를지라도 대부분 이런 친구에 대한 기억을 쉽게 떠올릴 수 있을 겁니다. 주위에 누가 있든 무슨 일이 벌어지든 아랑곳없이 자기밖에 모르는 친구 말입

　　　　　　　　　　　　　　부끄러움

니다. 그런데 이런 친구는 눈치가 없다는 게 문제가 아니라, 타인을 감각하지 못하는 불능 상태인 게 진짜 문제입니다.

타인에 대한 무감각은 능력의 문제이기도 하지만 그 자체가 굉장히 위험합니다. 타인의 감정을 추론하는 능력이 떨어져 다른 사람의 고통에 공감하지 못하는 사람. 그런 사람을 가리켜 무감각하고 무책임하게 타인을 괴롭히는 사이코패스라고 합니다. 그 정도까지는 아니라 하더라도 타인에 대한 무감각은 그 자체로 인간관계, 결속력, 공동체를 무력하게 만드는 부정적인 힘으로 작용합니다. 이와 반대편에 자리 잡은 것이 바로 영팔이의 부끄러움입니다. 시시때때로 불쑥 튀어나오는 그의 부끄러움은 나의 범주 밖에 놓인 타인의 존재를 감지하고, 내가 아닌 다른 사람의 입장에 공감하며, 그 인간관계 속에 있다는 증명이기도 합니다. 이를 두고 애덤 스미스는 '동료감정(fellow-feeling)'라 부르며, 우리의 마음속에서 일어나는 동료감정을 다른 사람들 속에서 발견하는 것만큼 우리를 기쁘게 하는 것은 없다고 말하기도 합니다(애덤 스미스, 『도덕감정론』).

평사리의 가난한 소작농, 엉겁결에 지주댁 아가씨를 따라간 낯선 이국땅 간도에서도 먹고살기가 팍팍한 형편, 게다가 다시 찾아온 고향 또한 이미 빼앗긴 식민지요 변함없이 가난하고 고달픈 생활을 겨우 이어가야 하는 것이 영팔이의 처지입니다. 그런 영팔이가 작은 기쁨과 편안함을 느낄 때마다 자신과 이어진 인간관계의 끈을 더듬어 타인의 처지에 공감하는 것입니다. 영팔이의 삶이 마지막에 다다랐을 때, 홍이가 그를 실하고도 청정한 한 그루 나무로 떠올리는 장면은, 그래서 너무도 당연하게 느껴집니다.

　　찬란한 명리(名利)의 정상에서도 인생은 후회스러운 것, 그러나 영팔노인에겐 후회가 없을 것만 같다. 나 먼저 가려고 남을 떠밀며 가는 숱한 사람들 속에, 와 이라노, 와 이리 떠미노 하며 걸어왔을 바보 같은 생애에서 얻은 것은 삼간두옥, 잃지 않았던 것은 자식들과 어리석은 노처(老妻)뿐이지만 술수와 음모와 기만과 간지로 쌓아올린 허울 같은 곳에 간신히 몸 붙인 외로운 사람에 비하면 또박또박 연륜을 새긴 한 그루 실한 나무, 생명을 짓이기지는 아니하였으리. 후회가 없을 것 같은 것은 그 청정함 때문이겠다. **13권 325쪽**

평생을 견디어내는 힘,
부끄러움

자, 이제 부끄러움의 '끝판왕'이라 할 만한 이용을 살펴봅시다. 용이, 이 사람은 정말 어질어요. 평사리에 처음 내려온 조준구가 최치수와 함께 지나가다 용이와 마주칩니다. 조준구는 용이에게 칭찬인지 조롱인지 농사꾼치고는 잘생겼다고 합니다. 그 말에 최치수는 어린 시절 종종 용이와 함께 놀았노라며, 차가운 평소 성격과는 달리 용이에 대해 극찬에 가까운 품평을 늘어놓습니다. "사람이 존엄하다는 것을 용이 놈은 잘 알고 있지요. 그놈이 글을 배웠더라면 시인이 되었을 게고 말을 타고 창을 들었으면 앞장섰을 게고 부모 묘소에 벌초할 때마다 머리카락에까지 울음이 맺히고 여인을 보석으로 생각하는, 그렇지요, 복 많은 이 땅의 농부"라고 말입니다.

용이는 조준구의 말처럼 정말 잘생겼습니다. 어느 여자라도 그와 마주치면 요즘 말로 '심쿵'할 정도의 외모와 훤칠한 키의 소유

"염치를 채려야만 그기이 사람이제"   1 8 5

자가 바로 용이입니다. 하지만 속된 말로, 잘생기면 인물값을 한다던가요, 자기가 의도하지 않았지만 정말 그런 건 아니지만, 용이는 이 여자 저 여자가 얽히는 판에 말려들어갑니다. 그 곤혹스러움은 이해가 가지만, 아무리 그래도 용이를 보면 답답합니다. 도대체 왜 저러고 사나 싶어요. 차라리 바람둥이나 나쁜 남자, '까도남' 그러니까 까칠한 도시 남자처럼 살든지, 하지만 용이는 이러지도 저러지도 않고 계속 어정쩡하게 있을 뿐입니다. 그걸 보는 사람들은 답답해 죽을 지경입니다. 실은 저도 처음『토지』를 읽었던 20대에는 가장 싫었던 인물이 용이였습니다. 조준구 등 몇몇 인물은 아예 나쁜 인간임이 분명하니 가타부타 말할 필요가 없는데, 용이를 보면 고구마 백 개쯤 먹은 것 같은 답답함이 올라왔습니다. 그런데 말입니다.『토지』를 두 번 세 번 읽게 되었을 때, 아마도 그때는 제가 마흔이 훌쩍 넘은 나이여서 그랬는지도 모르겠습니다만, 어느 순간 용이의 모습이 눈에 들어오더군요. 용이가 괴로워하는 부분, 자기가 어쩔 수 없는 부분을 그냥 '살아가는' 모습이 눈에 들어오는 겁니다. 더 정확히 말하자면 용이가 자신의 부끄러움을 토해내는 모습에 눈길이 끌렸습니다.

—— '부끄러움'의 진화

용이가 드러내는 부끄러움은 처음에는 남의 눈을 의식하는 소극적인 것이었습니다. 그도 그럴 것이 아무리 월선이가 첫사랑이고 피치 못할 사정으로 결별했다지만, 엄연히 정식으로 결혼한 강청댁이 살아 있는데 용이는 두 집 살림을 하다시피 합니다. 게

부끄러움

다가 그는 처첩을 예사로 거느리는 '양반'도 아닙니다. 세상 사람들이 모두 "남의 땅을 부쳐 먹고사는 가난뱅이 농사꾼이 계집을 둘이나 거느려?" 하며 손가락질해대는 것 같아 용이는 부끄럽습니다. 설상가상으로 임이네와의 하룻밤 관계로 아들까지 낳아버렸습니다. 하여간에 이렇게 세 여자를 거느리게(?) 되었으니 용이는 제대로 고개를 들고 다닐 수가 없었던 것입니다.

한편 용이는 얽힌 여자가 많을 뿐 아니라 그들을 책임질 경제력도 없습니다. 평사리에서 최참판댁을 빼고는 고만고만하게 가난한 살림살이였으니 용이가 특별히 더 곤란을 겪을 일은 없었습니다. 하지만 조준구 습격 사건 이후 간도로 이주하는 과정에서 용이의 가난함은 문젯거리가 됩니다. 간도까지 가는 데 필요한 경비가 턱없이 부족했던 것이지요. 강청댁은 이미 죽고 없었지만, 임이네에게도, 아들 홍이에게도, 월선이에게도 용이는 간도로 가자는 말을 쉽게 꺼낼 수가 없습니다. 저도 모르게 임이네, 월선이, 서희의 돈을 힐끗거리다가 스스로 부끄러워 "얼굴이 불덩이"가 되어버리고 맙니다. 그때 그는 일생일대의 치욕감으로 가슴을 쳤다고 말합니다. 혀를 깨물고 싶도록 부끄러웠다고 말합니다.

그것이 첫 번째 부끄러움이었다면, 두 번째 부끄러움은 자신의 존재 근거를 뒤흔들 만큼 격렬했습니다. 처음 용이는 남들의 눈이 부끄러웠다고 했습니다. 그런데 더 부끄럽게도, 자신은 여전히 아무것도 하지 않은 채 혹은 할 수 없는 채로 끌려 다닐 뿐입니다. 이 때문에 처음의 부끄러움은 이내 자책감으로, 자학으로,

위악으로 변해갑니다. "우직하고 보수적인 농민의 습성이 뼛속까지 스며 있는" 사내, "안으로 수줍어하고 섬세하지만 오기가 또한 대단했던 용이"는 차츰 비뚤어집니다. 심신이 모두 보잘것없이 변해버렸고, 소심하게 남의 눈치를 살폈으며, 항상 누군가가 자기 흉을 보고 욕을 하는 것 같은 강박이 그의 행동거지를 불안정하게 만들어버립니다. 한 달이고 두 달이고 식구들과 말도 하지 않고, 그러다가 돌연 거칠다 못해 미친 것처럼 포악해지도 합니다.

"흰 베수건 어깨에 걸어, 장구를 메고 싱긋이 웃던 사내, 큰 키를 점잖게 가누고 맴을 돌며 장단을 치던 풍신 좋고 인물 좋았던 사내", 젊은 날의 '상남자' 용이는 이제 그 어디서도 흔적을 찾을 길이 없습니다. 용이의 마지막 몰락이 제대로 펼쳐지는 셈입니다. 간도에 온 뒤로는 평사리처럼 두 집 살림이 아니라, 아예 한 지붕 밑에서 두 여자와 같이 살고 있습니다. 그러나 둘 다 아내도 아닌, 첩도 아닌, 이도저도 아닌 관계입니다. 사랑하는 여자는 월선이지만, 미워해 마지않는 임이네가 아들 홍이의 생모라는 이유로 아내 노릇을 하고 있습니다. 첫 인연도 월선이지만 그녀에게 사랑은커녕 마음 한 자락도 내주지 못합니다. 심지어 그런 월선에게 빌붙어 호구지책을 이어가고 있는 신세입니다. 참으로 어이없는 상황이지요.

그래서 용이는 "길을 걷다가도" "세상이 좁아" 보이고, 술 한잔 들이켤 때도 "이마빡을 치듯 수치심은 달려"든다고 합니다. 그렇습니다. 용이는 부끄러워할 줄 아는 인간이었습니다. 그는 "도망

부끄러움

갈 곳 하나 없게, 숨 쉴 구멍 하나 없이 온통 세상이 자신을 옥죄는 듯 느끼고, 벼락같이 내리치는 부끄러움에 술에 취할 수도 없음"을 고통스럽게 보여줍니다.

　　임이네 악담을 들으며 집을 나섰을 때 월선이는 밤거리에 우두커니 서 있었다. 용이는 잠자코 걷기 시작했다. 월선이 뒤따라온다. 시가를 빠져나와 쓸쓸해진 거리에 이르렀을 때 용이 돌아보았다.
　　"머하러 따라오노."
　　"그만 가입시다, 집에."
　　월선이 다가서며 그의 팔을 잡는다.
　　"내, 내, 내가 사람가? 사내자식가?"
　　기어이 울음을 터뜨렸다. 5권 22~23쪽

　　이 장면을 두고, 어떤 학생은 여자 좋아하는 남자의 최후를 봤다고도 하고 또 어떤 학생은 드디어 용이가 인간적으로 봐줄 만해졌다고 말하더군요. 그러나 여전히 그가 얽힌 현실의 복잡함을 해결할 길을 찾기란 녹록지가 않습니다.
　　결국 용이는 아들 홍이를 월선에게 맡겨두고, 임이네를 데리고 멀리 떨어진 곳으로 거처를 옮겨 갑니다. 임이네에게 반협박조로 만약 이렇게 하지 않으면 홍이를 데리고 영영 사라져버리겠다고 으르댔습니다. 진짜 그렇게 될지도 모른다는 두려움에, 또 한편으로는 용이가 자신을 선택했다는 묘한 우월감에 임이네는 선선히 용이를 따라나섭니다. 막상 멀리 옮겨 오고 보니, 월선옥(월선의 국밥집)에 기대어 살던 것보다 일도 고달프고 돈도 제대로 모을 수 없어 임이네는 짜증이 절로 솟구칩니다. 용이를 온전히 차지했다는 만족감도 잠시뿐 자신을 소 닭 보듯 대하는 용이가 밉습니다. 임이네는 이래저래 모든 게 싫고 밉고 화가 나서 나날이 신경질만 늘어갑니다.

한편 용이는 용정에서의 그 지긋지긋한 생활에서 놓여난 것만도 다행으로 여기는 듯 임이네의 그 어떤 신경질에도 무감각합니다. 임이네가 무슨 말을 해도 멍하니, 넋을 빼놓은 듯 지냅니다. 그저 임이네를 여기 붙잡아놓고 있으면, 그나마 월선이가 편할 수 있을 거라고, 자신은 월선이의 바람막이만 하면 된다고 오로지 그것만 생각하기 때문입니다. 포악을 부리는 임이네를 보면서도 용이는 매순간 월선이를 떠올립니다. "내가 너〔월선〕에게 뭘 해줄 수 있단 말이냐, 불쌍한 것." 용이는 눈물을 흘립니다. 이 모습을 박경리 작가는 마치 영화 속 클로즈업 장면처럼 포착하면서, "순수하게, 옛날과 같이 순수하게" 흘리는 눈물이라 지칭합니다.

순수하게, 옛날과 같이 순수하게 용이는, 월선이를 위해 눈물을 흘렸습니다. 참고 견디는 것만으로 살아가는 것, 늙어가면서 오히려 순수함을 회복하는 일, 이거 뭘까요. 어쩌면 이 지점에서부터 우리는 용이를 긍정할 수 있다고 저는 생각합니다. 그러나 누군가가 그런 용이를 두고, 그렇다 치자, 하지만 용이가 하는 게 뭐가 있냐, 임이네를 옆에 두고 멍하게 그저 세월을 죽이는 것밖에 더 있냐, 라고 따져들면 뭐라 할 말이 없기도 합니다. 또 다르게 생각하면, 용이의 참고 견디는 모습은 어쩌면 다 포기했다, 될

대로 되라, 임이네가 악다구니를 쓰든 말든 모르겠다, 이러다 죽게 되면 죽지, 뭐 이런 허무주의로 간주할 수도 있겠습니다.

또 이때의 변화(월선과 임이네의 분리), 평정, 순수함, 눈물 등에 의미를 부여한다는 것 자체가 과도하다고 여길 수도 있습니다. 용이의 태도와 감정 변화는 자기의식의 범주에 국한된 것이며 외부로 확장시키려는 능동적 의지가 결여되어 있다고 판단할 수도 있기 때문입니다. 그러나 능동적 의지가 결여된 수동적 굴복으로 보이는 이러한 '수동성'은 아감벤이 분석하듯이 단순히 외부 자극을 있는 그대로 받아들이는 '수용성'과는 다릅니다. '수동성'은 주체가 자신이 수동적인 것을 적극적으로 느끼는 것, 자신의 수용성에 의해 감응되는 것을 가리키기 때문입니다(이명호, 「아우슈비츠의 수치: 프리모 레비의 증언집을 중심으로」, 『비평과 이론』 제16권 2호, 한국비평이론학회, 2011, 172쪽; 조르주 아감벤, 『호모 사케르』, 박진우 옮김, 새물결, 2008, 110~117쪽).

월선이를 위하는 이 순수한 마음을 가지기까지, 용이는 그야말로 삶의 가장 밑바닥에 이르렀습니다. 용이, 별의별 일을 다 보면서, 스스로도 별의별 짓을 다 하면서 살았습니다. 그런데 자기 자신을 파괴할 만큼 자학한 것도 부끄러움 때문이었지만, 역설적이게도 그 지옥의 밑바닥으로부터 벗어나게 해준 것도 부끄러움이었습니다. 아무것도 할 수 없다는 부끄러, 그것이 용이로 하여금 묵묵히 자기 삶의 무게를 견디어나가게 만들어주었던 것입니다. 그래서 용이는 남의 시선을 의식하는 데서 머무르지 않고, 그로부터 자신을 바라다보고, 자기 삶의 무게를 견디어나갑니다.

그의 부끄러움은 자신을 수동적으로 구성하는 현실을 인식하게 했고, '인간'으로 살아갈 힘을 길어 올리게 만들어주었습니다. 사람이 마지막으로 인간다움을 잃지 않는 것, 이것을 견디어낸다, 지금의 삶, 그때그때, 하루하루를 견디는 것이 인간이 가진 대단한 힘일 수 있음을 용이가 보여주고 있는 것입니다.

—— 그 힘으로, 꾸역꾸역 살아간다

월선이와 용이, 그들을 통해 우리는 우리 삶에서 이해할 수 있는 일이 과연 얼마나 되는가 하고 되묻게 됩니다. 월선이의 장례식 날, 삼촌 공노인이 이렇게 말하지요. "옛말에 사람이란 관뚜껑에 못을 박아야만 그 사람이 어떻다는 말을 할 수 있다 했는데 그 말이 맞는 말이야." 우리는 죽기 전까지는 어떻게 살아갈지, 어떤 일을 겪을지 아무도 모릅니다. 용이와 월선이가 보여주는 인간성에 대한 절대 긍정, 어쩌면 그들 역시 스스로를 이해하지 못할 겁니다. 도대체 왜 그러고들 사는지 설명할 수 없을 겁니다.

간도로 오기 전, 평사리에서였습니다. 어느 날 월선이가 용이네 동네를 찾아와 밤새도록 미친 듯이 헤매다 갑니다. 또 어느 날에는 절에 가서 하룻밤을 묵는데, 사랑과 질투가 뒤범벅되어 끓어오르는 자기감정에 괴로워합니다. 워낙 착하고 유순한 성품이어서 이런 광경이 자주 나오지는 않았습니다만, 월선이도 내가 미친년이라고 탄식할 때가 종종 있었습니다.

용이도 마찬가지입니다. 임이네에게 처음으로 욕정을 느꼈던 순간, 자기가 왜 이러나 싶어 펄펄 뛰며 괴로워했습니다. 또 한때

부끄러움

는 용이가 월선이에게 이렇게 이야기합니다. 너는 왜 등신처럼 이러고 사냐, 차라리 나를 원망이라도 해라, 이러고 있는 너도 이해가 안 되고, 이러는 나도 이해할 수 없다, 우리는 둘 다 미친 게 아닐까, 라고 말입니다. 그럼에도 불구하고 이 두 사람은 아무것도 이해할 수 없다 하면서도, 막다른 골목에 내몰린 것 같다면서도, 인간의 일상을 잃어버리지 않고 인간의 틀을 무너뜨리지 않습니다. 그들은 그냥 살아갑니다. 그 어떤 괴로움일지라도 묵묵히 견뎌가며 말입니다.

월선이는 임이네 때문에 괴로워하면서도 홍이를 보살펴가며 이웃들과도 관계를 유지하며 살아갔습니다. 용이는 강청댁이든 임이네든, 그들과 한 테두리로 묶인 다음에는 그 관계의 책임을 지고자 했습니다. 그 일상의 힘이야말로 인간적인 힘이며, 그래서 그를 가리켜 팔푼이처럼 살았고 억지로 살았다고 폄하할 수만은 없습니다. 우리의 삶에서도 이해할 수 없는 것, 설명할 수 없는 것이 수없이 많습니다. 그 와중에 끊임없이 자기 이익을 찾아나가는 사람들이 임이네 같은 부류일 터이고, 반면 좀 더 가치 있는 데까지는 이르지 못하더라도 삶을 무너뜨리지 않고 견디며 내가 인간임을 증명하는 이들도 있습니다. 그래서 용이가 바닥의 바닥을, 또 그 바닥을 치는 모습을 보여주었던 것도 어쩌면 이런 맥락에서 다시금 따져봐야 하는 것이 아닐까요.

인간이 극한상황에 처하면 죽음처럼, 소위 저질러버린다는 극단적 선택을 생각하기 마련입니다. 물론 그게 쉽고 만만하다고는 결코 말할 수 없습니다만, 뭔가를 계속 간직한 채로 평생 견디어내는 것은 훨씬 더 어렵고 힘듭니다. 그 견디는 힘을 만들어낸 것이 용이에게는 바로 부끄러움이었습니다. 이때의 부끄러움은 인간의 범주를 질문하고 인간 존재의 의미를 성찰하게 만드는 존재론적 감정이라 할 수 있습니다. 용이의 부끄러움도 그러합니다. 그는 애초 남의 시선이 부끄러웠고 자기 행동이 부끄러웠습니다. 하지만 그로부터 깊어진 부끄러움은 자기 한계에 맞닥뜨려서도 인간의 일상을 잃어버리지 않고 인간의 틀을 무너뜨리지 않게끔 이끌었습니다. 내가 부끄럽다는 자기 성찰, 남을 생각하는 부끄러운 공감, 그 부끄러움 때문에 내가 어찌할 수 없는 일들을 꾸역꾸역 견디어내는 것이 바로 용이의 일평생이었습니다. 그래서 용이는 부끄러움으로 "지옥의 밑바닥" 같은 일상에서 가까스로 벗어났고, 아들 홍이에게 그는 "삶이 존귀하다는 것을 몸으로 가르쳐준 사람"으로 각인될 수 있었습니다.

부끄러움이 사라진 자리, "이것이 인간인가"

『토지』 초반부에 '봉기'라는 인물이 나옵니다. 평사리 마을에서 그저 그렇게 사는 소작농인데요, 욕심 많고 심술궂고 거짓말에도 대단히 능숙합니다. 어느 날 봉기의 아내가 해물장사꾼에게 쌀을 주고 미역을 사들였습니다. 집으로 돌아와 그 사실을 안 봉기는 한달음에 뛰어나가 방금 사들인 미역을 되물립니다. 영문을 모르는 장사꾼은 김샌 표정을 짓지만, 동네 사람들은 "저눔우 자석, 미역 한 꼭지 빼놓고 나왔일 기다. 내 곡식 내놓으라고 지랄병을 할 기니 도부꾼이 학을 떼겄고나"라며 혀를 찹니다. 평소 행실로 짐작건대 봉기는 장사꾼 몰래 미역을 조금 빼돌리고는 천연덕스럽게 미역을 되물렸을 게 뻔하다는 겁니다. 엄밀히 따지자면 절도죄지만 좀도둑질에도 채 미치지 못할 자질구레한 짓거리여서 다들 비아냥거리기만 하는 것이지요.

—— 욕심만 채우느라 허둥대는 사람

욕심 많은 봉기는 비단 낯모르는 장사꾼뿐 아니라 소싯적부터 함께 지내온 이웃에게도 억지를 부리고 남의 것을 가로채기 일쑤입니다. 예를 들면 이웃집 체를 빌려 와서는 도통 돌려줄 기미가 없습니다. 체 주인에게는 체 밑이 빠졌으니 나중에 체장사가 오면 고쳐서 주겠다는 핑계로 차일피일 미룹니다. 참다못한 체 주인이 급기야는 고치지 않아도 되니 그냥 그대로 달라고 재촉해보지만 똑같은 핑계만 반복할 뿐입니다. 체 주인도 그게 거짓말이리라 짐작하지만, 그렇다고 그 집에 달려가 부엌을 뒤질 수도 없습니다. 이웃지간인데 체 하나 때문에 남의 집 살림을 들쑤신다는 건 민망한 노릇이니까요.

봉기는 어거지를 쓰며 끝내 체를 돌려주지 않고, 결과적으로는 남의 물건을 꿀꺽 삼켜버리고야 맙니다. 동네 사람들은 저 집구석은 뭐든 빌려 가기만 하면 돌려주는 법이 없다고, 욕심이 똥창까지 찼다고 손가락질을 해대지만, 정작 당사자는 그러거나 말거나 제 욕심 채우기에 바쁩니다. 너무 밉상이라 가증스러울 정도입니다. 그렇다고 해서 이런 봉기를 악인(惡人)이라고 딱 잘라 말하거나 그를 처벌하자고 나서기에는 조금 머뭇거려집니다. 그건 이웃 간의 오랜 정리(情理) 때문만은 아닙니다. 앞서 두어 가지 사례를 들었다시피 기껏해야 미역 한두 오리, 체 한 개 등 좀도둑질도 되지 못할 하찮은 정도이니 정식으로 문제 삼기가 난감한 것이지요. 이런 봉기는 늙어서도 계속 동네 사람들에게 핀잔 듣고 면박을 당하며 한편으로는 제 욕심을 채우느라 허둥대며 살아갑

부끄러움

니다.

하지만 여기서 봉기를 문제 삼으려 하는 것은 남의 것을 가로 채면서까지 제 욕심만 차리는 것 때문이 아닙니다. 그의 진짜 문제는 부끄러움을 모른다는 겁니다.

어느 해 봉기가 마을에 헛소문을 퍼뜨린 적이 있습니다. 동네 과부인 복동네가 최참판댁 하인 삼수에게 쌀말을 얻어먹고 그와 잠자리를 같이했다는 흉측한 소문이었지요. 복동네는 억울함을 견디지 못하고 스스로 목숨을 끊습니다. 사실 자초지종은 이러했습니다. 예전에 봉기의 딸 두리가 삼수에게 겁탈을 당한 적이 있었는데 복동네가 우연히 그 일을 알게 되었고, 봉기는 그런 복동네가 혹시라도 딸의 일을 소문낼까 지레 겁먹고 자신이 먼저 헛소문을 퍼뜨린 겁니다. 복동네의 자살 이후 분노한 몇몇이 봉기를 찾아가 복동네의 결백을 밝히라고 압박합니다. 봉기는 모든 사실을 자백하는 조건으로 딸의 비밀을 지켜줄 것을 요구하고, 그렇게 타협을 합니다. 마을 사람들 앞에 나서기 전날 밤, 봉기 내외는 잠이 오지 않습니다.

"모리거든 아가리 닥치라! 다 내 깊은 생각에서 한 짓인데 [복동네가] 그리 쉽기 죽을 줄을 누가 알았더나!"

"그래서 참 잘됐소! 남우 생목심 끊게 하고 내사 마, 얼굴 치키들고 동네 나갈 수 없일 기요."

"부끄럽은 생각을 한께 임자는 청풍당석이구마. 남부끄런 생각 백분 해도 좋으니까네 자식 낳고 사는 두리[봉기의 딸] 신세나 안 궂있이믄 좋겠다."

〔중략〕

봉기에게는 복동네의 죽음 같은 것은 안중에 없었다. 죄의식도 태산 같은 근심 앞에 지푸라기만도 못한 비중이다. 어떻게 하면 모면할까, 딸자식 흠집을 어떻게 가려줄까, 그 일념에 사로잡혀 있었다. **11권 109~111쪽**

성폭력과 자살, 처녀(두리)와 과부(복동네)의 체면, 이들 가운데 무엇이 더 중요한지 따지는 것은 지극히 어리석은 일입니다. 또 대부분의 사람들에게는 자신의 상처와 고통이 그 무엇보다 절실하고 큰 무게로 다가올 수 있습니다. 그러나 봉기는 자신과 가족이라는 자기 테두리만 중요하고 아니, 그것만이 세상에 존재한다고 여기고 그 이외의 것은 쳐다볼 생각조차 하지 않습니다. 지금보다 백배 이상 부끄럽든지 말든지 내 자식만, 나만 아무 탈이 없으면 된다는 봉기의 모습은 섬뜩하게 여겨질 정도입니다.

이런 봉기에게 "네 놈 낯가죽은 쇠가죽으로 만들었냐"라고 동네 사람들이 욕설을 퍼붓습니다. 딸 두리 때문에 죄를 자백하러 나왔을 뿐 자기 잘못에 대한 반성이나 부끄러움이 전혀 없는 봉기는 적반하장 격으로 소리를 질러댑니다. "세상에 애멘 소리 안 듣고 사는 사램이 있나? 애멘 소리 들었다고 다 죽을 것 겉으믄 사람우 씨가 남을 기던가? 말 한마디 잘못한 죄로 이렇그름 경을 치는 법이 어디 있노? 내가 도둑질을 했나 칼 들고 샐인을 했나?" 이렇게 말입니다. 기가 막힌 사람들이 그에게 돌을 던지며

격앙된 감정을 폭발시키지만, 이미 복동네는 죽은 이후요, 봉기의 뻔뻔함은 조금도 달라지지 않습니다.

그 후 얼마 지나지 않아 서희 집안의 집사 격인 연학과 읍내 선생 석이가 마주앉아 봉기와 조준구를 견주어가며 뒷공론을 벌였습니다. 봉기 그 늙은이가 상놈이라 그렇지, 양반이 됐더라면 조준구보다 더 많이 나쁜 짓을 했을 거다, 아마도 토지 조사 때 문서 없는 남의 논밭을 다 가로챘을 거다, 다만 다른 것은 봉기노인은 짐승이고 조준구는 짐승보다 못한 거다, 라며 신랄한 비판을 가합니다. 짐승 운운한 것은 최소한 짐승이 자기새끼를 돌보는 것처럼 욕심 많은 봉기도 제 자식은 챙기는데, 조준구는 '꼽추아들' 병수에게 냉혹할 뿐만 아니라 결국은 내버리다시피 하고 평사리를 떠난 일을 두고 하는 말입니다. 하지만 연학과 석이가 가차 없이 봉기더러 짐승이라고 칭하는 것은 그가 인간으로서는 도저히 해선 안 되는 모습을 보여주었기 때문입니다.

김평산의 아내 함안댁이 목을 매고 죽었을 때의 일입니다. 그녀의 죽음 앞에서 동네 사람들이 굉장히 놀라는 한편 함안댁이 불쌍하다며 어쩔 줄 몰라 했습니다. 김평산이야 본시 욕심 많은 난봉꾼이었고 급기야는 최치수 살인 죄인으로 처형당했지만, 함안댁은 그 누구보다도 올바른 아낙네였거든요. 그런데 당시에는 사람이 목매달고 죽은 나무의 가지나 목을 맨 새끼줄을 끊어서 먹으면 병이 낫는다는 속설이 있었습니다. 아마도 사람이 죽을 때 나오는 마지막 정기가 나뭇가지나 새끼줄로 옮겨 간다고 여긴 듯합니다. 함안댁의 시체를 앞에 두고 참새 새끼 같은 아이들이 엄마를 부르며 울부짖는 와중에 봉기는 슬그머니 나무에 올라가 함안댁이 목을 매었던 새끼줄을 챙깁니다. 아픈 아내의 약으로 써야겠다는 생각이었지요.

　백번 양보해서, 그 참담한 현장에서 자기 가족을 챙기는 이기심이 과하긴 하지만 그럴 수 있다고 칩시다. 자기 이익을 챙기고 자기 가족을 남보다 우선시하는 것 자체를 악(惡)이라 할 수는 없으니까요. 또 이기심이나 자기애는 인간이라면 누구나 다 지닌 인지상정이기도 합니다. 실제로 봉기가 새끼줄을 가져가는 걸 본 마을 사람 몇몇은 저마다 나뭇가지를 툭툭 분질러 챙기기도 했습니다. 하지만 눈치를 보며 머뭇머뭇 나무로 다가가거나 땅바닥에 떨어진 나뭇가지를 몰래 옷소매에 감추는 정도였지요. 나뭇가지든 새끼줄이든 타인의 죽음 앞에서 자기 이익을 챙긴 것, 즉 행위는 동일하다고 볼 수 있습니다. 그러나 자신의 행동을 부끄러워할 줄 아는 인간과 타인의 존재를 의식하지 못하는 그래서 부끄러움을 상실한 인간은 명백히 다릅니다.

　사르트르에 따르면 '부끄러움'의 1차적 구조는 '누군가의 앞에서'의 부끄러움, 즉 타자의 존재와 그에 대한 인식에서 성립한다고 합니다. 타자에 의해 '드러나는' 나를 부끄러워하는 것이고, 그런 타자의 존재와 관계하는 나의 존재를 인식하게 된다는 것이지요(사르트르,『존재와 무』, 정소성 옮김, 동서문화사, 2009. 385~387쪽 참조). 그러나 봉기에게 세계는 자기 자신과 가족만으로 이루어져 있는 듯합니다. 그 가족은 더구나 나와 동일하거나 나의 연장선일 뿐 타자라는 의미는 없습니다. 따라서 봉기는 타자의 존재 자체를 의식하지 못하는 자기동일성의 세계에 머무르며, 그 때문에 부끄럽다는 감정은 발생 자체가 차단되어 있습니다.

봉기는 남보다 먼저 새끼줄을 챙긴 걸 대단한 능력이랍시고 의기양양하게 떠들어댑니다. 사람이 죽은 그 자리에서, 엄마 잃은 아이들이 울부짖는 그 자리에서 자기 욕심을 채웠다고 좋아라 하다니요. 인간으로서, 인간에 대한 예의가 아니지요. 그뿐만이 아닙니다. 한참이나 세월이 흐른 뒤에도, 심지어 함안댁의 아들 한복이 앞에서도 그 당시 일을 자랑스럽게 되뇝니다.

한복이는 봉기를 볼 때마다 인사도 하고 묻는 말에 고분고분 대꾸도 했으나 마음속으로는 묵은 상처에서 피가 흐르는 듯한 아픔을 느낀다. 오 년 전 보리 흉년이 들었던 그해 가을이다.

'참말이제 악세풀같이 맹도 질기다. 부모가 있어도 뱅들어 죽고 굶어 죽었는데 천지간에 의지가지할 곳 없는 저 어린 기이 우찌 살았이꼬. 아비는 샐인 죄인으로 죽었고 어매는 살구나무에 목을 매달아서, 아 내가 그 목맨 줄을 지금도 가지고 있거마는. 중값 줄라 캐도 안 팔고 갖고 있지러. 멩색이 양반의.'

장거리서 발길을 돌려놓는데 뒤통수를 향해 쫓아오던 봉기의 음성을 잊을 수 없었던 것이다. 원한도 아니면서 쓰라린 그 기억을 지울 수 없었다. 4권 372쪽

어머니가 목매달아 죽은 그 새끼줄을 차지했다는 봉기의 자랑을 들으며, 한복이는 묵은 상처에서 피가 흐르는 듯한 아픔을 느

낍니다. 어지간한 사람이라면 아마 봉기에게 너 죽고 나 죽자며 달려들었을 겁니다. 아이들끼리 싸울 때도 부모를 거론하지 않는 다는 불문율은 오래된 관습처럼 지켜져왔습니다. 요즘에도 상대방의 부모를 욕하는 걸 두고 '패드립(패륜아의 발언)'이라며 가장 저질의 욕 중 하나로 손꼽더군요. 그런데 봉기는 어쩌면 '패드립' 이상을 보여주는 것 같습니다. 착하게 살았는데도 한평생 불행했던 여자의 죽음을 그 자식인 한복이 앞에서 욕보이는 것도 모자라, 졸지에 부모를 잃고 힘겹게 살아가는 어린아이에게 '명도 질기다'라니요, 이건 뭐 그 아이더러 죽으라는 저주의 말이나 다름 없지 않습니까.

거의 십여 년 동안 한복이를 볼 때마다 봉기는 이런 말을 되풀이합니다. 한복이가 결혼하고, 아들딸을 낳고, 그 아들이 커가는 과정마다마다 악담이나 다름없는 모진 말을 퍼붓습니다. 살인 죄인의 아들도 결혼하고, 살인 죄인의 아들도 자식 낳고 사는구나, 살인 죄인의 후손도 상급 학교에 진학하는구나, 세상 참 희한하다 등등 갖가지 독한 말을 면전에서 서슴지 않고 내뱉습니다. 사실상 봉기가 함안댁-한복, 김평산 일가에게 적대감을 가질 이유나 특별한 사건은 없습니다. 하지만 부모의 비극적인 죽음 이후 최약자로 내몰린 아이들이 그럭저럭 살아갈 뿐만 아니라 심지어 자신보다 나은 처지에 이른 듯 느껴지자 질투심을 감출 수 없었고 그 때문에 노골적 반감을 드러내게 된 것입니다. 그런데 이런 봉기가 돌연 180도 태도를 바꾸는 상황이 벌어집니다.

부끄러움

── 그때는 그때고 오늘은 오늘이제?

한복이의 아들 영호가 독립운동 차원에서 벌인 진주농고 맹휴계획에 연관되어 경찰에 검거되었을 때입니다. 영호가 단순가담자도 아니고 주모자의 한 사람임이 밝혀지자, 평사리 사람들은 은밀하게나마 우리 동네에서 인물이 났다며 크게 기뻐하고 응원을 보냅니다. 이때 놀랍게도 봉기노인이 누구보다 열렬하게 앞장섭니다.

"글공부해서 과거에 급제하믄은 나라의 충신 되는 기고 지방 축문 쓰는 거는 조상을 위해서 효도하는 기니께 다 같은 말인데 아무튼지 간에 우리 동네서도 공부 간 학상이 있고 또 그놈 아아가 넘한테 빠질세라 만세를 불러서 왜놈한테 붙잽히 갔으니 기미년 만세 때맨치로 우리 동네도 근동에서는 제법 한다 하는."

"보소, 덕수할배[봉기노인]요. 다른 사람이믄 몰라도 듣기가 민망하요."

저놈의 늙은이 낯가죽이 아니라 쇠가죽이고나, 마음속으로 욕을 하면서 끝봉이 핀잔을 준다.

"머라꼬? 멋 땜에 니가 민망하노!"

봉기노인이 화를 낸다.

"얼매 전만 해도 상규핵교에 간 영호를 눈의 까시맨크로, 안 그랬십니까? 이런 자리에서는 가만히 기싰이믄 좋을 성싶은데."

[중략]

"지나간 일을 와 되배쌓노! 아 그때는 그때고, 오늘은 오늘이제."

화를 내다 말고 입술을 오므리며 웃는다. 느물느물하다. ^{13권 72~73쪽}

한복이에게, 그 아들 영호에게 저주나 다름없는 악담을 늘 퍼붓더니 갑자기 칭송을 아끼지 않는 봉기. 물론 칭찬하는 데 조건이 필요한 것도 아니고 칭찬하는 그 자체가 이상할 것도 없습니다. 하지만 봉기를 보면 그저 낯짝 두껍다 하는 정도가 아니라 경이로워 보일 지경입니다. 지나간 일은 끄집어내지 마라, 오늘은 오늘일 뿐, 하며 웃는 모습을 보면 할 말을 잃을 지경입니다. 아니, 무섭기조차 합니다. 당사자 격인 한복이는 어땠을까요. 한복이가 어쩌다 봉기노인에게 인사를 하면 비 오는 날 강아지 걷어차듯, 말끝마다 "샐인 죄인의 자손" 하며 침을 뱉었습니다. 한복이의 아들 영호에게까지 증오와 악담을 서슴지 않았습니다. 그러던 봉기가 자신에게 정답게 말을 걸고, 영호를 칭송합니다. 한복이는 당황한 나머지 저도 모르게 어설프게 웃음을 짓습니다. 그때의 한복이는 아마도 얼음땡놀이를 하다가 얼음이 되어버린 것같은 모습이 아니었을까 싶습니다. 봉기의 호의를 순순히 받아들여서 웃는 게 아니라, 너무 놀라 정지된 상태에서 헛웃음이 흘러나왔다고 여겨지니까요.

'팩트'만 말해라, 이것이 '팩트'다 따위는 꽤나 객관적이고 이성적임을 자부하는 요즘 사람들이 자주 쓰는 말입니다. 드러난 사실만 가지고 따지겠다는, 일종의 법리와 증거를 주장하고 논박하는 태도라고 할까요. 이런 태도로 봉기에게 접근한다면 봉기가 저지른 명백한 죄는 그다지 크지 않습니다. 미역 한두 오리,

체 한 개 따위의 소소한 물품을 가로챘을 뿐이고, 마음에 들지 않는 사람들에게 악담을 해댄 정도입니다. 간혹 복동네의 자살처럼 엄청난 파장을 불러일으킨 일도 있긴 했습니다만, 봉기의 뻔뻔한 말마따나 그가 곧바로 살인 죄인인 것은 아닙니다.

하지만 가장 무시무시한 사실은 이런 삶으로부터 세상의 모든 죄가 발생한다는 것입니다. 부끄러움이 없는 곳, 자기 성찰과 공감이 없는 곳에서는 그 어떤 악이라도 정당성을 획득할 수 있기 때문입니다. 비록 『토지』에서는 봉기라는 밉살스러운 사람을 '보여주는' 정도에 그치지만, 인류의 역사는 부끄러움이 사라진 자리에서 인간이란 의미도 사라져버린다는 것을 생생히 증언하고 있습니다. '악의 평범성(banality of evil)'이라는 말로 널리 알려진 아이히만(유대인 학살자)의 일화도 그러했습니다. 성실하고도 효율적으로 나치의 과업을 완수했던 관료 아이히만은 늘 당당했습니다. 그는 전범재판에서 어떤 부끄러움도 없다고 말했고, 아니 그 부끄러움을 느끼려 하지도 않았습니다. 관료로서 맡은 바 책임을 다했을 뿐이라고 했습니다. 그의 모습으로부터 자신을 성찰하지 못하는 인간, 타인의 존재를 의식하지 못하는 인간 그래서 타인의 아픔에 공감하지 못하는 인간, 그것은 인간일 수 없다는 가장 잔혹한 사실과 마주하게 됩니다.

『토지』에서는 부끄러움에 대해 이렇게 이야기하기도 합니다. 일제강점 말기 여학교에서 상의(홍이의 딸)가 전쟁 지원 활동에 동원되어 주먹밥을 만들다가 남몰래 동생 상근이에게 주먹밥 하나를 건네줍니다. 상근이는 다른 사람들이 볼까 봐서 부끄러운 마음에 얼른 자리를 피합니다. 나중에 상근이는 누나 때문에 망신스러웠다고 투덜거립니다. 당장의 배고픔보다 자존심을 내세우는 소년의 모습을 보며 어른들은 "염치는 배부른 사람이 챙기는 거지, 너처럼 그랬다가는 굶어 죽을 기다"라며 웃습니다. 그런데 멀찍이 앉아 있던 노인이 불쑥 끼어듭니다.

"아무리 배가 고프고 기차도 염치를 채리야만 그기이 사람이제. 있고 없고가 상관없는 기라. 있다고 해서 어디 염치 채리더나?" 20권 292쪽

그렇습니다. 부끄러움을 잃어버린 삶, 그 이후의 결과가 아니라 그 자체가 바로 문제입니다. 염치를 차려야, 부끄러움을 알아야 그게 사람이기 때문입니다.

8

이유

그게 다 너 때문이다!
너 때문이야!

'너'라는 원인, '너' 때문이다

때때로 우리들은 인간답다는 것을 인간만이 가진 고유함이나 특별함이 있다는 뜻으로 혼동한다는 생각이 듭니다. 휴머니즘, 인간의 존엄성이라는 말도 자칫 인간의 오만함으로 이어질 수 있습니다. 세상 만물 가운데 유독 인간만이 그리 대단하고 특별할 수 있을까요.

예를 들어 우리는 당연한 듯이 이렇게 말합니다. 자연을 보호하자. 나무를 보호하자. 뭐가 나쁜 일이냐고요? 네, 좋아요. 좋은 일을 하자는 것임에는 분명합니다. 그런데 나무가 웃어요. "인간, 너나 잘해"라고 할 겁니다. 백 년도 못 사는 인간이 나를 보호한다고? 너 태어나는 것도 나는 다 봤고, 네가 죽는 것도 나는 볼 것이고, 네 후손들이 태어나서 죽는 것도 아마 다 볼 거다. 그런데 어떻게 네가 나를 보호하나. 그냥 너나 잘 살아, 라고 말입니다. 물론 여기서 나무를 보호하려는 행위를 문제 삼는 것은 아닙

이유

니다. 다만 나무를 '보호'하고 자연을 '보호'하자는 말 자체가 인간이 그들보다 우위에 있다는 것을 전제하기 때문에 문제라는 겁니다. 인간도 이 세계의 일부이자 자연의 일부일 뿐이니 어떻게 '함께' 살아갈 것인가, 이런 사고방식이 아니라는 겁니다.

이런 경우는 아주 많습니다. 기생충, 잡초, 벌레 등등 인간이 아닌 존재를 우리는 어떻게 취급하나요. 기생충 같은 존재, 잡초 같은 몰골, 무슨무슨 충(蟲), 벌레만도 못하다, 버러지 같다는 식으로 빗대어 욕설처럼 씁니다. 인간과 꽤 가까운 동물들에게도 마찬가지입니다. 짐승만도 못한 것, 개 같은 것, 저는 이렇게 반문하고 싶습니다. 개가 들으면 기가 찰 거다, 개만큼만 살아봐라, 개가 뭐 어때서, 짐승이 뭐 어때서, 인간보다는 백배 천배 낫다, 라고 말입니다. 아, 그러고 보니 『토지』에도 비슷한 이야기가 나오는군요. 누군가 조준구에게 "소가죽을 뒤집어써도 유분수!"라고 그 뻔뻔함을 욕하자, 옆에 있던 사람이 소리를 지릅니다. "와요, 소가 우때서요? 얼마나 어진 짐승인데 거기 비하는 깁니까" 라고 말입니다.

── **누가 누구 탓을 하는 걸까요?**

인간 중심의 독선이나 교만은 비단 한두 단어의 쓰임새나 말버릇에서만 그런 게 아닙니다. 오랜 세월 동안 인간은 비인간의 존재를 제멋대로 규정해왔습니다. 어느 기생충 학자는 이렇게 이야기합니다. 우리 몸에 기생충이라고 할 수 있는 미생물들은 '기생'이 아니라 우리 몸과 항상 '공존'해왔다고 말입니다(정준호, 『기생충,

우리들의 오래된 동반자』, 후마니타스, 2011). 심지어 놀랍게도 인간의 몸에 있는 세포를 구성 비율로 따져보면, 10퍼센트 정도가 인간의 고유한 것이라고 할 수 있고, 90퍼센트 정도가 미생물의 것이랍니다. 단적으로 말하자면 우리의 몸은 90퍼센트가 기생충이고, 10퍼센트가 인간이라는 거지요. 그렇다면 도대체 누가 누구에게 기생하는 것일까요?

또 '길가 풀 연구가'라 자신을 소개하는 학자는 이런 이야기를 들려줍니다(이나가키 히데히로, 『도시에서, 잡초』, 디자인하우스, 2014). '잡초'는 참으로 애매모호한 명칭이랍니다. 미국 잡초학회의 정의에 따르면, 잡초는 '원하지 않는 곳에 자라는 식물'입니다. 이때 "원하지 않는다"라는 문장의 주어는 도대체 누구일까요. 당연히 인간입니다. 인간이 원하지 않는 곳, 인간이 재배/경작하지 않았는데 자라난 풀이 '잡초'입니다. 그래서 인간에게 훼방꾼 취급을 받는 그 '식물'은 '잡초'가 되는 것이라는군요. 어떻게 어느 한 존재의 호불호에 따라서 다른 존재가 규정될 수 있을까요. 이상하고 기묘하다는 차원을 넘어서 폭력적인 규정 방식이라는 느낌을 지울 수가 없습니다.

인간이 습관적으로 행하는 기이한 방식은 또 있습니다. 우리는 매사에 원인과 이유를 찾아서 설명하고 논리적으로 분석하기를 좋아합니다. 하지만 때로는 그 분석과 설명이 참으로 이상합니다. 분석과 설명 내용이 어떠해서 문제라는 게 아니라 그렇게 분석하고 따진다는 것 자체가 이상하다는 겁니다.

『토지』 후반부에 이르면 봉기와 마당쇠가 우연히 구천이와 마

이유

주치는 장면이 나옵니다. 이때는 이미 조준구가 최참판댁은 물론 마을 전체를 장악했고, 서희와 평사리 사람들 일부가 간도로 내몰린 이후입니다. 봉기와 마당쇠는 구천이를 보자마자 달려들어 두드려 패기 시작합니다. 우리가 지금 이렇게 가난하고 힘든 게 다 너 때문이다. 네가 별당아씨를 데리고 도망갔고 그 때문에 결국 최참판댁이 망했다. 만약에 최참판댁이 망하지만 않았다면, 왜놈의 세상이 되었다 한들 이렇게까지 삶이 팍팍해질까. 네놈 때문에 엉망이 되었다고 소리를 지르며 구천이를 마구 때립니다.

그런데 따져봅시다. 우선 첫 번째로, 구천이가 별당아씨와 도망간 건 맞습니다. 하지만 그렇다고 해서 그 때문에 최치수가 살해당하고, 윤씨부인이 전염병에 걸려 죽은 건 아니지 않습니까. 설사 별당아씨가 그대로 있었다고 가정해도 무엇이 달라질지는 아무도 장담할 수 없습니다. 심지어 최참판댁이 온전하다고 상상해본들, 그렇다고 해서 일제강점하 세상에서 마을 사람들의 삶이 괜찮으리라는 보장도 없습니다. 그런데도 봉기와 마당쇠는 이 모든 원인이 구천이가 별당아씨를 데리고 가버렸기 때문에, 저놈 때문에 이렇게 되었다고 여깁니다.

두 번째로, 윤이병이란 사람 이야기입니다. 그는 청진에서 금녀를 사랑했지만 그녀가 술집으로 팔려간 이후 용정으로 와서 민족학교인 상의학교 교사 생활을 합니다. 그런데 김두수(김평산의 아들 거복)가 술집에 몸값을 치르고 금녀를 샀는데, 그녀는 윤이병을 찾아 용정으로 도망갑니다. 남녀가 만난 것도 잠깐, 뒤쫓아온 김두수의 위세(일본 순사부장)에 겁먹은 윤이병은 금녀를 김두수에게 넘겨줍니다. 이후 윤이병은 김두수의 지시대로 일본 밀정 노릇을 합니다. 그는 절대복종을 요구하는 김두수에게 쩔쩔매고, 독립운동가들을 염탐하다 길상이에게 매를 맞고…… 별의별 일을 다 겪습니다. 그런데 이 모든 일이 금녀 때문이랍니다. 윤이병은 그렇다고 믿고 있습니다.

'[중략] 내가 크게 잘못한 건 뭐 있누? 이게 다 지 땜에 겪는 고초 아니냐 말이다. 나쁜 계집이다! 지를 찾아서 왔는데 그 빌어먹을 년만 아니었다면 내가 왜 김두수한테 이런 꼴을 당하누. 나도 혁명지사로 활약할 수 있었다. 상해 같은 곳에 가서 공부도 더 할 수 있었다. 부잣집 딸한테 장가들 수도 있었고, 장래가 양양했던 내 신세를 누가 망쳤어? 술집에 팔려간 계집년 하나 땜에, 결국 이런 걸 두고 불운이라 하는가? 그 상놈 하인 놈! 길상이한테 매 맞은 걸 내가 어찌 잊을 수 있단 말인가. 개처럼 쫓겨난 것을 내가 어찌 잊어? 그게 다 금녀너 때문이다! 너 때문이야! 응당 보상해주어야지! 아암, 네가 날 좋아서 날 찾아다녔기 때문에 그래서 내가 화를 입은 게다! [중략] 이렇게 된 바에야 너를 위해 가슴 아플 이유가 없지. 피해자는 나니까.' 7권 166~167쪽

윤이병은 '계집 하나' 때문에, 그러니까 여자 때문에 자신의 청운의 꿈이 박살났다고 합니다. 자신에게 일어난 사건, 자기가 겪는 모든 일이 금녀를 만난 것으로부터 시작되었고, 금녀야말로 모든 '불행의 씨앗'이었다고 말합니다. 시발점을 따져보면 일견

이유

그런 듯도 합니다. 하지만 윤이병이 일본 밀정이 된 것은, 김두수를 두려워하는 그의 심약한 성정 탓이기도 하고, 또 그 스스로 권력을 좇은 결과이기도 합니다. 일본 편에 붙는 것이 경제적 이익이 되겠다는 계산에 따른 선택이기도 했습니다. 게다가 금녀는 윤이병이 김두수 편이 된 것을 알고난 후, 단칼에 그 관계를 잘라버렸습니다. 윤이병도 금녀에게 매몰차기는 마찬가지였습니다. 처음에는 애인 사이였지만, 이후 금녀가 술집 여자의 이력이 있다는 이유로 한낱 노리개처럼 취급했습니다. 두 사람의 관계는 일찌감치 파탄이 나 있었던 셈이지요. 그럼에도 불구하고 윤이병은 자기 인생에 일어난 '모든' 일이 '모두' 금녀 때문이랍니다.

세 번째로, 송영환이라는 사람을 보고자 합니다. 송영환과 송장환은 간도에 살고 있는 부잣집 아들 형제입니다. 송영환은 미모의 아내를 두고 풍족한 부와 안락함을 누리지만, 아내에 대한 의부증이 심해 괴로운 사람입니다. 동생 송장환은 민족학교인 상의학교 교사이자 직간접적으로 독립운동도 열심입니다.

송영환이 아내를 의심할 때마다 동생이 형을 말립니다. 형님도 한번 생각해봐라, 지금 형수님이 여기 갔다가 저기 갔고, 이러저러했는데, 남자든 누구든 만날 새가 있었겠냐……. 형의 의심을 풀어주려고 애를 쓰지만 송영환은 그의 말을 받아들일 수가 없습니다. 머리로는 이해가 되는데, 막무가내로 생겨나는 의심을 멈출 수가 없습니다. 병적인 의심은 아내에 대한 구박을 넘어 모진 학대로 변합니다. 주위 사람들 모두 그를 미쳤다고 비난합니다. 송영환도 그런 시선을 따갑게 느끼며 그 또한 못 견디게 힘들어합니다. 그런데 이 모든 일이 또 아내 때문인 겁니다. 송영환은 그렇다고 확신하고 있습니다.

　아무도 그의 눈을 좇는 사람이 없는데, 몇 개 수십 개의 눈동자는 수백 개가 되고 수천 개가 되어 못난 놈! 치사한 놈! 하며 마구 웃어 대는 소리를 영환은 듣는다. 내가 왜! 왜! 무엇 땜에 모멸을 받느냐! 저 계집년 때문이다! 계집년 때문이다. 오직 저 계집년 때문에 내가 행셀 못하게 됐다! 일찍이 감히 누가 내게, 나를! 그리고 집에 돌아오면 영환은 어김없이 장씨[아내]에게 매질이다. 아내의 부정이나 결백은 이미 문제가 아닌 것이다. <u>7권 308쪽</u>

　이 세 이야기는 모두 자신의 삶에 일어난 일에 대해 원인을 찾고 해석하는 사람들의 모습을 보여줍니다. 얼핏 굉장히 논리적이고 합리적으로도 보이기는 합니다. 그러나 그들이 찾아낸 그 '이유'는 적절성이나 타당성 여부와는 상관없이 그것이 과거를 설명하는 데 그치고 있다는 점에서 문제입니다. 그들은 현재를 고민하거나 미래를 계획하는 따위는 시도조차 하지 않습니다. 그래서 이들의 이유 찾기는 분풀이, 핑계 대기, 자기 합리화에 머무르고 맙니다.

　──── **'나'를 위로하는 나쁜 방식**

　일상생활에서는 이유 없는 일, 이유를 모르는 일 혹은 아무리 애를 써도 알 수 없는 일이 더 많습니다. 그 이유를 찾으려 들면,

오히려 힘만 듭니다. 생각해보세요. 어쩌다 여러분은 지금 그 상황에 놓여 있게 되었나요? 물론 설명하려면 여러 가지 이유를 댈 수도 있을 겁니다. 저도 마찬가지입니다. 어쩌다가 지금 이런 글을 쓰고 있는 것일까요. 서두에서 제가 『토지』를 읽어왔던 내력을 설명하기는 했지만, 그렇다고 해서 그것이 지금 제가 이 글을 쓰는 이유가 되어주지는 않습니다. 물론 얼마든지 여기저기서 이유를 찾아와 다시 맞춰볼 수도 있을 겁니다. 하지만 그렇다고 해서 논리적 설명까지 가능하지는 않습니다. 애써 찾아온 이유들을 반대로 확 뒤집어서 진짜 그것 때문에 이렇게 되었나? 이래서 그렇게 되었나? 하고 따지고 들기 시작하면 이 또한 증명할 길이 없기 때문입니다.

세상 풍파를 겪어온 할머니 할아버지들은 가끔씩 "그게 팔자야, 운명이야" 하며 무덤덤해하는 모습을 보여줍니다. 어릴 때는 그런 모습이 패잔병 같아 보여서 참 싫었습니다. 그런데 그 말 속에는 아주 오래된 삶이 전해주는 지혜가 빛나고 있음을 어른이 되어서야 깨달았습니다. 그 말들은 "아이고, 내 팔자야"라며 한탄하는 넋두리가 아니었습니다. 있는 그대로를 받아들이는 긍정의 방식이었습니다.

어쩌면 우리가 살아가면서 원인과 이유를 찾아내 그것을 결과와 연결 지어 생각하려는 것은 그렇게 했을 때 내 마음이 좀 편하기 때문이 아닐까요. 나를 위해서 그게 이유라고, 원인이라고 꾸며대는 방식, 그리하여 나를 위로하는 방식이라는 생각이 듭니다. 어쩌면 삶을 살아가는 가장 긍정적이고 솔직한 자세는, 내게 일어난 일을 그냥 그 자체로 받아들이고, 그것을 지금의 내가 밀고 나가는 겁니다.

앞서 박경리 선생이 왜 '토지'를 제목으로 삼았는지를 이야기
했습니다. 인간이 자연과 관계 맺는 방식, 인간 소유의 역사에 주
목하려는 의미라고 했습니다. 그래서인가요, 『토지』에 나오는 '겁
나' 많은 600여 명의 사람들 중 농민의 숫자가 단연 두드러집니
다. 평사리를 주요 무대로 하는 1, 2부는 더욱 그러합니다. 그런
데 마르크스 같은 이들은 농민을 사회변혁 과정, 특히 혁명에서
그다지 긍정적으로 평가하지 않았습니다. 농민은 스스로를 대표
할 수 없다, 그래서 정치적 주체로 나설 수 없다고 했습니다.

몇 년 전에 제 이웃들이 텃밭을 가꾼 적이 있어요. 저는 관심이
없었는데, 가족들이 따라나서더군요. 저는 하고 싶은 사람이 하
는 거지, 안 말린다, 나만 끼워 넣지 마라, 하며 모른 척했고, 가
족들은 텃밭농사를 시작했습니다. 농사일 하는 모습을 직접 본
적은 별로 없었던지라, 텃밭을 가꾸는 풍경도 신기하더라고요.

그런데 가장 놀라운 것 중 하나가 인간이 자기 의지로 할 수 있는 일이 별로 없다는 거였습니다. 아무리 다른 일이 바빠도, 텃밭에 오이가 자라면, 상추가 무성해지면 만사를 제치고 따거나 솎아내야 했습니다. 내가 쉬는 날 오이나 상추를 수확하고 싶다는 건 내 바람일 뿐 나와는 아무 상관없이 농작물은 자랍니다. 우스꽝스럽게도 근 이 년 가까이 텃밭농사를 하면서도 우리 집에서는 파릇한 상추나 아삭거리는 오이를 맛보는 일은 드물었습니다. 수확할 때를 놓쳐 억세진 푸성귀, 굵을 대로 굵어져 비틀린 채소가 더 흔했습니다.

가장 골치 아픈 일은 김칫거리용 채소였습니다. 아무리 피곤해도 열무가 더 억세지기 전에 거둬 와야 하고, 아무리 바빠도 그 열무로 김치를 담가야만 했습니다(그냥 먹기에는 양이 너무 많았거든요). 내가 필요해서 선택하는 게 아니라, 열무가 무성해지면 그걸 거둬야 하고, 거둬 왔으니 할 수 없이 그걸로 김치를 담가야만 했습니다. 내 의지가 아니라 자연이 내 삶의 결정자였습니다. 농민의 근본 성향이 보수적이고 수동적이라는 마르크스의 말은 여기서 비롯되었을 겁니다. 토지에 매여 있는 삶, 즉 인간이 자기 의지대로 자기 삶을 기획하고 움직여나가는 게 아니라, 자연의 순리를 좇아 그에 맞추어 살아가는 모습을 가리키는 거지요.

—— 이해관계를 따지지 않아야 자유인

평사리에서는 양반과 하인, 읍내 사람들을 제외하고는, 아주 드물게도 강포수와 목수인 윤보 정도가 농민이 아닙니다. 윤보는

이유

목수라는 직업도 남다르지만 곰보인 외모도, 그 성격도 아주 독특한 인물입니다. 그는 시원시원하고 활달하며 자유분방합니다. "사람 사는 기이 풀잎의 이슬이고 천년만년 살 것같이 기틀을 다 지고 집을 짓지마는 많아야 칠십 평생 아니가. 믿을 기이 어디 있노. 늙어서 벵들어 죽는 거사 용상에 앉은 임금이나 막살이하는 내나 매일반이라. 내야 머어를 믿는 사람은 아니다마는 사는 재미는 사람의 맘속에 있는 기라. 두 활개 치고 훨훨 댕기는 기이 나는 젤 좋더마." 이렇게 말이지요. 이는 윤보의 본바탕이기도 하지만, 그가 최참판댁이나 토지에 매여 살지 않기 때문에 더더욱 그러할 수 있었던 것입니다. 목수 일은 자기 스스로 계획을 세워 실행할 수 있습니다. 자기가 힘들면 나무 다듬는 일은 뒷날로 미뤄도 되고, 장롱을 언제 만들지 일정을 짜는 것도 자기 스스로 생각하고 결정할 수 있습니다. 자신의 노력을 투여해 노동의 결과를 스스로 이끌어낼 수 있다는 것. 그것이 윤보가 평사리의 주민들과는 다른 점입니다.

윤보의 거침없는 자유로움은 그 누구 앞에서도 거리낌이 없습니다. 마을의 어른이자 지도자 격인 김훈장 앞에서도, 평사리의 실질적 주인이라 할 윤씨부인 앞에서도 못할 말이 없고 가리는 게 없습니다. 김훈장은 평소 의로움을 중히 여기지만 양반의 위계질서 또한 강조해왔습니다. 그래서 그는 의병(독립운동)을 지지하면서도, 동학군은 양반에게 항거했다는 사실 때문에 그들을 부정적으로 평가합니다. 그런 김훈장에게 윤보는 "똑같은 일이라 캐도 상놈이 하믄 불충이고 양반이 하믄 충성이라 그 말심"이냐고 정면에서 따지고 듭니다. 그런데 묘한 건요, 반상의 구별이 엄격한 김훈장인데도 목수 윤보에게만은 소위 '아빠 미소'를 지으며 뭐든 다 받아줍니다. 심지어 박경리 선생은, 이런 두 사람을 두고 "신분이 다르고 서로 늘 의견이 다르면서 이상하게 배짱이 맞는다고나 할까, 아니 서로 정이 통한다 해야 할 것 같다. 꾸짖는가 하면 놀림을 당하고 그러면서 이들 사이에는 '미묘한 우애'가 흐르고 있었다"라고 설명하기까지 합니다.

윤보의 당당함은 윤씨부인에게도 거침없고, 또 그런 윤보를 김훈장처럼 윤씨부인도 암암리에 묵인하고, 심지어는 인정합니다. 윤씨부인이 서희를 데리고 최참판댁 소유의 전답을 둘러보는 길이었습니다. 저 너머 강가에서 윤보가 낚시를 하고 있었습니다. 최참판댁 가마 행렬이 지나가는 줄 뻔히 알면서 윤보는 소리 높여 노래를 부릅니다.

억만장자 연대 밑에
홀로 앉아서 우는
저 과수야아ㅡ
너는 살아 애 썩이고
나는 죽어 살 썩이고
썩이기는 일반이라아ㅡ
〔중략〕

가마에 앉은 윤씨부인은 윤보를 안다. 동학군을 따라다녔던 일도 알고 있었다. 방금 부르던 노래는 자기를 향한 조롱인 것을 느끼고

이유

있었다. 그러나 그는 최참판댁의 소작인도 아니요 상민이지만 어느 누구에게도 매여 살기를 싫어하는 자유인이며 방랑자요 자기 존엄을 위해서는 한 치의 양보도 없는 대담한 사내라는 것도 윤씨부인은 알고 있다. 쓴웃음을 띠고 윤씨부인은 햇빛이 튀고 있는 강변을 바라본다. **3권 112~113쪽**

그야말로 강심장 아닙니까. 이 강심장은 물론 윤보의 기질에서 비롯된 것입니다. 그런데 말입니다. 이런 기질을 타고났다 한들 어떻게 하면 항상 거침없이 살아갈 수 있을까요. 아무리 최참판 댁 땅과는 관련이 없다 해서, 혈혈단신으로 매인 데 없는 처지라 해서 누구나 다 그럴 수 있는 것은 아닙니다. 기인처럼 보일 정도의 저 자유로움은 이해관계를 따지지 않을 때, 결과를 짐작하고 계산하지 않을 때 비로소 가능한 일입니다.

──── "내 평생 제일 부러운 사람"

호열자(콜레라)가 창궐했을 때 윤보는 앞장서서 동네 사람들의 시신을 수습합니다. 이는 그가 남달리 용감했기 때문이 아닙니다. 전염병 따위에 겁먹지 않을 만큼 특히 건강해서도 아니고, 특별한 예방책이 있었던 것은 더더욱 아닙니다. 그저 윤보는 죽은 사람을 거두는 것은 산 자가 마땅히 해야 할 일이라고 생각한 것 뿐입니다. 그는 인간의 죽음을 두고, 그게 어떤 죽음인지 누구의 죽음인지 구별하지 않았을 뿐입니다. 함안댁이 자살했을 때도 마찬가지였습니다. 마을 사람들은 최참판댁 눈치를 보느라 주저했지만, "빌어묵을! 이놈의 윤보 팔자 고약하다. 작년 금년 송장 치우다가 볼일 다 보겄네"라고 투덜거릴 뿐, 윤보는 그저 사람이 죽었는데 그것도 이웃의 죽음이니 나설 뿐, 다른 이유는 아무것도 내세우지 않습니다.

그는 동학당도 따라다니고, 조준구 습격 사건도 앞장서서 이끌고, 독립의병 활동도 적극적으로 합니다. 얼핏 그에게는 중차대한 역사적 무게가 있을 법도 합니다만, 윤보는 스스로, 나는 무식한 놈이라서 뭐 알고 덤비는 거 아니다, 옳은 일이다 싶고 그래서 해야 한다 싶었다, 라고 말할 뿐입니다. 심지어 그 옳은 일이 자신의 이해관계와 얽혀 있지 않는데도 윤보는 기꺼이 나섭니다. 예를 들자면 동학혁명은 동학교도와 농민들이 합세했던 운동입니다. 윤보는 동학교도도 아니었고 농민 수탈이나 소작료 문제와도 별 관련이 없는 목수였습니다. 그런데도 윤보는 동학혁명에 그 누구보다도 적극적으로 나섰습니다.

대한제국 말기, 일본 통감에 의한 군대해산으로 분개한 군인들의 격렬한 봉기가 있었습니다. 이때 마침 서울에 있던 윤보는 여기에도 뛰어들어 함께 싸웁니다. 군인도 뭣도 아닌 윤보가 말입니다. 결국 연장망태도 잃어버리고 거지꼴이 되다시피 평사리로 돌아오게 되었습니다만, 그러면서 윤보가 내세우는 것은 "길이아니면 가지 말라 했다"라는 옛말입니다. 천민인 자신이 나라 덕을 본 것도 없고 그러니 나라를 위해서 애끓는 심정 따위도 없지만 자기가 갈 길이 어디인지는 스스로 판단하고 그곳으로 간다고 합니다. 서희를 도와 조준구 습격 사건을 일으키고, 이후 독립운

이유

동에 전면적으로 뛰어드는 것도 마찬가지입니다.

최참판네 만석 살림을 누가 묵었거나 그거야 우리네하고 무신 상관이 있겠십니까? 박하고 후하고 차이가 있이니께 농사꾼들한테는 전연 무관하다고는 할 수 없겠지마는, 지금 이 마당에서 사람우 도리가 우떻고 하는 거를 따질 여가도 없고요. 그동안 행악이 많았다고 그자를 치자는 거는 아니지 않십니까. 〔중략〕 다만 그자를 치자는 거는 딱 두 가지 까닭이 있일 뿐인데, 그 하나는 그자가 시적 왜나막신이라고 끌고 나올 만큼 왜놈들 편에 빌붙어서 자게 영화만 생각는 역적이니께 이 차에 목을 쳐서 뿐뵈기로 삼자는 거요. 다른 하나는 누구 재물이든 간에 고방에 썩고 있는 거를 우리 의병이 써야겄다 그 겁니다. 〔중략〕 머 이런 일을 경영한다고 해서 잃은 나라를 당장 찾을 수 있는 것도 아니겄고 왜군이 물러갈 기라는 생각도 없십니다만 부모가 돌아가시도 곡을 하는 법인데 나라가 죽은 거나 진배없으니, 자겔(自決)을 하는 것도 충절이겠지마는 죽기로 작정하고 싸우보는 기이 지금은 도리가 아니겠십니까. 이분에 우리 군사들도 이길 기다, 살아남을 기다 하는 생각으로 왜군하고 대적한 거는 아니니께요. **4권 354~355쪽**

이유 없음, 다만 내가 해야 할 일임을 천명하는 사람 앞에서 그를 대적할 수 있는 것은 없습니다. 해야 하는 일이 있고 그 결과 따위도 개의치 않는다고 하기 때문이지요. 그래서 윤보는 언제 어디서나 누구 앞에서나 거리낌 없을 수 있었습니다. 천민 목수,

곰보 목수, 혈혈단신 무식꾼이었지만 그는 누구보다도 귀한 삶을 살다가 갔습니다. 그 때문일까요. 죽은 후에 윤보만큼 줄기차게 회상되고, 사람들에게 회자되는 인물도 드뭅니다. 『토지』의 전체 이야기에서 5분의 1 정도의 지점, 1부 말미에서 의병활동을 하던 윤보가 죽는 장면이 나오는데, 전 20권을 통틀어 『토지』의 이야기가 끝날 때까지 윤보에 대한 언급은 계속됩니다. 간도에서 김훈장은 "그자가 죽지 않고 이곳(간도)에 함께 왔었더라면…… 의병장 홍범도만큼이야 할까마는 거 재목이 컸는데……"라고 윤보를 그리워하고, 길상이는 힘들 때마다 윤보를 생각합니다. "니는 모른다. 니는 몰라. 하늘을 쳐다보고 뫼까매귀 소리를 들으믄서, 야 이놈아아야 방구석에서 죽는 것보담, 죽으믄서 계집 새끼 치다보믄서 애척을 못 끊는 불쌍한 놈들보다 얼매나 홀가분하노"라고 마지막 말을 남기던 그의 모습을 생생하게 되살려봅니다. 그때 윤보의 몸에서 "피비린내 땀내음이 풍겨왔으나 윤보의 눈은 맑았고 빛이 있었"던 것, "추한 평소의 그 얼굴이 부처님같이" 아름다웠던 것을 잊을 수 없다고 말합니다. 그뿐만 아닙니다. 세월이 흘러 노인이 된 사람들도 한평생을 돌이켜봐도 윤보만 한 사람이 없었다, 아무리 생각해봐도 내 평생 제일 부러운 사람은 윤보목수라고 입을 모읍니다. 심지어 이야기는 많이 들었지만 윤보를 직접 본 적은 채 몇 번이 안 된다는 조병수까지도 말입니다. 병수는 윤보목수를 웃어도 슬펐던 사람, 울어도 태평스러웠던 사람, 천심으로 살다가 천심으로 떠난 사람이라고 되새기는 것이었습니다.

이유

있는 그대로의 천진한 사람

평사리에 윤보가 있었다면, 간도에는 주갑이가 있습니다. 직업도 외모도 다르지만 묘하게도 꼭 닮은 느낌이 드는 인물입니다. 주갑이는 윤보처럼 지도력이 있거나 무게감이 느껴지는 인물은 아닙니다. 하지만 윤보처럼 매인 데 없고 거침없이 활달하고, 유쾌하고, 겉과 속이 똑같고, 굉장히 긍정적입니다. 예전에 어느 인터뷰에서 박경리 선생께 『토지』에 나오는 인물 중 누구에게 가장 애정이 가느냐고 물었더니, 주갑이라고 답했다는 일화도 있습니다. 이런 주갑이가 간도에서 제일 처음 만난 사람이 용이입니다. 우연히 용이에게서 담배와 주먹밥을 얻어먹고는 그를 따라 평사리 사람들이 모여 사는 용정으로 옵니다.

어느 일요일, 홍이가 주갑이를 따라 나섰을 때입니다. 잘생긴 아버지 용이와 달리 볼품없는 외양에 "시꺼멓게 담뱃진에 절은, 들쑥날쑥한 이빨을 드러내놓고 웃는" 주갑인데도, 홍이는 주갑이

가 좋습니다. 아버지처럼 무섭지 않아서 좋았고 엄마들(임이네와
월선이) 앞에서처럼 눈치를 보지 않아도 되기 때문에 좋았습니다.
그가 하는 말이면 어쩐지 우습고 재미가 났습니다. 그래서 누가
시킨 것도 아닌데, 홍이는 주갑이를 따라나선 겁니다.

　강가로 온 주갑이는 밀린 빨래거리를 꺼냅니다. 홍이가 왜 아
저씨가 빨래를 하느냐, 빨래는 여자들이 하는 거지, 남자가 하는
일이 아니다 하며 깜짝 놀랍니다. 그랬더니 주갑이가 남자가 하
면 뭐 어떠냐며 웃습니다. "그 따위 소린 약은 버러지가 허는 말
인디, 공자 왈 선비들 양기가 모자래서 엄살 떤 거란 말씨"라고
하면서 말입니다. 이후 홍이가, 시골로 떠나자는 아버지의 말 때
문에 걱정이라는 고민을 주갑이에게 털어놓습니다. 나는 친구들
과 나중에 독립운동을 하자고 비밀리에 약속을 했는데, 열심히
공부해야 그런 훌륭한 사람이 될 터인데 시골로 가면 학교도 없
다는데 어쩌면 좋겠냐는 겁니다. 이때 주갑이가 아주 의미심장한
말을 합니다.

　"하지마는 촌에 가서 공부도 안 하고 촌놈 되믄 말을 우찌 탈 기요?
총은 우찌 쏘고? 우리 선생님이 그러는데 배워야 나라를 찾는다고."
　"제에기럴! 아따아아 안 배워도 동학난리 때 이 주갑이 총 쏘았단
께. 말이사 안 타보았지마는, 자고로 식자우환이란 말이 있덜 않더라
고? 니 거 무른 대가리에 식자깨나 들었다고 벌써 우환인 기여. 하늘
보고 땅 보고 철기를 알면 세상 이치는 거기 다 있다 그 말인디. 에라
모르겄다." 6권 30쪽

『토지』를 읽던 어떤 학생이 주갑이에게 눈길이 간다면서, 그가 나중에 뭔가 큰일을 할 것만 같다고 기대감을 드러내기에, 제가 그랬습니다. 주갑이는 아무 일도 하지 않습니다, 라고. 실제로 주갑이가 『토지』에서 사건을 일으키거나, 그와 관련된 행동을 하는 일은 거의 없습니다. 그가 제일 잘하는 것은 쩌렁쩌렁하게 노래 부르는 일입니다. 그는 타고난 소리꾼입니다. 주갑이가 한 맺힌 목소리로 새타령을 부르면 사람들은 저도 모르게 눈물을 닦고, 그가 소리자락에 맞춰 긴 팔을 펴며 춤을 추면 사람들은 보잘것없는 한 인간이 홀연 고귀한 모습으로 보이는 그 광경을 넋 놓고 바라봅니다. 또 주갑이라는 인물은 존재 자체가 가장 기쁜 사람입니다. 삶 자체가 긍정적인 사람입니다. 홍이가 그랬지요. 어쩐지 주갑이 아재를 보면 기분이 좋아진다고, 별로 우스운 이야기도 하지 않는데 왠지 웃음이 난다고.

—— '주갑이'가 살아가는 방식

이런 주갑이가 살아가는 방식은 세상에서 통용되는 기준과는 별 상관이 없습니다. 빨래는 여자가 한다, 남자는 이래야 한다 등등에 대해 주갑이는 자신이 필요하면 하는 일이고, 내가 뭘 하든지 아무 거리낌이 없는 사람입니다. 공부하는 것은 하늘과 땅, '철기'(계절) 같은 자연에서 체득하는 것이라고 생각합니다. 이때 주갑이가 말하는 공부는 앎입니다. 그런데 왜 식자우환, 즉 지식이 많으면, 아는 게 많으면 고민이 많은 걸까요.

독립운동을 예로 들어 생각해봅시다. 내가 지금 독립운동을 하는 게 무슨 의미가 있을까요. 폭탄을 들고 가서 이토 히로부미를 암살할 것이다. 그런다고 독립이 된다는 보장이 있습니까. 3·1만세운동. 모두가 나가 만세 부르면, 일제 총독부가 아이고 무서워라 하면서 조선 독립하라고 선뜻 물러난답니까. 그때 당시 만세를 부르면 독립이 될 수 있다고 믿고, 그렇기 때문에 만세운동에 참가해야겠다고 생각한 사람이 과연 있었을까요. 혹은 폭탄 거사를 앞두고, 내가 역사에 길이길이 남을 인물이 될 거라고 확신할 수 있었을까요. 만약 만세를 부른다고, 적을 암살한다고, 습격한다고 그런 일들로 인해 조선독립이 되리라 생각한 사람이 있었다면, 그는 지나치게 순진하거나 과장된 영웅심리에 사로잡힌 사람일 겁니다. 한발 양보해서 대한 독립이나 국내외 정세 변화까지는 아닐지라도, 한 사람의 희생으로 다른 사람들을 각성시키는 일 정도는 가능하지 않을까 싶지만 그조차도 확신할 수는 없습니다. 그렇게 될지 안 될지는 그 누구도 알 수 없습니다.

내가 하는 일이 어떤 의미가 있고, 어떤 효과가 있고, 그래서 어떤 결과가 나올 수 있을까, 그래서 내가 할까 말까를 따지는 방식…… 이게 굉장히 합리적이고 논리적이고 이성적인 지식인의 태도처럼 보이지만, 냉정히 말하자면 그건 '계산'의 행위에 다름 아닙니다. 내가 다섯이라는 노력을 했을 때 과연 그 결과는 다섯 이상이 될까, 즉 내게 손해가 되는지 이익이 되는지를 계산하는 것이지요. 생각을 한다는 건 어떤 의미에서는 나의 이익을 따지는 방식일 수도 있습니다. 바로 지식이 부정적으로 작동하는 방식입니다.

"안 배워도 독립운동 하고, 일자무식이어도 나는 동학운동 했다"라는 주갑이의 말을 다시 떠올려봅시다. 어떻게 그럴 수 있었을까요. 주갑이라는 사람은 자기 삶을 그냥 살아갑니다. 그냥 살아간다는 것은 행위 그 자체의 온전함을 이야기합니다. 우리가 무엇인가를 해나가는 것 자체, 실천한다는 것 자체가 삶이라는 것을 보여줍니다.

이런 주갑이가 통포슬 용이네 집에서 강우규란 독립운동가와 만납니다. 그는 역사상 실존인물로, 1911년 북간도로 망명한 독립운동가이자 한의사였습니다. 3·1운동이 실패로 돌아가자 그해 9월 조선에 부임하는 일본 총독 사이토 마고토에게 수류탄 투척 의거를 일으킨 분입니다. 특히 그 의거 당시 강우규 의사가 예순을 훌쩍 넘긴 노인이었다고 합니다. 이런 인물이 『토지』에서는 주갑이가 급체를 했을 때 치료해주는 한의사로 등장합니다. 그런데 흥미로운 것은 『토지』에 드러나는 강우규의 역사적 행적보다는 주갑이의 모습입니다.

주갑이의 급체 사건은 굉장히 우스운 장면인데요, 간도를 찾아온 기화(봉순)가 용이에게 고기를 사 들고 온 데서 시작되었습니다. 욕심 많은 임이네가 손님들 몰래 고기를 숨겨놓습니다. 그게 얄미워서 주갑이는 부엌을 뒤져 그 고기를 혼자 먹어치웁니다. 그때 부엌으로 들어선 기화를 보고 화들짝 놀란 주갑이가 변명합니다. 저 여자(임이네)가 얼마나 흉악한 여자인지 아냐, 내가 이거 안 먹으면 이 고기 절대 아무도 안 주고 저 여자가 다 해치울 거다, 그래서 내가 먹어서 없애버려야 한다, 이렇게 말한 겁니다. 그런데 주갑이가 꽤 많은 양의 고기를 급히 먹어버린 탓에 심하게 체해 정신을 못 차리게 되자, 주위 사람들이 강의원을 모셔옵니다. 주갑이는 침을 맞고 가까스로 진정됩니다. 이때 침을 놓는 장면도 굉장합니다. 침을 한 번 놓으니까, 위쪽으로 끄윽 트림하고, 또 한 번 침을 놓으니까 밑으로 빠바방 방귀를 뀌고, 그러고 나서 주갑이는 아이구, 살겠다고 큰 소리를 내면서 일어나 앉습니다. 이후 강우규는 용이네 집에 모인 사람들에게 독립운동에 대해 일장 연설을 하다시피 열정적으로 말을 이어갑니다. 진심 어린 그의 이야기에 사람들은 크게 감동합니다. 그들 중 주갑이는 그 감동을 행동으로 냅다 옮깁니다.

"선상님 따라가겄거만이라우."

〔중략〕

"덮어놓고 그러면 쓰나."

"어차피 지는 덮어놓고 살아왔인께요. 선상님 따라갔다가 여의찮으면은 돌아올 것이여. 저그 성님들이 나를 안 받아줄 이유도 없인께."

〔중략〕

"그렇지만 온다간다 말도 없이 나오다니."

"나는 본시 그런 놈이여라우."

주갑은 묘하게 수줍은 몸짓을 한다. <u>7권 279~280쪽</u>

── 반할 정도로 예뻐 보이는

강의원을 따라 서울까지 온 주갑이는 이후 그의 뒷바라지를 자처하고 독립운동을 돕습니다. 강우규를 스승으로 모시다시피 하면서 따라다니는 모습은 눈물겨운 순정이자 의리이며 주갑이의 삶을 가장 잘 보여주는 부분이기도 합니다. 강의원이 처형당한 날, 가죽과 뼈뿐인 듯 여윈 얼굴의, 사십을 훨씬 넘긴 사내 주갑이가 흐느껴 웁니다. 한밤중에 그것도 부지깽이 들고 쫓아오는 어미를 피하여 도망쳐 온 소년처럼 담벼락에 붙어서 굵은 눈물을 뚝뚝 떨어뜨리며 울고 있습니다. 딱하면서도 어쩐지 이상스러운, 어쩌면 우스꽝스럽기까지 한 그 모습에서, 그러나 그렇게 맑을 수가 없는 눈이, 슬픔에 가득 찬 눈이 빛나는 주갑입니다. 이후, 다시 간도로 돌아온 주갑은 이렇게 자신의 삶을 되돌아봅니다.

"성님, 몽다리귀신도 그리 나쁜 거는 아니란 말씨. 한이 많은 것도 반드시 불행한 거는 아니여라우. 나는 한평생을 이리 살았는디 그래도 후회는 허지 않소. 내 옆에 지금은 없지마는 보고 접은 사람도 많고 나헌티 잘혀준 사람도 많고…… 허허헛, 답댑이 그놈의 계집허고만 인연이 없는 것이 자다가 생각혀봐도 억울허고 눈물 나는디 지내 놓고 보이 그것도 견딜 만했지라우. 이 만주 바닥으로 흘러 들어오길 잘혔지요."

"미친놈, 내 땅 두고 쫓겨온 신세가 뭣이 잘한 일인고? 흥, 미친놈."

"서러운 사람이 많으면 위로를 받는께. 나보담도 서런 사람이 많은께 세상을 좀 고맙기 생각허게도 되제요. 조선에 남았으면 그 더런 놈의 왜놈우 새끼 똥닦개나 됐일 것이오. 누가 뭐라 뭐라 혀도 여기 온 사람들, 나쁜 놈보담이사 좋은 사람이 많질 않더라고? 이 주갑이야 본시부터 사람도 재물도 없는 혈혈단신, 잃을 것이 개뿔이나 있었 간디? 사람 잃고 재물 내버리감시로 설한풍 모진 바람 마시가며 내 동포 내 나라 생각허고 마지막 늙은 목숨 바친 어른들 생각허면…… 목이 메어 강가에서 울 적에 별도 크고오 물살 소리도 크고 아하아 내가 살아 있었고나. 목이 메이면 메일수록 뼈다귀에 사무치는 설움, 그런 것이 있인께 사는 것이 소중허게 생각되더라 그 말 아니더라 고?" 12권 121~122쪽

이런 그를 두고, 사람들은 '저 사내는 전생에 새였을까? 노송 위에 홀로 앉은 한 마리 학이었을까?'라고 의아해하고, 저 볼품 없이 뻬쩍 마른 '저 사내 어느 구석에 저리 귀한 곳이 있었던고? 반하게 예뻐 보이는' 데 놀라움을 감추지 못합니다. 서럽고 힘든 가운데에서도 사는 것의 소중함을 찾아내는 사내, 이 어찌 귀한 존재가 아니겠습니까.

이유

『토지』에 나오는 인물 중에는 '무엇무엇 때문에', '내가 이러저러하기 때문에'라는 말을 입에 달고 살아가는 사람들이 있었습니다. 논리를 가장한 그 삶의 방식이 어이없게도 가장 비논리적임을, 그리고 그들의 모든 이유는 자기 자신이 아닌 남에게서, 외부에서 찾는다는 문제를 보았습니다. 그렇다면 이 해결책은 비교하지 말자, 나 스스로 충만하게 살자, 이렇게 마음먹으면 되는 것일까요. 아니면 나는 괜찮다, 내가 옳다, 라고 믿는 일종의 '정신승리'를 하면 되는 것일까요.

중국의 혁명가이자 작가인 루쉰의 소설 중 『아큐정전(阿Q正傳)』이라는 작품이 있습니다. 『아큐정전』의 주인공 '아큐'는 동네 깡패들에게 흠씬 얻어맞고 나서 "나는 아들한테 맞은 격이다. 아들뻘 되는 녀석과는 싸울 필요가 없으니, 나는 정신적으로 패배하지 않은 것이다"라고 계속 중얼거립니다. 아무에게도 들리지 않을 혼잣말을 반복하며 마음이 편안해집니다. 그래서 현실에서는 패배했지만 정신적으로는 승리했다며 스스로 만족해합니다.

이러한 '정신승리'는 자존감을 회복하고 자기 근거를 확보하는 방법일 수도 있지만, 현실과 상관없이 자기 생각 속에서만 존재하는 가짜 만족일 가능성이 더 높습니다. 이유나 원인을 따지지 않는다는 것이 이런 '정신승리'를 말하는 것은 결코 아닙니다. 자기와 타협하고 스스로를 합리화하자는 것도 아닙니다. 이유나 원인이 없다는 것은 어떤 일이나 행동을 그 자체를 목적으로 삼자는 겁니다. "하늘에는 별이 반짝이고, 내 가슴속에는 이성이 빛난다"라는 칸트의 정언명령이 그러하지요. 칸트니 정언명령이니 하는 말의 무게감이 부담스러울 수도 있습니다만, 그 내용을 찬찬히 살펴보면 굉장히 흥미롭습니다.

── '정신승리' 말고 정언명령을

과거 사람들은 신에 의해 모든 것이 결정지어진다고 생각했고, 그래서 신 즉 외부 기준에 자신의 삶을 맞추고자 노력했습니다. 그러나 칸트는 누구에게나 다 이성이 있다, 그렇다면 내가 결정해서 내가 원하는 대로 살아가야 하지 않느냐고 합니다. 이성을 사용해서 살아가는 사람, 그를 두고 '주체'라고 불렀습니다. 이런 전제에서 칸트는 정언명령을 내세웁니다. 이때 명령이란 그렇게 해야만 한다는 절대성을 뜻하고, 정언명령은 조건이 없는 무조건적으로 해야만 하는 것을 의미합니다. 즉 어떤 이유나 원인 때문이 아니라, 그걸 해야 한다는 것 자체가 목적이 되는 방식입니다.

이유

마이클 샌델은 칸트의 정언명령을 설명하면서 이런 사례를 제시합니다(『정의란 무엇인가』, 김영사, 2010). 어떤 사람이 친구에게 돈을 빌리려고 합니다. 사실 그는 그 돈을 갚을 능력이 없습니다. 하지만 그 돈이 너무나도 필요합니다. 그래서 친구에게 미안해하면서도, 돈을 빌려주면 일주일 혹은 한 달 안에 꼭 갚겠다고 거짓말을 하고 돈을 빌립니다. 이때 돈을 빌리는 사람이 옳지 않다고 비판하는 것은 그가 거짓말을 했기 때문이 아닙니다. 거짓말은 도덕적인 문제이지, 그 자체가 절대 해서는 안 되는 일이라 말하기는 어렵습니다. 또 거짓말을 하고 돈을 빌리면 다른 사람들도 그렇게 할 것이고, 결국에는 모든 사람이 다 거짓말을 할 것이니 이 사회가 어떻게 되겠느냐며 비판하는 것도 온당치 못합니다. 일어나지 않은 일을 예상해서 비판의 근거로 사용할 수는 없으니까요.

이 문제의 핵심은 친구를 목적으로 대하지 않았다는 데 있습니다. 친구를 수단으로 이용했다는 겁니다. 돈을 빌리는 것과 친구에게 부탁하는 것 중 무엇이 목적이었느냐는 겁니다. 거짓말로 돈을 빌린 그 사람의 목적은 사실상 돈이었습니다. 돈 빌리는 게 목적이었기 때문에 거짓말이든 참말이든 친구를 이용했습니다. 다시 말하자면, 친구에게 거짓말을 했기 때문에 잘못이라는 게 아니라 돈이라는 목적을 위해 친구를 수단으로 이용했기 때문에 잘못되었다는 것이지요. 만약 이때 잘못인지는 알지만 나에게는 돈이 너무나 필요했어, 그때 나는 그 어디에서도 다른 방법을 찾을 수 없었어, 나는 너무나 절박했어, 걔는 내 친구니까 이런 나를 이해해줄 거야, 누구나 인생에서 이런 실수 한 번쯤은 하잖아, 나는 이 돈이 없으면 큰일이 나니까 어쩔 수 없었어 등등의 이유를 끌어대 스스로를 변명한다면 어떨까요. 바로 이것이 '~ 때문에'라면서 이유와 원인으로 자기 삶을 합리화하는 모습에 다름 아닙니다.

마이클 샌델이 설명했던 사례를 하나 더 살펴보겠습니다. 어느 환자가 시한부 인생을 선고받고 나서, 병으로 인한 극심한 고통을 견디기 힘들어합니다. 혹은 환자가 아니더라도, 지금 자기 삶에 전혀 희망이 없고 너무나 괴로운 지경에 놓인 사람이 있다고 가정합시다. 이런 사람들이 자살을 선택한다면 이것은 어떻게 판단해야 할까요. 너무 힘들기 때문에, 너무 고통스럽기 때문에 죽음을 선택할 수밖에 없다는 것은 그 또한 이유와 원인을 외부로부터 가져와서 자기 삶을 수단으로 만들어버리는 일입니다. 칸트와 마이클 샌델에 따르면, 그 사람의 자살은 죽음을 목적으로 한 행동이 아닙니다. 그에게 자기 목숨은 고통을 벗어나기 위한 수단이었고, 그의 진짜 목적은 고통에서 벗어나자는 것이었습니다. 결과적으로 그는 인간의 목숨을 수단으로 썼기 때문에 그것이 잘못이라고 합니다. 물론 이런 설명은 전적으로 논리적 이론의 영역에서 유효한 것이긴 합니다. 인간이 죽음을 선택할 만큼 고통스러웠다는 그 괴로움 앞에서 어느 누구도 잘잘못을 따지고 들 수는 없으니까요.

이유

수단이 아닌 목적을 중시하는 삶, 이유와 원인을 따지지 않는 삶은 『토지』에서도 분명하게 등장합니다. 한복이네 이야기입니다. 그가 독립운동 군자금 운반을 위해 간도에 갔을 때 일본 순사 부장인 형 김두수를 만났더랬습니다. 세상 그 누구도 믿지 않는 김두수였지만, 어린 시절 아비의 처형과 그보다 더 처참했던 어미의 자살을 같이 겪었던 동생 한복에게만은 애틋한 감정을 드러냅니다. 한편 한복의 아들 영호는 한때 독립운동에 참가하기도 했지만, 그로 인한 감옥살이 이후 계속 방황하면서 괴로워합니다. 고민 끝에 서울로 가서 공부를 해야겠다며 큰아버지 김두수의 경제적 도움을 받고 싶어합니다.

"동생들도 있고 농사만 지어서 되겠습니까. 공부한다고 해서 다 친일파 되는 것도 아니겠고, 큰아부지 신세 진다고 해서 친일파 되는 거는 아닌께요."

〔중략〕

"아버지는 뭔가 잘못 생각하고 계신 것 같습니다. 저는 다만 좋지 않게 얻은 돈이라 할지라도 유용하게 이용하는 것이."

"이용을 해?"

"네. 남자로 태어나서 뜻을 펴볼라면 중단한 학업을 계속하자 생각한 것뿐입니다."

"남자의 뜻이 멋고? 돌아가신 어머님께서 남자의 뜻이란 대로(大道)를 걷는 기지 잔재주 부리감서 지름길로 가는 거 아니라 하셨다.

길이 아니믄 가지 마라. 그런 말도 하신다."

〔중략〕

"그라고 또오. 있다. 아무리 형이 막돼묵고 해독을 끼치는 사람이라 캐도 니한테는 큰아부지다. 안팎이 다르게 두 가지 맘을 묵고, 그거는 사람이 하는 짓이 아니다. 이용을 하다니 그기이 어디 될 말가. 그라믄 니는 이 애비도 이용을 해묵을 기가?"

"……" 15권 281~285쪽

한복은 큰아버지가 어떻게 돈을 벌었는지 알면서도 그걸 받아 쓸 생각을 하느냐고 아들을 꾸짖습니다. 일본 순사부장으로 출세 (?)한 큰아버지이니 그의 돈은 조선 민족을 팔아넘기고 받은 대가라는 거지요. 이에 대해 영호는 좋지 않은 돈이라 할지라도 '유용하게 이용'할 수 있지 않냐, 나는 그 돈으로 공부해서 좋은 일을 할 수 있다, 하는 나름의 계획을 논리적으로 펼칩니다. 이런 영호에게 한복은 묵직한 한마디를 남깁니다. 정의로운 길, 큰 뜻 등의 가치판단보다 더 근본적이고 중요한 사실이 있다고 깨우쳐줍니다. 그것은 무엇보다도 사람을 이용해서는 안 된다는 것입니다. 설사 그 사람이 아무리 나쁘다 할지라도 인간은 누구나가 존엄하며, 그래서 그 어떤 경우에라도 사람을 수단으로 써서는 안 된다는 것입니다.

정언명령이니 윤리법칙이니 하는 논리나 학문과 그 아무런 접점이 없는 한복입니다. 어린 시절에 부모를 잃고 하나뿐인 형과도 헤어져 고아처럼 살았습니다. 살인 죄인의 자식이라 천대받고 멸시받으며 겨우 살았습니다. 어린것이 명도 길다고 비아냥거리던 저주 같은 그 말마따나 어린 한복이가 어찌 목숨을 부지했는지 신기할 정도입니다. 이 극악한 상황을 거쳐온 한복은 놀랍게도 인간다움이 무엇인지를 생생하게 보여줍니다. 그것은 사람을 존중한다는 것 그리고 누구나 평등하다는 것, 지극히 단순하면서도 지극히 높은 가치입니다. 이 앞에서 영호는 꿀 먹은 벙어리처럼 말문이 막힐 수밖에 없었지요.

우리는 자기 생각을 말과 행동으로 드러냅니다. 그런데 우리는 때때로 나는 그럴 뜻은 없었어, 어쩌다 보니 이렇게 되었어, 나는 이렇게 행동하고 싶지 않았어, 원래는 이러했어, 지금 나는 이렇게 하지만 사실은 이런 사람이야 등등 끊임없이 외부와 내면의 사이를 벌려놓습니다. 정언명령을 말한 칸트라든지 자기원인을 말한 스피노자 등의 사상가들이 우리에게 문제 제기하는 부분이 바로 이 지점입니다. 동양철학에서는 흔히 이렇게 이야기하지요. 말하는 것과 행동하는 것을 일치시키라, 내 삶에서 간극을 만들지 말라고 말입니다. 이와 마찬가지로 정언명령이나 자기원인도 우리 삶에서의 합일점, 일치점을 생각하게끔 해줍니다.

내가 원하는 것이 있으면 그것 자체가 목적이 되어야 하고, 내가 말한 게 있으면 그것 자체가 나이고, 행동한 게 있으면 그 행동 자체가 나인 것, 딱 그만큼이 나이고, 나의 삶이지, 그것을 넘어서는, 혹은 그 뒤쪽에 다른 무엇이 있을 수 없습니다. 결국 목적으로서 우리가 살아간다고 할 때, 우리의 삶은 개개인마다 아주 고유하고 특별한 그 무엇이 됩니다. 어떤 것도 비교할 수 없습니다. 왜냐하면 내 삶은 내가 살아가는 나의 목적이고, 너의 삶은 너의 목적으로 살아가는 것이니까요. 각각의 목적과 각각의 삶이 다 다르기 때문에 그야말로 비교 불가능한 '나'인 것입니다.

9

국가

할라 카믄 누구든
할 수 있는 일,
안 할라 카믄 누구든
안 할 수 있는 일

나는 왜 국가를 사랑해야 할까

가끔 대학생들에게 농반 진반 질문을 던집니다. 왜 우리는 나라를 사랑하고, 부모를 사랑하는 걸까. 왜 그 사랑을 의무나 책임이라 말하는 걸까. 내가 선택해서 이 나라에 태어난 것도 아니고, 부모를 선택한 것도 아니잖아. 태어나보니 대한민국이고, 태어나보니 내 부모인데……. 이런 말을 듣는 학생들의 표정이 당혹스러워 보입니다. 슬며시 우스갯소리를 덧붙입니다. "여러분이 그래서 부모님께 이렇게 대들곤 하지요? 누가 낳아달라고 했냐고. 그런데 말입니다. 그건 피차일반이에요. 부모도 이런 자식이 태어날지는 몰랐거든요. 서로가 선택할 수 있는 일이 아니었단 말입니다." 피식거리는 웃음소리가 여기저기서 나옵니다. 저는 다시 학생들에게 묻습니다. "그래요. 부모님에 대한 사랑은, 내가 선택하지는 않았지만 갓난아기를 지금껏 먹여주고 키워주었으니 그 대가(?)라고 칩시다. 하지만 국가는 좀 다르지요. 태어나보니 대한민국이었긴 합니다만, 나라가 내게 뭘 해주었는지는 감지하기가 쉽지 않습니다. 심지어 해외 교포한테도 왜 조국 사랑을 운운하는 걸까요. 도대체 왜 나는 '나라'를 사랑해야 하는 걸까요."

——— "사람이라도 잡아먹고 싶은 심정"인데?

이 질문에 대한 답을 『토지』로부터 구해보고자 합니다. 1897년을 시발점으로 삼은 『토지』는 조선-대한제국-일제강점, 즉 혈연적 공동체로부터 식민지 근대로 강제합병을 당하는 과정을 고스란히 보여줍니다. 역사적 이행 단계로 보자면 봉건제 국가의 백성/신민(臣民)으로부터 인민/시민/국민으로의 근대적 변화가 일어나야 하지만, 식민지로의 강제병합은 이 모든 것을 무산시켰습니다. 그런데 말입니다. 나라가 망했다는 소리는 들려오는데 정작 사람들에게 체감되는 모습은 저마다 다릅니다.

조선의 권력주체였던 양반들에게 나라는 자신과 동일시됩니다. 나라가 망한 것은 곧 내 목숨을 빼앗기는 거나 진배없습니다. 실제 그 당시 을사늑약 이후 민영환, 조병세, 홍만식 등이 자결했고, 『토지』에서도 그들의 이야기가 전해집니다. 유생과 양반들의 자결 소식을 전해들은 김훈장 또한 "나라 없는 백성이 어디 있으며 나라 잃고 살아 무엇 하겠느냐!" 하며 통곡합니다. 그런데 평사리 사람들 대부분은 이와는 좀 다릅니다. 국가 상실에 맞닥뜨려 그들은 무슨 일이 벌어진 것인지 어리둥절해합니다. 평사리 농민 대부분은 넉넉지 않은 형편의 소작농입니다. 그나마 소작농에도 못 미치는 하인과 천민도 허다합니다. 그들은 나라를 잃었다는 것이 대체 무슨 일이 일어났다는 이야기인지 이해하지 못합니다. 그저 큰일이 벌어졌다는 불안만을 느낄 따름입니다. 더구나 이런 큰일 앞에 자신이 어찌해야 하는 것인지는 더더욱 알 수 없습니다.

"그런 일〔나라를 찾는 일〕이사 양반들이나 유식한 사람들이 하는 일이제. 우리네 겉은 상사람은 그저 일이나 꿍꿍 하고, 그 양반들이사 나라 은덕도 많이 입었고 벼슬자리도 살았고 영화도 누렸이니…… 자손만대꺼지 백정은 백정으로 살아야 하고 무당은 무당으로 살아야 하고 노비는 노비로 살아야 하는데 어느 세상이라고…… 무신 좋은 일이 있일 기든고? 상놈들이 해서 되는 일 하나 없었고, 떼죽음당한 것밖에는 머가 있었노."〔월선〕 <u>5권 370쪽</u>

"목구멍이 포도청인데 삼시 세 끼 죽물이라도 먹어야 애국자도 되고 양심가도 되지. 나도 공노인만큼 지반 잡고 산다면야, 그 늙은이보다 더한 양심 찾고 애국자도 되겠다! 제에기, 제에기랄! 지금 같애서야 왜놈 아니라 왜놈의 할애비라도 좋다! 우리 식구 먹여만 살려준다면, 이 나이 해가지구서 기저귀 차는 어린것부터…… 생각만 하면 눈앞이 캄캄한데 그것 찾고 이것 찾고, 언제? 우리가 잘못해 나라를 잃었나? 빌어먹을, 참말이지 사람이라도 잡아먹고 싶은 심정이다!"〔간도의 권서방〕 <u>8권 121쪽</u>

봉건제 사회인 조선에서부터 피지배층이었고, 현재도 권력이

국가

나 자본이 없는 하층민인 이들은 자신의 삶과 집단(국가)의 관계를 쉽게 접합시킬 수가 없습니다. 접합은커녕 나와 이어지는 관계가 성립하는지 아닌지도 확신하기 어렵습니다. 그래서 국가 상실이라는 대사건이 부정적인 것임에는 틀림없지만, 나와 무슨 상관인지 답하기 어렵습니다. "삼시 세끼 죽물이라도 먹어야" 애국도 하는 거지, 내가 굶어 죽을 판에 나라 걱정은 가당치도 않아 보입니다.

"나하고 무슨 상관이냐?"라는 이 소박한 질문은 스스로 가치를 추구하는 첫 단계라는 점에서 대단히 중요합니다. 비록 이 질문이 진지한 문제 제기라기보다는 신세한탄에 머무르는 경향이 다분하지만, 그럼에도 불구하고 이것은 개인과 집단의 관계를 탐색하는 시도이기 때문에 의미가 있습니다. 내 생각으로부터, 내가 스스로 생산해낸 가치야말로 지속적으로 실천 가능한 힘을 가질 수 있기 때문입니다.

하지만 질문의 이런 유용함에도 불구하고, 이들 질문자는 답을 찾는 데 노력을 기울이지 않습니다. 아니, 노력할 수가 없습니다. 그들은 대부분 '목구멍이 포도청'이라는, 생존 자체가 절박한 소작농이나 천민이기 때문입니다. 자기 존재 자체가 위협받는 상황에서 그 어떤 질문/탐색도 추상적일 수밖에 없습니다. 살아야 한다는 절박함이 다른 모든 것을 압도해버리는 것입니다. 물론 이처럼 질문으로 그치는 것이 정말로 생존의 절박함 때문인지 현실 추수/순응 탓인지는 세심하게 구별할 필요가 있습니다. 지식인-양반 계층의 경우 후자에 좀 더 가깝기 때문이지요.

『토지』에서 어느 청년 지식인은 독립운동에 뛰어든 아비에게 이렇게 반문합니다. "총칼을 들고 독립투쟁을 외치지만…… 국경지대 일본 수비병을 습격한다 해서, 이등박문[이토 히로부미] 같은 자가 몇 놈 죽어 자빠진다 해서 일본은 터럭 하나 까딱하겠습니까?"라고요. 물론 이는 아버지에 대한 반발심에서 비롯된 것이긴 합니다. 아버지가 가담한 독립운동을 의도적으로 폄하하려는 심리에서 잔뜩 비꼬인 말을 내뱉은 거지요. 하지만 우리 역사에서는 실제로 이와 비슷한 말들이 허다하게 등장했었습니다. 실현 가능성을 계산하며 힘의 논리에 순응하는 지식인의 말과 모습 말입니다. 그들은 지금_여기에서 우세한 힘과 그에 대한 승인_추종으로 자신을 합리화했습니다. 그래서인가요. 지식인 계층에서 국가와 민족에 대해 질문하는 경우는 현실에서나 『토지』에서나 퍽 드뭅니다.

왜 '나라'를 사랑해야 하는가, 라는 질문 앞에서 제일 먼저 떠오르는 말은 '우리는 한 민족'이라는 모토입니다. 한 민족, 한 나라 그리고 그 '하나'가 나를 포함한 '우리'가 만들어낸 절대적 범주입니다. 이 절대성은 나라에 대한 무조건적 긍정으로 이어집니다. 특히 우리나라에서는 인종이 같다는 차원을 넘어서 같은 혈통, 심지어는 같은 조상을 가진 단일민족임을 강조해왔습니다. 학자들에 따르면 다른 지역에 비해 한반도의 혈연적·문화적 동질성이 상대적으로 더 높은 것이 사실이지만, 단일 혈통의 공동체가 현실적으로 존재하려면 자가교배나 근친교배를 하지 않고서는 불가능합니다. 사실상 단일민족이란 현실적 실체가 아니라,

공동체의 동질성을 강조하기 위한 수사적 표현에 지나지 않는 것이지요.

　하지만 조선-대한제국으로 이어지는 과정에서, 국가 상실을 경험한 식민지인의 입장에서 '단일민족'이란 깃발은 너무나도 절실했습니다. 더구나 일본은 식민통치 기간 내내 내선일체(內鮮一體)나 일선동조론(日鮮同祖論)처럼 일본과 조선이 사실상 같은 혈통이라며, 조선민족말살 정책을 주도했습니다. 이 때문에 단일민족이 강조한 '하나의 핏줄'은 그 자체가 반식민주의 이데올로기 기능을 했으며, 대중 사이에서 긍정적 함의를 가졌던 것이지요. '우리'만의 순수성을 옹호하는 그 논리를 통해 집단의 내부결속을 강화할 수 있었기 때문입니다. 그래서 한 치의 의심도 없이 내 나라, 내 겨레를 향해 피가 끓어오르는 숭고한 애국심도 가능해지는 겁니다.

── '애국'이라는 습관

　평사리의 향반(鄕班) 김훈장이 바로 그러한 사람입니다. 을사늑약이 체결되고 양반·유생들이 죽음으로 항거, 결국 자결했다는 소식이 전해지자 김훈장은 피를 토하듯이 울부짖습니다. 나라가 없는데 백성이 있을 수 없다는 김훈장의 논리는 국가와 나를 동일시하는 것이며, 나아가 그는 양반 된 입장에서 책임을 강조합니다. 이듬해 삼월 하순경 김훈장은 인근에 있는 몇 사람과 함께 의병대를 조직한다며 마을을 떠납니다. 이후 군자금과 군량미를 모으며 일을 도모하려 했지만 결국 실패하고 맙니다. 이런 의병

활동을 비롯한 독립운동에는 김훈장처럼 양반 유생들만이 아니라, 이름 없는 평민들도 열심이었습니다. 3·1 운동이 일어났을 때는 기생들도 만세를 부르며 따라다녔습니다. 이는 『토지』에 나오는 한 장면이기도 하지만, 실제 역사에서도 그러했습니다. 기생들이 만세운동만이 아니라 다양한 영역에서 조직적인 독립운동을 했다는 역사적 기록도 남아 있습니다.

> "말썸 마시오. 손님도 적었지만 우리도 장사 안 했인께로. 온 나라가 야단인디 기생만 먹고살겠다고 장사할 것이오?"
> "하기야 기생들도 만세를 많이 불렀지."
> "이 나라 백성인께."
> 〔중략〕
> "〔기생 산호주에게〕 너도 만세를 불렀느냐?"
> "부르고말굽쇼. 기화언니랑 울면서 따라다녔어요. 집에 와서도 언닌 많이 울었지요." 9권 35~44쪽

나라를 위해 앞뒤 가리지 않고 기꺼이 나서는 결심하는 그들, 의병활동이든 만세운동이든 가리지 않고 나서겠다고 이들, 더욱이 "너 죽고 나 죽자가 아니요 나만 죽겠다"라는 비장한 각오까지 하는 그들의 모습은 참으로 묵직한 감동을 전해줍니다. 그들은 나로부터 공동체-국가에까지 이어지는 관계를 한 치의 의심 없이 받아들이며, 내 나라·내 강산에 대해 절대적 믿음과 사랑을 보냅니다. 어쩌면 이들이야말로 대한민국 역사를 지켜온 바탕의 한

국가

축일 겁니다. 그럼에도 불구하고 이 순결한 영혼의 아름다움 이면에 민족적 나르시시즘, 폐쇄적인 자기동일성의 위험이 있는 것 또한 사실입니다.

그뿐 아니라 이것이 선험적으로 주어진 혈연의 논리라는 점에서 습관화된 애국심이나 감상적인 애국심으로 변질되어, 상황에 따라 이해관계에 따라 쉽게 바뀔 가능성도 농후합니다. 일본 밀정 김두수와 어울려 술판을 벌이던 서울댁은 "일부종사 못한 년이 갈보요, 두 나라 섬기는 놈이 역적"이라는 단순명쾌한 논리를 내세웁니다. 이때 일부종사(一夫從事)와 애국(愛國)은 선험적으로 주어진 도덕입니다. 개인이 선택할 수 있는 것도, 변화 가능한 것도 아닙니다. '여자라면'이나 '사람이라면'이라는 말로 시작되는 삶의 절대명제입니다. 그러나 현실에서 이런 선험성과 절대성이 힘을 발휘하기까지는 많은 제약이 따릅니다. 추상적 명제일수록 구체적 현실에 적용하기가 힘들기 때문입니다. 더구나 그것이 내 삶의 토대에서 생성된 것이 아니라면 현실적으로 더 허약할 수밖에 없습니다. 이를 적나라하게 보여주는 인물이 조준구이지요.

조준구의 심정은 착잡하다. 친일단체인 일진회 인사들과 어울려 다니며 주거니 받거니 친일적 언사를 농했던 것도 얼마 전까지의 일이었다. 사실 그 자신 친일파임에는 틀림없고 오늘의 사태를 예상하지 않았던 것도 아니었다. 그러나 막상 나라의 주권이 넘어간 보호조약이 체결되고 서울이 통곡의 도가니로 들어간 사태에 직면하고 보니 감정이 이상했다. 어느 구석엔지 남아 있던 민족의식 같은 것이

꿈틀거렸던 것이다. 〔중략〕 한마디로 이 순간 조준구 가슴을 흔들고 있는 민족적 긍지는 습관에 대한 추억이다. 소위 그 사대부집 자손으로서, 하며 밀고 나오던 가문에 대한 추억이다. 〔중략〕

'(……) 서울서는 시골놈들만 못해서 도장을 찍었나? 나라는 기왕 망한 건데 손가락에 불을 켜고 하늘로 올라가지, 일본을 물리쳐? 바지저고리에 상투 틀고 짚신 신고 쇠스랑 든 농부놈들 이끌고 일본을 물리쳐? 호호…… 가만있자. 결과야 뻔하지만 우선, 우선에 내가 먼저 당하면? 그렇지, 무슨 일이 일어날지 모른다.'

한 줄기 남은 감상적 애국심은 순식간에 무산되고 말았다. 자기보호의 충동은 명확한 한계를 지운다. 고민할 것도 없이 그의 의식은 일본 진영으로 줄달음쳤다.

〔중략〕

더욱이 조준구의 마음을 편안케 한 것은 하동 고을에도 일본 헌병이 주둔하게 되었다는 사실이다. 오조약을 맺었을 때 우울해졌던 것이 마음에 께적지근할 만큼 자신에게 태평성세를 가져다줄 일본에 대하여 준구는 충성심과 신뢰로 가득 차 있었고 나날은 쾌적하였다.

4권 189~203쪽

체화된 정체성은 그야말로 '습관'처럼 익숙한 것일 뿐 내가 선택한 것이 아니기 때문에 이해관계에 따른 갈등 국면에서는 언제든지 달라질 수 있습니다. 조준구의 '감상적 애국심'이 바로 그러합니다. 조준구는 식민지로 강제병합될 것을 이미 예상했지만, 막상 나라가 망했다는 순간에 이르러서는 '이상한 감정'을 느낍니다. 그러나 "정세와 자기 개인의 이익을 저울질"하면서, 어느 쪽이 자신에게 "태평성세"를 가져다주는지를 따져보는 순간, 선험적으로 가지고 있던 '우리'라는 집단정체성은 아무짝에도 쓸모가 없다고 판단합니다. 그것은 그저 과거로부터의 한낱 습관에 지나지 않고, 현재 자신의 이익을 위해서는 없는 편이 훨씬 낫기 때문입니다. 이런 '계산'을 끝내자, 조준구는 마음이 편안해지고 자신에게 태평성세를 가져다줄 일본에 대한 기대로 가득한, 그야말로 쾌적한 나날을 맞이합니다.

선험적 정체성으로 주어지는 맹목적 애국심은 집단끼리의 관계에서는 더욱 문제적입니다. 내게 체화된 정체성으로서의 민족의식/애국심을 내가 긍정한다면 상대방의 경우도 마찬가지거든요. 나와 마찬가지로 상대방도 자기 집단의 정체성을 자연적으로 획득합니다. 따라서 나의 집단정체성과 애국심을 긍정한다면 그와 똑같은 논리로 상대방의 집단정체성과 애국심도 긍정해야만 합니다. 잃어버린 나라를 슬퍼하는 조선인이 당연하다면, 마찬가지로 승승장구하는 나라를 지지하는 일본인도 당연할 수밖에 없는 셈이지요. 그렇다면 현실에서 가능한 것은 권력(힘)의 향방입니다. 그에 따라 지배와 피지배 구도가 만들어지는 것도 필연적 귀결입니다. 그저 폭력성이나 합리성 정도만 구별 가능할 뿐입니다. 결국 이로부터 제국주의와 민족주의가 이란성 쌍생아라는 논리가 등장하게 되는 것이지요.

제국의 애국심,
힘의 논리와
그에 대한 반성

　　모든 집단정체성을 긍정하기 때문에 현실 논리를 따른다는 것은 일본인이나 그 동조자들을 통해 주장됩니다. 학생데모 때문에 경찰서에 잡혀 들어온 윤국(서희의 둘째아들) 일행에게 이치카와 형사는 힘의 역사를 주장합니다.

　　힘은 역사상 언제나 정의였고 아름다운 것이었다. 그리고 풍요한 것이다! 힘이 없다는 것은 언제나 불의, 추악한 것, 빈곤이다! 〔중략〕 대일본제국에 있어서 조선은 우리 피의 대가다! 일청전쟁 일로전쟁, 우리는 그 두 차례 전쟁에서 특히 러시아하고의 전쟁은 만세일계, 우리 국체를 걸었던 전쟁이었다! 우리 젊은이들의 시체더미와 피바다에서 얻어낸 보상을 너희들이 도로 찾겠다? 길 가다 주운 금화 한 닢이냐? 〔중략〕 현실을 직시하고 인정하는 것도 용기에 속한다. 특히 너희들 같은 입장에서는 더 큰 용기가 필요한 것이다. 현실, 물론 대일본제국이 처한 현실이다. 〔중략〕 머지않아 대일본제국은 동양의 맹주가 된다! 그리고 세계를 웅비할 것이다. 꿈이 아니다. 눈앞에 다가오는 바로 그 현실인 것이다. 너희들 조선민족이 살아남으려면, 또 자손의 안녕을 보장받고 행복을 누리려면 대일본제국에 동화되어야 한다. ^{13권 120~121쪽}

최서희의 집을 방문한 구마가이 경부도 강약이 분명한 힘의 질서를 현실로 직시해야 한다고 주장합니다.

　"아니지요. 어느 민족에 의해서든 세계가 하나로 되어야 한다는 것은 인류의 꿈, 미래의 꿈 아니겠습니까. 알렉산더, 칭기즈칸이 이루지 못한 꿈, 일본인인 저로선 일본에 의해 그 꿈이 실현될 것을 희망하고, 실현된다면 말할 나위 없이 기쁘겠지요."

　'뻔뻔스럽고 넉살도 좋구나.'〔서희〕

　"조선사람들이 오늘날 겪고 있는 고통을 저는 압니다. 무조건 일본이 잘하고 있다는 강변을 할 생각은 없습니다. 그러나 어차피 과거나 미래에 있어서도 과도기적 현상을 모면할 수는 없는 일 아니겠습니까. 결국 불운한 시대에 태어났다, 그렇게 기착(歸着)할밖에 없을 성싶습니다. 〔중략〕 아까 세계가 하나로 되어야 한다는 것은 농담이었고, 지금 하는 말은 진정입니다. 오늘 이 시점에서 맞선다는 것은 바위에 계란 치기, 뭐니 해도 지금 현실은 물리(物理)니까요." ^{14권 172~173쪽}

이런 논리에 선다면 '피해자＝선/가해자＝악'이라는 구도는 쉽게 무너집니다. 그리고 이치카와 형사나 구마가이 경부와 같은 일본인들이 내세우는 힘의 논리에 따른 결과를 승복할 수밖에 없습니다. 이는 메이지 초기, 다윈의 생물진화론에 따라 가토 히로유키(加藤弘之, 1836~1916)가 사회적 다윈주의(Social Darwinism)를 내세웠던 시대적 분위기이기도 했습니다. 가토 히로유키는, 개인과 민족은 비대칭적 관계이며 국가와 민족은 유기적이고 집단주의적인 개념에서 파악해야 한다고 설명합니다. 또 생물계에서와 마찬가지로 국제관계에서 사회들은 '생존경쟁'과 '자연법칙'에 따른다고 주장했습니다. 이런 힘의 논리가 어디 일본뿐이었겠습니까. 세계대전에 등장했던 나치즘이나 파시즘은 우월한 강자가 세계를 지배할 수 있고 그것이 역사적 사명이라는 힘의 논리에 따라 잔혹한 폭력을 휘둘렀습니다. 이와 같이 폭력이나 지배가 당연하게 여겨진다면, 피해자나 피지배자까지 이를 순순히 받아들여 소위 자발적으로 협력하는 데까지 이릅니다.

—— 힘의 질서는 현실인가

식민 통치 말기에 진주만 공습 이후, 일본이 내세운 아시아의 단결이라는 '대동아'를 따라간 조선인들의 논리가 바로 그러했습니다. 『토지』에서도 그러했습니다. 그들은 최서희의 집을 찾아와 강약을 운운하며, 조선의 살길을 찾자는 친일 논리를 폅니다.

"우리의 형편이, 부인(최서희)께서도 아시다시피 희망이 없는 거 아니겠어요? 실현되지 못할 일이면 진작 버리는 게 좋고, 조선이 독립하리라는 것은 버얼써 물 건너간 일 아닙니까? 기왕지사 이렇게 된 바에야 일본과 서로 손잡고 상부상조하는 길밖에 더 있겠습니까? 조선 민족이 다 죽을 수는 없지요." **17권 42쪽**

"이제는 할 수 없어요. 우리 조선사람들 아무리 억울해도 뾰족한 수 없어요. 풀잎같이 엎드려서 태풍이 지나가는 것을 기다려야 해요. [중략] 어쨌거나 백인들이 지배하던 동양에 같은 황색인이 백인을 몰아냈다. 아무리 일본이 미워도 그것만은 속 시원한 일이었을 거예요." **18권 71쪽**

『토지』에서 뒤이어 등장하는 것은 이런 힘의 논리가 가진 폭력적 면모, 그 추악한 지배욕에 대한 반성입니다. 의병으로 의심받아 경찰서로 잡혀와 마구잡이로 구타당하는 '홍이'에게 일본 군인 '간바야시 일등병'은 남몰래 주먹밥을 챙겨다 줍니다. 하지만 그는 "결코 홍이를 동정하여 그 밥덩이를 가져왔던 것은 아니"고, "곤도[구타하는 일본 군인]를 증오했고 군대를 증오했고 인간의 추악한 면을 혐오하며 분노했"기 때문이라고 스스로를 설명합니다. 나아가 그는 "애국심이 그런 추악한 것"임에 분노하고, 그럼에도 불구하고 그 추악한 논리에 복종하는 "자기 자신을 동정"합니다. 이는 비록 단편적 일화이긴 하지만 애국적 민족주의에 대한 다양한 시선이 형성된다는 점에서 중요합니다. 이것은 『토지』 후반부에서 일본인 오가타 지로, 한국인 소지감을 통해 '순결한' 민족주의에 대한 논리적 비판으로 본격화됩니다.

"형편없는 우문이다. 인간의 총체는 인류가 아닌가. 민족은 부분
이다. 인간의 비극은 인류의 비극이요 민족의 비극도 인류의 비극이
다. 개인이건 민족이건 생존을 저해하고 압박하는 것은 죄악이며, 근
본적으로 부조리다. 이런 말 하는 나를 이상주의자라 흔히들 비웃지
만, 하지만 염치없는 이기주의를 어찌 옳다 하겠느냐. 애국, 민족만
내세우면 범죄도 해소되는 그 기만을 수긍할 수가 없다. 그리고 나는
민족을 부정하지는 않았다. 약육강식의 민족주의를 부정했을 뿐이
야."〔오가타와 조카 시게루의 대화〕13권 459쪽

"민족의식이란 가지가지 낯판대기를 지닌 요물이야. 악도 되고 선
도 되고 야심의 간판도 되고 약자를 희생시키는 찬송가도 되고……
피정복자에게 있어서 민족의식이란 항쟁을 촉구하는 것이 될 테지만
정복자에게 있어서의 민족의식이란 정복욕을 고무하는 것이 되니 말
씀이야. 민족의식, 동포애, 애국심, 혹은 충성심, 따지고 보면 그것들
은 인간 최고의 도덕이면서 참으로 진실이 아닌 괴물이거든. 집단의
생존 본능이요 집단의 탐욕을 아름답게 꾸며대는 허위, 어디 민족이
나 집단뿐일까? 일가에서 개인은 어떻고? 결국 뺏고 빼앗기지 않으
려는 투쟁 아니겠나?"〔소지감〕12권 87쪽

오가타 지로는 약자/피해자의 선(善)/정당함을 주장하는 세계
주의자(cosmopolitan)으로 등장하는 인물입니다. 그의 주장은 지역
을 넘어선 세계, 민족을 넘어선 인류라는 관점에 서 있으며, 엄격
히 말해 민족/민족주의보다는 '약육강식'에 좀 더 초점을 맞추고

있습니다. 그래서 그는 민족주의가 "강해지면 질수록 추악해지고 비도덕적으로 된다"라고 주장합니다. 이에 비해 소지감은 '민족의식' 자체의 이중성을 강하게 비판합니다. 비록 '민족의식'이 피정복자의 항쟁 근거가 되기는 하지만, 그 〔피정복자〕 집단의 생존 본능"이 "〔정복자〕 집단의 탐욕"과 다르지 않다는 것입니다.

이 단계에 이르면 침략자로서 일본의 집단정체성에 대한 비판뿐만 아니라, 피해자 조선의 집단정체성이 가진 이기적 속성에 대해서도 반성적 성찰을 가할 수 있게 됩니다. 1931년 만보산 사건 이후 중국과 한인 갈등이 고조되는 가운데, 『토지』의 지식인들(선우신, 선우일, 유인성)은 이기적인 민족의식의 비판과 옹호 등의 다양한 모습을 보여줍니다. 그들은 간도에 대해 민족 소유와 권리를 주장하기도 하고, 또 한편으로는 민족주의의 이기심이나 영토순결주의에 대해 비판하기도 합니다. "민족주의만 내세우면 어떤 범죄도 합리화"된다거나, "따지고 보면 그 땅이 누구 땅인데? 태곳적부터 우리 땅이었다"라고 주장하기도 하고, 이런 건 전부 "약자의 부질없는 감상"이나 "약자의 허세"일 수도 있다며 자학하기도 하는 것입니다.

그러나 이 모두가 "인간 본연의 어쩔 수 없는 감정이며 자신들이 소속된 집단에 대한 도덕"이라고 수긍해버리면, '민족'이란 집단정체성은 한층 복잡미묘한 지경에 처합니다. 집단은 기본적으로 자기집단의 통일성을 유지하기 위해 이질적 타자를 철저히 배제하려 하고 그 타자성에 맞서 자기 통일의 원리, 이른바 정체성에 대한 자각을 촉진하고자 합니다(고사카 시로, 『근대라는 아포리아』, 이

학사, 2007, 202쪽). 따라서 피해자-가해자의 구도에서, 혹은 자기보존의 차원에서 작동하는 집단정체성이란 그저 현실대응에 지나지 않는 것일 수도 있습니다. 그렇다면 타자를 억압하지 않는 민족의식, 건강한 공동체의식, 평화로운 애국심이란 현실에서는 불가능한, 그저 논리적인 수사일 뿐인 것일까요.

서사적 연대, 그물 한 코 엮어가는 삶

『토지』는 식민지로 강제되는 국면에서 혈통적 민족주의에 대한 신념을 가진 인물, 정반대로 현실권력을 좇아가는 인물, 양쪽을 비판적으로 고뇌하는 인물 등을 통해 민족-민족주의가 처해 있는 좌표를 먼저 드러내고자 했습니다. 이것이 현재적 위치의 확인이라면, 이후 그로부터 나아가야 할 지향점도 함께 고민하면서 민족의식과 애국심을 풀어내고자 합니다.

벼슬길을 마다하고 독립운동을 위해 간도로 떠나는 인물 이동진은 간도로 가기 전 동문수학한 친구 최치수를 찾아갑니다. 왜 떠나는지를 묻는 최치수에게 그는 "산천을 위해서"라고 대답합니다. 훗날 이동진은 이때의 일을 이렇게 회고합니다.

"십오륙 년 전 일이군. 내게 최치수라고 괴팍한 친구 한 사람이 있었지. 그러니까 그때가 장동지〔장인걸〕 지금 나이쯤 됐겠군. 그 친군

비명에 갔지만…… 내가 이곳으로 떠나올 때 그 친구…… 자네가 마지막 강을 넘으려 하는 것은 누굴 위해서? 백성인가 군왕인가, 하고 묻더군. 허허헛…… 악의에 차서 한 말이었지. 나는 백성이라 하기도 어렵고 군왕이라 하기도 어렵고 굳이 말하려면 이 산천을 위해서, 그렇게 말할까? 했던 것 같아. 지금 생각하니 군왕이면 군왕 백성이면 백성이지 무슨 놈의 산천인지, 결국 땅덩어리 얘기겠는데 사람 없는 땅에 무슨 뜻이 있을까……" 7권 339쪽

원래 이동진은 온화한 성품으로 소작농과 하인을 동정하고 이해하는 양반이었습니다. 나아가 동학혁명에서도 자신의 계급적 이해관계를 떠나 옳은 일이 무엇인지 판단하고자 노력하는 사람이었습니다. 하지만 양반인 그가 공동체로서의 집단과 국가의 의미를 파악하기는 쉽지 않았습니다. 유학자-양반에게 조선은 왕과 양반이 주인인 나라입니다. 수많은 백성과 하인들과 천민들과 함께하는 공동체로서의 '나라'란 상상조차 해본 적이 없습니다. 따라서 그는 자기 행동의 이유를 '산천'이라는 비유적 수사로 뭉뚱그릴 수밖에 없었습니다. 이런 인물이 노령 연추, 연해주 등에서 엄청난 변화를 겪습니다. 공동체 밖에서 비로소 공동체의 경계를 인식하고 그 의미에 대해 성찰하는 것이지요.

　나라 밖에서 비로소 이동진은 가족이 살고 있는 아름다운 고향이 아니라 "외줄기 가늘다가는 황톳길에 흙먼지를 날리며 가난한 등짐장수가 지나가던 땅, 척박한 포전(圃田)을 쪼는 농민들이 살고 있는 그 땅덩어리가 가지는 의미"를 떠올리고, "국호(國號)는

비대해져서 대한제국이요 왕은 황제로, 왕세자는 황태자로 승격한 동방의 조그마한 반도를, 어마어마한 현판 뒤에서 찌그러져가고 있는 초옥과 다름없는 나라"라는 현 상태로 자각합니다. 이제 이동진은 애국심에 대해 적극적 성찰을 시작합니다.

> 고국에 있을 때 그는 그 나름대로 시국을 판단하고 앞일을 근심했으면서도 나라의 수난이 이동진 개인의 비극으로 밀착해 오지 않았던 것만은 사실이다.
>
> 〔중략〕
>
> 근본에서 국가에 대한 충의심에 무비판이었다는 것, 유교를 바탕한 근왕(勤王) 정신이 굳어버린 관념으로 되어버린, 그것은 비단 이동진뿐만 아니라 전반적인 양반계급의 생활태도, 정신적 주축이기도 했었지만, 그 탓이었을 것이다. 그러나 간도에서 연해주 방면으로 방황하는 동안 차츰 국가의 운명이 자기 개인의 문제와 밀착해서 이동진을 어지러운 수렁 속으로 밀어 넣기 시작했다. 자기 자신은 무엇이며 겨레란 또 무엇이며 국토란 무엇인가 하고 자신과 연대되는 대상을 향한 감정을 캐보기에 이르렀다. 그는 냉혹하게 국가와 황실을 새로운 각도에서 인식하려 했다. 시베리아 벌판에 우뚝 선 자기 그림자, 한 인간의 모습을 처음 만난 듯싶었고 군주의 권좌의 부당성을 깨달았다. 국가나 민족의 관념도 무너지는 것을 느꼈다. 3권 269~270쪽

이런 성찰이 가능해진 것은 '간도'라는, 조선도 일본도 아닌 제3의 공간이 주는 특수성 때문입니다. 이곳에서 이동진은 양반도

유학자도 아니며, 중국-러시아-일본 세력의 각축 속에 놓여 있는 한갓 식민지 조선인일 따름입니다. 그런 이동진에게, 간도라는 경계선상에서 자신의 삶을 적극적으로 개척하고 있는 조선인들의 모습은 가히 충격적이었습니다. 이동진은 조선을 떠나며 무비판적인 근왕정신(勤王精神)에 내밀한 균열(산천 때문에 떠난다는 대답)을 일으키긴 했지만, 그로부터 새로운 가치를 형성하지는 못했습니다. 이런 그가 만난 간도의 조선인들은 스스로 자기 가치 생산에 적극적인 인물들이었습니다.

—— 애국심의 재성찰: '그물 한 코'의 논리

러시아 연추에서 만난 최재형은 '원시적인' 조국사랑을 보여줍니다. 역사상 실존 인물이기도 한 최재형은 러시아 국적의 귀화 조선인으로 "객지에 나간 자식이 집을 생각하듯 겨레를 생각"했고, 그의 삶은 "한 민족의 수난이 한 개인에게 뜨겁게 밀착"되어 있는 모습으로 그려집니다. 그 뜨거운 열정에 이동진은 부끄러울 뿐입니다. 하지만 십 년, 이십 년 후에 과연 독립이 될지 확신할 수 없다는 불안감까지 시원하게 없어지지는 않습니다.

고국 땅을 다시 밟을 희망이 없는 늙은이, 담뱃대를 물고 큰기침을 하며 마을길을 거닐어볼 꿈조차 꾸어볼 수 없는 늙은이. 십 년 이십 년 후의 자기 자신은 아니라고 장담할 수는 없다. 십 년을 보내고 나면 독립이 될까? 기약이 없다. 영영, 어쩌면 영원히 그 꿈은 이루어지지 않을지도 모른다. 독립운동에 투신하고 있는 자기 자신은 한낱 어릿광대인지도 모른다. 어쩌면 최치수 그는 꿈에 속아 넘어가지 않았던 영악하고 강인한 인간이었는지 모른다. 사방팔방이 절망의 두터운 벽으로 둘러싸여져 있다. 길림으로 간다지만 아홉 마리 소 중의 터럭 하나만큼이나 도움이 될는지. 제 집에 불이 났는데 남의 집 불을 꺼줄 사람은 없을 것이다.

'이선생. 그물 한 코 엮어보는 셈 칩시다. 한 코라도 부지런히 엮어 나가면 고기 잡는 그물이 될 겝니다. 안 그렇소?'

하고 웃던 권필응의 얼굴이 생각난다. **6권 74쪽**

어쩌면 자신이 허망한 꿈을 꾸는 어릿광대가 아닌가 하는 회의가 깊어지는 이동진의 모습은 지극히 자연스럽습니다. 전 세계가 전쟁의 소용돌이 속으로 점점 빠져들어가고 있고, 소위 '욱일승천기'의 빛줄기처럼 일본의 힘은 나날이 번져가는 느낌입니다. 이 와중에 몇몇이 외치는 조선독립이라니요, 차라리 손가락에 불을 켜고 하늘로 올라가봐라 독립이 되나, 라던 친일파 조선인 쪽이 더 현실적으로 보일 지경입니다. 이런 이동진에게 권필응은 '그물 한 코'의 논리를 내세웁니다. 그저 부지런히 그물 한 코 엮어가는 마음으로 독립운동을 하자는 겁니다.

그런데 말입니다. 이렇게 그물 한 코를 만들어가더라도 그것이 고기 잡는 그물로 과연 완성이 될지, 또 그 그물로 진짜 고기를 잡을 수 있을지는 아무도 모릅니다. 권필응도 그에 대한 확신을 주지 않습니다. 어쩌면 그 자신, 그런 확신이 있었는지 여부도 불명확합니다. 다만 그는 '그물 한 코'를 만들겠다는 신념으로 "지금 이 일을 하자'라고 말합니다. 그물을 완성하고 고기를 잡는 결과가 아니라, '그물 한 코'를 엮는다는 현재에만 의미를 부여하고 있는 것이지요. 이런 권필응의 모습은 스스로 가치 생산을 해나가는 자발적 삶의 결정체에 다름 아닙니다.

주위 사람들은 이런 권필응에게서 맑고 영롱한 기운이 빛난다고 느낍니다. "대부분의 독립지사라는 분들을 볼 것 같으면 어딘지 모르게 속기(俗氣)가 남아 있는 것 같기도 하고 개인적 야망이 엿보이기도 하고, 독립지사임을 코에 거는 것 같기도 하구요. 하기는 물론 훌륭하신 분들도 많기야 많지요. 그런데 권필응 씨 그분은 훌륭하다기보다 뭐라 했으면 좋을까? 허름한 옷차림 속에, 찌들고 주름진 속에 지혜와 열정과 용기의 영롱한 구슬을 안고 있는 것 같은 느낌이라고나 할까요? 그 눈은…… 슬픔과 통곡과 무서운 결의와, 그럼에도 맑디맑은 것은 무슨 때문일까요?"라고 말입니다.

이 신선한 충격으로부터, 이동진은 "무거운 이조 잔재에 눌리어" 늙어가는 자기 모습, 근대로의 변화를 인정하려 하지 않았던 자기 무의식을 되돌아봅니다. 이처럼 자신의 허점을 마주하는 수치스러운 성찰을 거치고 나서야 그는 "주의 주장, 다 좋소이다. 독립을 향해 가는 길을 함께 가는 것인데 뭐가 문제 되겠소. 독립된 후 박이 터지게 싸우는 한이 있어도, 우리는 서로 손을 놔서는 아니"된다는 강한 결단을 내리는 사람으로 바뀝니다. 이후 이념적 입장을 밝히라는 후배의 날선 추궁 앞에서도 이동진은 "나는 독립주의자"라고 단호하게 선언합니다. 이와 같이 이동진은 끊임없이 자신의 행동과 삶을 반추하는 과정을 통해 '애국'의 의미를 스스로 정립해나가고 이로써 새로운 집단정체성을 획득할 수 있었던 것입니다.

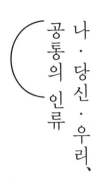

나·당신·우리,
공통의 인류

　『토지』1부에 등장하는 '윤보'는 자신의 애국심을 단순하게 정
의했었습니다. 그는 스스로 무식해서 개명/개화가 무엇인지 모
르겠다고 말합니다. 또 나라도 어떤 의미인지 명쾌하게 대답하지
못하겠다고 합니다. 나라가 있어왔고, 왕이 다스리고, 그에 따른
계급이 실재하는 현실 속에서 살아왔는데 무엇이 좋았는지, 그
관계가 자신의 삶에서 어떤 의미가 있었는지를 말할 수 없다는
것입니다. 막연하게 '나라＝왕'이라는 봉건적 논리를 받아들여왔
지만, 나라가 망한다는 것, 왕이 사라진다는 것에 대해서 별 감흥
이 없습니다. "천민인 우리네, 알뜰한 나라 덕 보지도 않았다"라
고 생각하기 때문입니다. 그럼에도 불구하고, 나라가 망하는 일
은 그냥 넘어갈 수 없다고 합니다. 그래서 "제 몸 낳아주고 키워
준 강산을 남 줄 수 있는 일인가?"를 질문하고, "사나아자석으로
태이나서, 하기야 상놈으로 태이나서 받은 거는 천대밖에 없다마

는 내가 그래도 이 강산에 태어났으니"라고 스스로의 행동에 의미를 부여합니다. 이런 '윤보'에 비해 이동진과 김한복은 그야말로 악전고투 끝에 '나와 집단의 관계'를 설정해나가는 탐색의 서사를 보여주었습니다. 약간의 차이는 있지만, 이들은 모두 독립운동/항일운동이 선/악의 도덕이 아니라, 자기 행동의 선택, 즉 윤리적 선택으로 행하는 일임을 보여주었습니다. 그 선택이 옳다는 것을 믿는 마음이 애국심입니다.

그렇다면 그 '믿음'은 누가 주는 것일까요. 내가 스스로 만들어낸 것입니다. 옳기 때문에 믿고, 믿기 때문에 한다는 것일 뿐 그어떤 다른 곳에서도 이유를 찾을 수 없는, 그 어떤 조건도 덧붙일수 없는 그 자체가 목적인 행위입니다. 이와 같이 내 행동과 삶에의미부여를 하는 윤리적 선택으로, 즉 '탐색의 서사'를 통해 집단정체성을 구성할 수 있다면, 그것은 개인과 소속집단을 넘어 보편적 윤리의 단계로까지 확장될 수 있습니다. 왜냐하면 '윤보'가 '강산'의 의미를 되새기는 것처럼 나를 둘러싼 세계는 서사적 연대의 관계로 존재하기 때문입니다. 따라서 탐색의 과정을 통해나의 가치판단과 선택 이후에 획득된 정체성이 나를 구성하고 우리를 연결시켜줍니다.

── 서사적 연대로 구성된 존재

노블레스 오블리주가 가치 있다, 고귀하다, 라고 이야기하는것은 자기 생각만 해도 충분히 넉넉하게 살 수 있는 사람이 나를둘러싼 공동체에 대한 연대를 드러내는 방식을 높이 평가하는 것입니다. 그런데 소위 노블레스에 속하는 사람이 있다면, 그가 혼자 힘으로 그 위치에 오른 것이라고 말할 수 있는지 다시 한 번 생각해봅시다.

예를 들어 우리 사회에서 부자인 재벌, 그렇습니다. 그 사람 열심히 일해서 부자 된 거 알겠습니다. 그런데 기업을 운영하고 나아가 '재벌'로까지 성장하는 것은 사회적 '빚'을 져야만 가능한 일입니다. 그 사회가 그렇게 만들어준 것이라는 이야기지요. 이에 대해 세금을 냈다는 것으로 사회에 대한 책무를 다했다고 한다면, 한참 부족한 것입니다. 세금은 그야말로 기본적 의무일 뿐입니다. 여기서 기업이나 재벌에 대해 사회적 책임의 범위를 가늠해보자는 것은 아닙니다. 그 기업이, 재벌이 존재할 수 있게끔 만들어준 시공간의 토대, 다른 말로 하자면 '서사적 연대'(마이클 샌델)를 생각해보자는 것이지요.

개인에게도 마찬가지입니다. 이 글을 쓰고 있는 저는 어떨까요. 과연 내가 열심히 공부해서 내가 학위 받고, 내가 논문 쓰고, 내가 강의하고…… 모두 내가 한 것이라고 말할 수 있을까요? 내가 혼자 했을까요? 어느 선생님으로부터 가르침을 받았다, 아니다를 구별하자는 것은 당연히 아닙니다. 가르침이라는 직접적인 것뿐만 아니라, 지금 이 순간까지 『토지』를 읽으면서 배우고, 강의하면서 학생들로부터 배우고, 동료들로부터 배우고, 수많은 책의 저자로부터 배우고…… 내가 말하고 내가 생각하는 것이 온전히 나만의 것이라고 말할 수 있는 것이 과연 있을까요. 무엇이 있을까요. 내가 생각하고 공부하고 성장해온 것은 이 세계와 연

국가

결되어온 수많은 관계 덕분에 가능한 것이었습니다. 나는 서사적 연대로 구성된 존재인 것입니다.

어쩌면 인간 존재는 애초부터 그 자체가 이 세계와 세상의 모든 타자의 힘으로 이루어진 것이라고 해도 과언이 아닐 겁니다. 인간은 늘 외부의 공기를 호흡합니다. 외부의 것들을 받아들입니다. 밥 먹습니다. 나 혼자서 에너지를 자가발전시켜 생존할 방법은 없습니다. 외부의 것을 끌어들여 내 생명을 이어갑니다. 『토지』에서 길상이는 누군가가 희생해야만 '생명'이 유지된다는 비장한 말도 했지만, 약간 긍정적인 측면에서 길상이의 생각을 되짚어보면, 존재라는 것은 기본적으로 외부와 얽혀 있는, 곧 서사적 연대 위에서만 가능하다는 말이기도 합니다.

애국심은 내가 대한민국 국민이니까 애국심을 가져야 돼, 이런 논리로 작동되어서는 안 됩니다. 내 존재 자체가 서사적 연대로 가능한 구성적 존재라면, 내가 나를 둘러싼 공동체를 어떻게 생각할 것인가, 공동체를 사랑한다는 것은 결국 내 존재를 가능하게 하는 조건을 사랑하는 일, 나를 사랑하는 일과 별개의 것이 아니라는 데까지 도달했을 때, 애국심이 다른 공동체를 억압하지 않고, 스스로를 사랑하는 건강한 가치가 되겠지요.

—— 내 삶과 관계하는 집단

광복 70주년이 지난 지금의 한국은 어디에 있는 것일까요. 뭉뚱그려 말하자면, 나와 국가 그리고 세계의 관계 구도는 여전히 복잡합니다. 한국에서는 아직도 선험적 종족 민족주의가 강하고 그 한편으로는 세계화/다문화와의 긴장과 알력관계가 있습니다. 강력한 혈통/종족 민족주의는 낯선 것들과 대면했을 때 자기 범주를 확장하거나 타자의 차이를 품어 안는 대신 증오와 공격을 가하기도 했습니다. 그 부정성은 한국 사회를 두고 '공격적 민족주의', '하청 제국주의', '새끼 제국주의'라고 손가락질하게 만들기도 했습니다. 그리고 한국에서 세계화는 국가 주도하에 이루어진 '한국식 지구화'를 가리키는 다른 이름이기도 합니다. 그것은 세계화가 민족 이익을 향상시킬 수 있다는 집단이기성의 또 다른 얼굴이기도 합니다.

한편, 마사 누스바움(Martha C. Nussbaum, 1947~)을 비롯한 많은 학자가 애국주의(민족주의)/세계시민주의 논의에서 지적했던 것처럼 현 단계의 '세계시민'은 백인 중심, 엘리트 중심의 함의가 분명히 있습니다. 따라서 '진정한' 세계시민이란 그야말로 공상에 지나지 않을지도 모릅니다. 하지만 개인, 가족, 민족, 지역을 넘어서서 존재하는 보편적 가치(평등·자유·인권·환경 등)를 지키기 위한 '연대' 또한 현실적으로 존재하는 절실한 요구입니다.

『토지』가 놓여 있던 식민지 조선만큼이나 복잡한 이 형국에서 우리는 『토지』로부터 어떤 미래를 바라볼 수 있을까요. 오늘날 우리는 모색 가능한 윤리적 전망으로서 '공통의 인류', 즉 자기 삶의 가치 추구를 통해 보편적 가치로 나아가는 집단정체성을 획득할 수 있을까요. 그 단계에 이르면 고착된 민족주의나 강자의 세계주의, 퇴행적 민족정체성 대신 내 삶과 관계하는 집단으로서 아름다운 별자리가 선연히 떠오를 수 있을 텐데 말입니다.

나가며

저마다의 길을, 저마다의 걸음으로

『토지』에는 참 눈물 나는 이야기가 많았습니다. 답답한 사람도 많았습니다. 그들은 "천지 사방 발붙일 곳 없는 캄캄절벽 앞에" 서 있다고 하고, "사방이 첩첩 길이 맥힜인께"라고 했습니다.

대부분 사내들은 잡힐 듯 말 듯 아른아른한, 실낱 같은 희망과 기대를 향해 들뜨고 들뜨다 보니 더욱더 들뜨게 되는 것인지 모른다. 확신할 수 없는 꿈, 아니 거의 불가능하리라는 막연한 예감 때문에 들뜨고 미치는지 모른다. 사실 희망이나 기대 같은 것도 그게 무엇을 향한 것인지 스스로 알지 못하는 상태라 하는 것이 정확할 것이다. 독립되리라는 희망, 더더구나 좋은 세월이 와서 볏섬을 그득그득 쌓아놓고 살 수 있으리라는 희망, 그것이 아니다. 현재가 견디기 어려우니 희망에 매달릴 수밖에 없고 생존을 포기할 수 없으니까 희망도 포기할 수 없는 것이다. 가난한 자여, 핍박받고 버림받은 자여, 희망은 그대들의 것이며 신도 그대들을 위해 있나니. 희망의 무지개는 저 하늘과 하늘 사이에 걸리는 것. 그것은 미래인 것이다. **13권 76~77쪽**

그럴까요. 발붙일 곳 없는 캄캄절벽 앞에서, 살기 위해 희망에 억지로 매달린 걸까요. 강퍅한 일제강점 아래서 삶을 이어나갔던 『토지』속 사람들이 아닌, 지금의 우리에게도 희망에 매달리고 길을 찾는 것은 그저 환상에 지나지 않는 것인가 의문스럽습니다. 애초에 삶은 좋은 일보다 슬픈 일이 더 많고, 살아가는 일은 누구에게나 고단하고 힘든 것인가 싶기도 합니다. 어쩌면 삶의 무게를 묵묵히 견디는 게 어른이 되는 그런 것일까요. 어릴 때 가졌던 꿈의 크기가 점점 줄어들고 언제인가부터 꿈을 찾고 길을 찾는다는 말이 허황하게 여겨지는 것 말입니다.

제가 초등학교 4학년 때였다고 기억합니다. 그때 저는 제 스스로 만들어낸 일명 '골목길 놀이'에 깊이 빠져 있었습니다. 사실 놀이랄 것도 없는 게, 그저 오후 너댓 시 무렵부터 동네 구석구석을 쏘다니는 정도였습니다. 다만 그 시절 제가 살던 곳이 시골 동네 산자락이었던지라 여기저기 기웃거리는 일이 꽤 흥미롭긴 했습니다. 낯선 길을 접어드는 긴장감과 함께 이 끝은 어디로 이어질까, 나는 어디로 가게 될까를 기대하는 약간의 흥분 속에서 온 동네를 헤집고 다녔던 그 느낌이 지금도 생생합니다.

그런데 말입니다. 몇 달씩이나 골목을 헤집고 다녔는데도 불구하고 그 길들은 제게 좀처럼 익숙해지지 않았습니다. 대동여지도의 세세함까지는 아닐지라도 시간이 흐르면, 이 길과 저 길의

나가며

연결이 자연스럽게 전체적인 모습으로 떠오를 듯도 한데, 저는 어느 골목 앞에서나 그저 낯설어했습니다. 마치 처음 가보는 미지의 영역에 발을 내딛는 그런 심정으로 말입니다. 여기서 하나쯤 고백해야겠습니다. 저는 예민하다기보다는 조금 미련한 쪽에 가깝습니다. 특히 둔감한 영역이 공간 지각력입니다. 방향감각은 거의 제로나 다름없고, 지도를 펴놓고도 길을 찾기는커녕 동서남북·좌우 구별도 어려워합니다. 생물학적 어른이 된 지금도 이러하니 열한두 살의 나이에는 오죽했을까요.

어쨌거나 제가 그 골목길 놀이에서 늘 새로운 풍경, 늘 새로운 길을 마주쳤던 것은 지금도 경이롭게 느껴집니다. 하지만 아무리 돌이켜 생각해봐도, 그 경이로움은 제 탓만은 아닌 듯합니다.

길은 원래 그러한 것입니다. 큰 길이든 골목길이든 세상의 모든 길은 새롭습니다. 원래 정해진 길도 없습니다. 『토지』에서도 자기 길을 확신하며 살아가는 모습은 퍽 드뭅니다. 오히려 갈 길이 없는 그곳에서부터 『토지』의 사람들은 걸어나갔습니다. 그들은 한 치 앞이 보이지 않는다면서도 한평생을 쉼 없이 걸어나갔습니다. 한 자 낙낙한 팔로 어찌 세상을 품어 안을 것인지 걱정하면서도, 스스로를 티끌이라 하면서도 별을 바라보고자 했습니다. 그래서일 겁니다. 기막히게 서럽고 눈물겨운 속에서도 그들의 삶이 어쩌면 그리도 환하고 아름다울 수 있는지요.

사람들은 각기 하나씩 자기 별을 가지고 있다고도 했다. 사람의 머리론 계산조차 어려운 아득한 곳에서 저 무수한 별들이 빛을 보내고 있다 하는데 한 자 낙낙한 팔이 어찌 내 별을 잡아볼 것인가. 내 앞만 쓸고 사는 티끌 같은 삶. 티끌이 바늘귀 같은 인생의 출구를 빠져나가면 광대하고 무변한 공간…… 티끌은 무엇을 어떻게 해야 할 꼬. 13권 351쪽

아득한 곳에서 빛나는 별을 잡을 수도 없고, 스스로 빛나는 삶을 살아가지도 못하는, 그저 티끌 같은 삶. 그렇다면 어떻게 살아갈 것인가. 이 질문 앞에서 『토지』는 스스로 자기 삶의 의미를 찾아 나서고, 자기 삶을 긍정하기 위한 이들의 고투를 보여주었습니다. 그것은 자기 삶에 무조건 만족하는 것도, 고단한 삶을 체념하는 것도 아니었습니다. 예상치 못한 사건이 일어나고 감당하기 힘든 일과 마주칠 때, 아니 세상 그 어떤 것과 만나더라도 그들은 도망치지 않았습니다.

『토지』에서 가장 빛나는 이들은 아무것도 할 수 없다고 느꼈을 때, 가장 무력한 상황에서 인간으로서의 삶을 찾아나간 이들입니다. 삶의 의미, 그것은 주어진 것을 찾는 게 아니라 스스로 만들어나가는 일임을 보여준 것이지요. 그렇게 '살아간다는 것' 그 자체를 보여주었습니다. 『토지』는 그렇게 삶의 의미를 찾아 나선 수많은 사람들을 보여주었습니다. 『토지』의 수많은 사람들은 저마다의 길을, 저마다의 걸음으로 타박타박 걸어나갔습니다. 중국의 혁명가이자 문학가였던 루쉰의 말처럼 "본시 땅 위엔 길이 없다. 걷는 이가 많아지면 거기가 곧 길이 되는 것"을 그들은 온 몸으로 보여주었습니다.

나가며

어린 시절, 나의 골목길 놀이, 그 놀이를 잊어버렸던 제가『토지』속에서 새로운 '길놀이'를 시작한 것 같습니다.『토지』속을 헤집고 다닐수록 새롭고 또 새롭습니다. 아마도 이 책은 그 길에 대한 첫 번째 기록이 될 것입니다. 그리고 어쩌면 이 '길놀이'가 계속 이어질 듯한 예감도 듭니다. 여전히 저는『토지』의 골목길 굽이굽이의 전체 지도는 그려볼 엄두도 내지 못하겠고, 그 수많은 골목길들을 쏘다니는 것이 흥미진진하니 말입니다. 그보다도 더 중요한 예감은『토지』속을 헤집고 다니며, 어쩌면 타박타박 제 나름의 길을 걸어나가리라는 것입니다. 이것이야말로 지금-여기에서 해야 할 진짜 길찾기이자 길놀이겠지요.『토지』속 사람들이 그러했듯이 말입니다.

나,
참
쓸
모
있
는
인
간

지은이   김연숙

2018년 8월 1일 초판 1쇄 발행
2019년 10월 21일 초판 4쇄 발행

책임편집   남미은
기획·편집   선완규·안혜련·홍보람
디자인   형태와내용사이

펴낸이   선완규
펴낸곳   천년의상상
등록   2012년 2월 14일 제2012-000291호
주소   (03983) 서울시 마포구 동교로45길 26 101호
전화   (02) 739-9377
팩스   (02) 739-9379
이메일   imagine1000@naver.com
블로그   blog.naver.com/imagine1000

ISBN   979-11-85811-55-0 03810

잘못된 책은 구입처에서 바꾸어드립니다.
이 도서의 국립중앙도서관 출판예정도서목록(CIP)은 서지정보유통지원시스템 홈페이지(http://seoji.nl.go.kr)와 국가자료공동목록시스템(http://www.nl.go.kr/kolisnet)에서 이용하실 수 있습니다. (CIP제어번호 : CIP2018022133)